新潮文庫

守教

上巻

帚木蓬生著

新潮社版

11296

守教　上巻　目次

第一章　宣　教

第三章　殉　教

守教

上巻

『守教』関連地図
石見《いわみ》
安芸《あき》
対馬《つしま》
長門《ながと》
山口
周防《すおう》
下関
壱岐《いき》
小倉
門司
筑前《ちくぜん》
豊前《ぶぜん》
岐部
博多
秋月
中津
国東
生月島
平戸
日出
久留米
筑後《ちくご》
日田
松浦
肥前《ひぜん》
府内
柳川
左下拡大図
豊後《ぶんご》
臼杵
横瀬浦
竹田
大村
島原
川尻
肥後《ひご》
長崎
宇土
口之津
八代
志岐
天草
日向《ひゅうが》
高鍋
薩摩《さつま》
鹿児島
大隅《おおすみ》
高橋組
甘木
小郡
大刀洗川
小石原川
筑後川
大刀洗町
カトリック今村教会
黒木
矢部川
0 5km
0 50km
制作／アトリエ・プラン

第一章　宣教

一　日田　永禄《えいろく》十二年（一五六九）十月

「米助《めいすけ》、たった今、大殿《おおとの》から使者が来た。お前も来年は元服する。大殿に久方ぶりにお前の成長ぶりを見てもらう。ついて来い」

養父の一万田右馬助《いちまだうまのすけ》から言われて、米助は身が震えた。

大殿から初めて声をかけられたのは、九歳のときだった。府内《ふない》にある一万田邸に、通りがかりだと言って大殿が立ち寄り、家中が大騒ぎになった。茶菓など何もいらない、右馬助の居所を見たいだけだと断り、座敷までつかつかと上がって胡坐《あぐら》をかいた。日頃から養父が手入れを怠らない庭を眺めて、しばし満悦顔だった。

養父は弓の名手であるだけでなく、造庭にも長《た》けていて、大殿の館《やかた》の壮大な庭は養父の指揮で造成されていた。米助はまだその庭を見たことはない。しかし養母の麻《あさ》の話では、広い園池は東西にひょろ長い形をしていて、水は北側の滝石組から落とされていた。途中で滝の流れは水分石《みくまりいし》で二つに分かれ、凹《くぼ》みをもった巨石によって受けられる。

北の端には、こぶし大の石を敷きつめた州浜《すはま》がある。西側に置かれた溝のある巨石は、南側の石組みから外に流れ出る池の水が、溢《あふ》れたときの排水路の役を担《にな》っている。もちろん池の中央には中の島が掘り残されているという。

養母の話を聞きながら、米助は今住んでいる家の庭の造作《ぞうさく》にそっくりだと思った。もちろん規模《きぼ》は十分の一くらいに小さいのだろう。

養父はこの池を作るのに、半年くらいかけた。だだっ広いだけだった土地を、人夫を使って池を掘らせ、掘り残しを島にした。岩を組むだけでなく、凹みを入れたりもした。右端に玉のような白石がちりばめられた。

最も工夫したのは池の底だった。流れ入った水は地面に吸い込まれて、なかなか池にならない。そこで養父は、どこからか赤土を運ばせ、底に敷いて突き固めた。水が張るのに一刻《いっとき》とかからなかった。

「米助、これは田を作るのと同じだ」

養父が言った。年端《としは》のいかない子供が、熱心に作業を見つめていたからだろう。

「稲田の底にも赤土を敷き固めないと、水が抜けて抜け田になってしまう。稲は育たん」

赤土を敷いた池は、養父の思惑どおりに水をたっぷりと貯《たくわ》えた。

池の周辺に配置する景石や植栽も、何度か位置を変えさせたあと、養父はようやく納得した。

そうやって出来上がった庭を、紙に筆で写し取っていたので、大殿の館の庭は図面にそって造成されたに違いない。

だから大殿が座敷に胡坐をかいて庭を眺めたとき、感嘆の声を上げたのもそのためだった。

「ほほう、これはまさしく、わしの居館の庭の雛形《ひながた》ではないか」

「恐れながら、十分の一の雛形でございます。本来なら大殿の庭が完成したあと、これは壊すべきでございましたが、ついついその機を得ずに今日に至《いた》りました」

養父は平伏《へいふく》してかしこまった。

「せっかく造った雛形を壊すなど、わしの庭を壊すも同然、これはこれで大切にせよ。仮《かり》に、仮にの話だが、あの館が何かの拍子で焼け落ちるか、敵によって蹂躙《じゅうりん》されたとき、この雛形があれば、再建ができる」

「滅相《めっそう》もございません。そのようなことが起こるなど、考えも及びません」

養父はますます恐縮《きょうしゅく》する。

「いやいや、この先、何が起こるか分からぬ。思えば、大友家の家督《かとく》を継いで今日に至る十四年というもの、戦《いくさ》続きだった。向後《きょうこう》も何が起こるか分からぬ」

大殿から諭《さと》された養父は顎《あご》を引き、再び平伏した。

大殿の十四年間の戦いについては、そのあと養父からつぶさに聞かされた。

大殿が家督を継いだのはわずか二十一歳のときだった。父である先代は、正室の長子である大殿を退《しりぞ》けて、寵愛《ちょうあい》する側室の子を後継にする腹を決めていた。これに対して、重臣たちは長子相続の秩序を乱すものとして、異を唱える。特に重臣四人が強硬に反対したため、先代は刺客を放って、うち二人を殺害した。

しかし残る二人の重臣は決死の覚悟のもと、従者を伴《ともな》って先代の館を襲撃する。側室とその子、侍女を惨殺《ざんさつ》したあと、先代にも斬《き》りつけて重傷を負わせた。騒ぎを知って、先代の近侍《きんじ》や家来たちが駆けつけ、重臣二人とその従者たちを討ち取った。先代はこの二日後、瀕死《ひんし》の床で、大友家は長子が継ぐ旨《むね》の遺言を残したのだ。

大殿はこの事件を、府内ではなく、湯治《とうじ》先の別府で知る。実を言えば、湯治を勧めたのも父親の先代だった。一連の事件を画策した張本人は、側室にとり入った老臣と先代の弟だと、大殿は感じ取る。そこで腹心の部将をつかってまず老臣を討ち、逃亡を図った叔父も四年後に殺害させた。

そして大殿が大友家の当主になった三年後、重臣三人が反逆した折、府内に火が放たれる。商家と武家屋敷三百戸が焼失する騒乱《そうらん》のなか、大殿の兵によって三人は首を刎《は》ねられた。

大殿の戦いはそれだけではとどまらなかった。

西国一の大名である大内義隆《よしたか》殿が、重臣陶隆房《すえたかふさ》によって山口を追われ、長門《ながと》で自害する。その後継として招かれたのが、大殿の実弟で義隆殿の甥《おい》である晴英《はるひで》殿だった。晴英殿は山口入りして大内家を継ぎ大内義長《よしなが》と改名した。

しかし翌々年、安芸《あき》で力を貯えていた毛利元就《もとなり》は、義隆殿を討った陶隆房改め陶晴《はる》賢《かた》と、厳島《いつくしま》で戦い、首を取る。その勢いで国主である義長殿を攻め、ついに自害させた。

この間、もちろん義長殿は兄である大殿に援軍を頼んだものの、大殿は大殿で、領内に生じた謀反《むほん》の動きを平定するのに必死であり、援軍を送る余裕などなかった。

この謀反は、大友家の家紋を許された御紋衆《ごもんしゅう》に対して、大友家からは遠い他紋衆が力を結束し、大殿の暗殺を図ったものだ。大殿は臼杵《うすき》の丹生島《にうじま》に逃れるとともに、軍勢を放って他紋衆の軍を迎え撃つ。府内は大火に見舞われ、領民が逃げまどう中で両軍は戦い、死者五千人を出した。反乱軍は総崩れとなり鎮圧された。

義長殿を自死に追いやって周防《すおう》長門を手中におさめた毛利元就は、この豊後《ぶんご》の内乱につけ込んだ。豊前《ぶぜん》と筑前《ちくぜん》の城主のうち大友家を嫌う輩《やから》を煽動《せんどう》し、反旗を翻《ひるがえ》させる。これに対して大殿の軍は手分けして当たり、撃破《げきは》する。このとき苦戦したのが古処山《こしょさん》に城を持つ秋月文種《あきづきふみたね》に対してであり、追いつめ自害させるのに二万の兵の派遣を要した。

　こうして大殿は、将軍足利義輝《あしかがよしてる》様から永禄二年（一五五九）、九州探題《たんだい》に補任《ぶにん》された。これによって大殿が掌握《しょうあく》する国は、豊後のみならず、豊前、筑前、筑後、肥前、肥後の六ヵ国になった。

　安芸・防長の毛利元就は、なおも大殿の領地を奪う魂胆《こんたん》を捨ててはおらず、門司《もじ》城をその足がかりにしていた。大殿にとっては、これが目の上のたんこぶであり、麾下《きか》の諸将を使い、兵一万五千で攻撃をかけた。ちょうど元就は石見《いわみ》に尼子《あまこ》氏を攻めており、その間隙《かんげき》をついた奇策だった。しかし元就はすぐさま対応して兵一万八千で迎え撃つ。

勝敗を決したのは、水軍の力の差だった。大殿が水軍を持たないのに対して、元就は水軍術に長け、陸海双方から攻めたてた。大友軍は多くの死傷者を出し、大敗する。

この敗戦は、大殿にとっては初めて味わう屈辱《くつじょく》であり、それだけに衝撃《しょうげき》が大きかった。大殿が永禄五年（一五六二）の夏、出家剃髪《しゅっけていはつ》して宗麟《そうりん》と号《ごう》したのは、敗戦の傷手《いたで》のゆえと思われる。まだ三十三歳の若さだった。

従って大殿が、二十一歳で家督を継いで十四年というものが戦続きだったというのは、全くその通りであった。

庭を眺めていた大殿は、何かを不意に思いついたように振り返り、養父に尋ねた。

「ときに、お前が養子にしたあの子供は元気にしているか」

「はい。いたって健《すこ》やかに育っております」

「いくつになる？」

「九歳でございます」

「もうそんなになるか。年が明ければ十歳ではないか。わしが元服したのは十歳だった」

大殿はどんよりした空を見あげながら言った。

「おそれながら、米助にお目通りを許していただければ、一生の光栄、これに過ぎるものはないかと存じます」

養父は這《は》いつくばりながらうかがいをたてた。

「あの子供、米助というのか」

「はい。アルメイダ様の名からメイをいただき、米の字をつけました」

「ほほう。米助《よねすけ》ではなく米助《めいすけ》」

大殿は目を細めた。「養子とはいえ、素姓《すじょう》については本人に明かしているのか」

「それはもう、常々言いきかせております。お前がここにいて、大殿に仕えることができるのは、アルメイダ様、ひいては大殿のおかげだと」

「確かにな。アルメイダ修道士が府内に孤児院を建てなければ、あの子も捨子のまま、どこぞの山野で土になっていたか、野犬の餌《えさ》になっていたろう」

大殿は養父を見据えた。「それをお前はよくぞ引き取り、養子として育て上げた。わしも見てみたい、その米助を」

このひと言で米助は養母に付き添われて、大殿の前に出、かしこまった。

「米助、こっちに来い」

坊主頭《ぼうずあたま》のがっしりした身体《からだ》つきの大殿に手招きされ、養母に背中を押されて、米助は前に進み出、膝《ひざ》を曲げて畳に額をつけた。

「よいよい。立ってわしによく顔を見せるのだ」

言われたとおりに立ち上がった米助を引き寄せ、大殿は顔をのぞき込む。

「わしは目を見れば、その人間の人となり、来歴《らいれき》、行く末が分かる。お前の来歴はよく知っている。人となりも、このままいけば、まっすぐな男になる。人にへつらわず、おのれの心に正直な人間になる。行く末も、そうじゃな、雨風には当たるかもしれんが、倒れはせぬ。何度でも立ち上がって歩ける男になる」

大殿はぎょろりと目をむいて、米助の肩に手をやった。「お前の行く道は、アルメイダ修道士と養父一万田が歩んでいる道の続きだ。どこまでも続いている。分かれ道などない。泥道になったり、架かった橋が崩れていることはあっても、道はどこまでも一本道」

大殿は右手を上げて、曇り空をさし示した。米助はそのとき、地面から空に向かって延びる一本の道を見たような気がした。

「米助、その道とは、イエズス教だ」

大殿が言ったので、米助は深く頷《うなず》く。幼い頃から毎朝祈りを捧《ささ》げるのも、イエズスのメダイに向かってだった。養父母とともに、「天にましますデウス・イエズス様、日々の恵みに感謝申し上げます」と唱えた。

「実を言うとな米助」

大殿が顔を近づけたので、伸びた髭《ひげ》が触れそうになった。「そのイエズス教によって、どれほど救われたことか。わしが運に恵まれたのも、その救いのおかげだ。大友家は、二十一代目にしてようやく九州探題になり、九州六国を手に入れた。これもデウス・イエズスの後《うし》ろ楯《だて》があったからこそと思っている」

養父母にも言ってきかせるためだろう、大殿は声を高めた。養父母も笑顔で頷く。

「今日はひょんなことから、いい庭といい子供を見せてもらった。右馬助、礼を言うぞ」

大殿は言うなり立ち上がり、玄関に足を向けた。

大殿が口にしたアルメイダ修道士については、養父から何度も聞かされた。というのも養父は、府内に比較的長逗留《ながとうりゅう》したアルメイダ修道士と頻繁《ひんぱん》に会い、その人となりに深く感じ入っていたからだ。

イエズス教では、所属するイエズス会から位階を認められた経験豊かな宣教師をパードレ、まだその途上にあるものをイルマンと称している。パードレやイルマンを助けて、通詞《つうじ》の役をしたり、身の回りの世話をする日本人を同宿《どうじゅく》と呼び、養父も一時、大殿の許しを得てその役についたことがあった。養父が多少なりとも、パードレやイルマンが口にする言葉を理解しているのもそのおかげなのだ。

養父がアルメイダと知り合ったのは弘治《こうじ》元年（一五五五）で、今を遡《さかのぼ》る十四年前になる。大殿の命令で、まず当時府内に滞在していたパードレであるガーゴ神父に会い、そこでイルマンになる前のアルメイダを紹介された。

その頃、養父は三十一歳、アルメイダも同じ年頃だった。背が高く、日本人と同じ黒髪で、高く曲がった鼻を持っている。神父たちとは違った華やかな衣裳《いしょう》を身にまとい、両手の指に宝石、首にも光る鎖《くさり》をかけていた。

大殿から養父に下された命令とは、宣教師たちが捨子を育てる家を建てたがっている、ついてはそのミゼリコルディアにふさわしい土地を見つけてくれというものだった。

捨子をわざわざ拾って育てるなど、奇特《きとく》以外の何ものでもないと感じた養父は、通詞を通してアルメイダの話を聞くのが先決だと思った。

「あなたのくにには、わたくしたちが、たえられないわるいくせがあります。それは、うまれたばかりのあかごを、ころすしゅうかんです」

アルメイダが言っているのは口減《くちべ》らしのことだと、養父はすぐに理解した。戦と飢《き》饉《きん》続きの領内では、百姓も町人たちも貧しく、生まれる赤子は厄介者《やっかいもの》になった。生まれるなり、首を絞めたり、水につけたりし、そうでなければ、寺や商家の門前に置いたり、山野に捨てたりした。

「悪習だとはいえ、既に生きている者が餓死《がし》しないためには、致《いた》し方《かた》ないこと。飢えた家に、ひとり食扶《くいぶ》持《ち》が増えれば、家自体が立ちゆかなくなる」

養父はそう反論した。するとアルメイダはゆっくりと首を振った。

「うまれたものは、いきるようにさだめられています。うえているなら、うえていないひとが、てをさしのべればよいのです。それがミゼリコルディアです」

アルメイダの返事で、養父はミゼリコルディアとは捨子の家をさすのではなく、慈《じ》悲《ひ》のことだと納得した。

「パードレ・ガーゴさまのはなしでは、ミゼリコルディアで、はたらきたいにっぽんじんが、なんにんもいます。あとは、そのひとたちが、すてごをそだてるいえがあれば、あかごは、しななくてすみます」

「人手はあっても、食扶持はどうするのだ。赤子も世話人も食っていかねばならぬ」

養父が訊《き》くと、初めてアルメイダは頬をゆるめた。

「おかねはあります。とめるものが、うえているものに、ほどこしをすればいいのです」

なるほどと思い、養父はアルメイダの指に光る赤や緑の宝石に眼をやった。

養父がまず相談したのが、寺の門前に空いた土地を持っている木蠟《もくろう》商人だった。懇《こん》意《い》にしていたその商人は、土地の賃貸《ちんたい》を快諾《かいだく》した。

喜んだアルメイダは、さっそく二軒の家を普請《ふしん》した。立派な造りで、ひとつは捨子の家、もうひとつはミゼリコルディアの人たちが住む家で、もちろん家畜小屋も併設《へいせつ》された。

これらの費用はすべてアルメイダが負担し、大殿の出費は一切なかった。

どうしてアルメイダに豊富な資金があるかについては、後日、養父は同宿たちから聞かされた。

アルメイダの生国は西国のポルトガルで、若い頃医術を学んだのち、商人に転じた。まずはインドに赴き、胡椒《こしょう》の取り引きで巨財を成す。日本に来たのは天文二十一年(一五五二)、薩摩《さつま》ついで肥前に行き、山口にも赴く。そこで布教されていたイエズス教に心動かされ、当時山口にいたトレス神父に胸の内を打ち明ける。

アルメイダが心打たれたのは、宣教師たちの貧しさだった。イエズス会の本拠地があるローマから、布教のための資金は送られて来る。しかしその額は限られていた。アルメイダは、いずれ私財を投げ出すつもりで、その後の二年間、マカオとマラッカを拠点にして交易に精を出す。弘治元年（一五五五）改めて日本に向かい、七月、平戸に到着した。平戸から船で府内に着き、布教中のガーゴ神父に対して入信の意向を伝えた。

ガーゴ神父から指示されたのは、イエズス会の創立者であるイグナチオ・デ・ロヨラ師の目ざしたものが何であるか、深く考えることだった。

ロヨラ師は、もともとはスペインのバスクが生国で、三十七歳のときパリに上り、そこで研鑽《けんさん》を積み、イエズス会を立ち上げる。形だけになりつつあるイエズス教を、もう一度原点に立ち戻らせ、その真髄《しんずい》を世界の果てまで伝えるという布教の精神がそうさせた。四十八歳のときだ。

設立のもうひとりの立役者は、日本に初めてイエズス教を伝えたフランシスコ・ザビエル師で、ロヨラよりは十五歳若く、ロヨラと同じくバスクの生まれだった。まずはインドのゴアに行き、世界の果てにある日本のことを耳にする。そここそがイエズス教が広まるべき地だと思い定め、天文十八年（一五四九）に鹿児島に上陸した。

翌年には船で平戸を経由して筑前博多に行き、そこからは陸路で宗像《むなかた》、赤間、黒崎と歩み、船で下関に渡り、山口に赴く。国主である大内義隆殿に拝謁《はいえつ》したのち、やはり船旅で摂津・和泉《いずみ》にある堺《さかい》に着く。

都で天皇や将軍に会うというザビエル師の目的はかなわず、山口に引き返す。そして天文二十年（一五五一）九月、府内に来て、大殿とのお目通りがかなった。このときザビエル師は四十五歳、大殿は弱冠《じゃっかん》二十二歳、大友家を継いだ直後だった。

ザビエル師との会見で、大殿がすぐさまイエズス教に心を動かされたかというとそうではない。大殿のねらいは、むしろ交易にあった。

というのも、府内に入港したきらびやかなポルトガル船の船荷に、大殿は眼をひきつけられたのだ。その一部が大殿に献上されたとき、末席にあった養父も思わず腰を浮かしたほどだ。鉄砲や、音の出る美しい箱、硝子《ガラス》の杯、時計、望遠鏡、毛織物、敷物、赤い酒など、これまで見たこともない品ばかりだった。

もうひとつ大殿が驚いたのは、商船の船長や水夫《かこ》、乗船していた商人たちが、こぞってザビエル師に心酔し、敬意を払っていることだった。イエズス教の布教に便宜を与えれば、必ずや交易の道も開けると、大殿は直感した。

この思惑の正しさは、その後の交易によって得た富が示している。足利将軍によって九州探題に任じられた裏にも、将軍の求めに応じて献上した鉄砲その他の金品の働きがあったのは間違いない。

ザビエル師が府内に留まったのは、わずかふた月足らずだった。十一月には、帰国を決める。インドのゴアに着いてから、府内に必ず宣教師を送るという約束を、大殿に残した。

約束は果たされ、一年後ポルトガル船とともに到着したのが、ガーゴ神父とシルヴァ修道士だった。

ゴアに戻ったザビエル師がそのあとどうなったのか気になった米助は、養父に尋ねたことがある。

ガーゴ神父が知るところでは、ゴアを発《た》って、中国に入国しようとして果たさず、同じ年の末没した。享年《きょうねん》四十六だったという。

養父の骨折りのおかげで、無事に孤児院ができたとたん、夜中に門前に置かれる赤子が増えた。捨子を見つけたと言って、息も絶え絶えの赤子を届ける者もいた。

そんな赤子の世話をするミゼリコルディアの奉仕人は、元を正せば職なしか、乞食《こじき》同然の暮らしをしていた輩だった。ようやく職を得て通常の暮らしができるようになっただけに、赤子たちを手厚く育てようとした。

赤子を産んだ母親とて、貧しいために充分な食事をしておらず、いきおいその赤子もか弱く、痩《や》せ細っている。孤児院に運び込まれても、ほどなく息を引き取る赤子も少なくはなかった。

滋養《じよう》を与えるために、アルメイダが命じたのは、牛の乳《ちち》を赤子に飲ませるというやり方だった。おそらく西国では、牛の乳を人間が飲むなど当たり前だったのだろう。

しかしこれが府内の住人たちに知れ渡ると、奇妙な風聞《ふうぶん》が立ちはじめた。「畜生《ちくしょう》の乳を飲ませて、赤子たちを畜生にするつもりだ」と言いふらす。挙句の果てには、赤子が不幸にも死んだとき、「毛唐《けとう》とその手下たちは、赤子の血を吸っている」という噂《うわさ》が広まった。

冬になると、赤子たちが寒さに耐えられず死んでいく。ミゼリコルディアの奉仕人にも、はやり病で死んでいく者が出はじめる。

頭を悩ましたアルメイダは、孤児院だけではどうにもならないと悟り、二年後、別な場所に病院を建てることを決心する。そのうかがいを大殿に言上《ごんじょう》したときも、養父は大殿から斡旋《あっせん》を命じられた。

養父が考えた病院の適地は、既にあったデウス堂近くだった。

このデウス堂は、ガーゴ神父とシルヴァ修道士が礼拝を行う場所として、大殿が既に普請させていた。その周囲には、大友家代々の小さな屋敷が散在していた。

大殿はそれらの屋敷を適宜使って病院を建ててよい旨《むね》の認可《にんか》を下された。アルメイダは、ガーゴ神父とも相談し、それまで礼拝に使われていたデウス堂を改築して病院にし、比較的広い大友屋敷を礼拝堂として増築することにした。

病院の東側に新たに二軒を新築、一軒はアルメイダやミゼリコルディアの奉仕人が住み、もう一軒を神父たちの居館にあてた。新しい礼拝堂の南北の大友屋敷は、修道士や同宿の住居に変えた。さらに礼拝堂の西側にある竹林の中にも、巡回して来る神父や修道士の住院を新築する。

アルメイダの住む屋敷の北側には牛小屋があった。もちろん、牛乳を得るためで、その東側にも使用人たちの住む小屋が造られた。

これらの建築すべてに、アルメイダは私費をつぎ込んだ。

いったいどのくらいの財をアルメイダが持っているのか、その頃はもう心許す仲になっていた養父は直《じか》に尋ねた。

「五千クルサド、です」

それがアルメイダの返答だった。クルサドというのは、アルメイダの母国の銭の単位だ。

「八十クルサドあれば、こめがいっこくかえます」

養父の困惑《こんわく》した顔を見て、アルメイダはそうつけ加えた。そうすると六十石以上をアルメイダは貯えている勘定になる。六十人が一年間食える額だ。ようやく養父は納得した。

この病院は主に病気を得た貧民を治療したり、入院させたりするためのものだったが、普通の住民も受け入れた。もちろん孤児や捨子の面倒もみた。この頃になると、赤子や病人に牛の乳を飲ませても、悪評《あくひょう》をたてる者はいなくなった。

この間、府内の城下は騒乱の最中《さなか》にあった。御紋衆に対して他紋衆たちが謀反を起こしたのだ。

大殿はまず臼杵の丹生島の城に籠《こも》り、養父も御紋衆として反乱軍の鎮圧にあたった。府内のおよそ四分の一が焼失したものの、幸い大殿の屋敷も、その北にある病院も、類焼は免《まぬか》れた。

旧《ふる》い礼拝堂を改築した病院は百人の患者の収容が可能で、怪我《けが》の患者、通常の病者用、そして癩《らい》の患者用と三分されていた。

養父が驚いたのは、捨子のみならず、癩の患者までも受け入れたからだ。癩の患者は生癩《せいらい》と呼ばれ、住民は忌《い》み嫌っていた。皮膚が白くなった者を白癩、黒ずんでいる者を黒癩と呼んで、厄病神扱いにした。いきおい患者たちは寄り固まって生きざるをえず、その村落を生癩村とか死苦《しく》村と呼んだ。ひとつの小屋に何人かが集まって暮らしているときは、皮肉をこめて生癩屋敷と呼び、寄りつかないようにしていた。癩者たちは町や村で乞食をしたり、住人が嫌がる仕事を引き受けてわずかな給金をもらったりしていた。そんな癩者が怪我をしたり、他の病気を患《わずら》ったりしたとき、アルメイダは何の迷いもなく入院させて治療した。

善意といえば善意、慈悲といえば慈悲に相違《そうい》ないものの、合点《がてん》がいかなかった養父はアルメイダに訊いた。通詞してくれた同宿によるアルメイダの返答は次のとおりだった。

かつてデウス・イエズスが親しくしていたラザロという若者が病んで死んだとき、デウスはそれを生き返らせた。甦《よみがえ》ったラザロはその後、癩患者を受け入れる病院を造り、聖人に叙《じょ》された。従ってデウスの教えに沿って造られたこの病院が、生癩の人々に治療を施すのは当然だ、という返事だった。

いったん死んだ者が生き返るなどありえるはずがないと思った養父も、なるほどこれ以上の慈悲はないと得心《とくしん》した。

病院の折衝《せっしょう》役として足繁《しげ》く通うようになった養父は、かつての大友屋敷が改装された礼拝堂にも足を踏み入れた。窓の外の戸板は突き上げ戸になっていて、日の光が射《さ》し込むとともに、雨もしのぐ工夫がなされていた。

正面に祭壇《さいだん》が設けられ、背後の壁には、木製の十字架が置かれていた。その十字架に吊《つ》るされているのがイエズスその人だった。両側には、やはり突き上げ戸の縦に長い窓があり、漏れ入る光で、痩せさらばえたイエズスの体が哀れさとともに浮き上がる。イエズスも、その教えゆえに人々に忌み嫌われた挙句、石を投げられ、鞭《むち》打たれて、槍《やり》突きの刑に処せられたという。イエズスはそのあと甦ったというのが同宿の話だった。

この頃、府内の住民は、男女貴賤《きせん》を問わず、朝な夕な礼拝堂に集まり、神父の言葉に耳を傾けていた。礼拝堂にはいるのはせいぜい百人程度だったから、あぶれた者は突き上げ戸の外から中をのぞき込み、説教を聞いた。

寄り集う住人は信者ばかりではなく、野盗まがいの輩もいた。盗賊は、イエズス教を呪《のろ》う仏僧やその信徒と手を組み、隙《すき》あらば礼拝堂や住院にある財貨や祭具を盗もうとした。

養父は大殿に乞《こ》い、常駐する衛士《えいし》を交代で配置してもらった。当然、衛士のひとりや二人では事足らず、ミゼリコルディアの奉仕人たちも当番で警備にあたった。

この頃、住院には、ザビエル師と共に日本に来て、ザビエル師がゴアに去ったあと居残ったコスメ・デ・トレス神父とフェルナンデス修道士がいた。二人とも山口で布教をしていたのが、大内義長殿が毛利軍に追いつめられて自死した政変のため、府内に避難して来ていた。

その他にもガーゴ神父、トレス神父の弟子筋であるヴィレラ神父、シルヴァ修道士がいた。このうちヴィレラ神父は、五人の修道士とともに、インドや日本における布教の責任者であるヌニエス布教長に従って、弘治二年（一五五六）六月、府内に来ていた。

この布教長と会えて最も喜んだのがアルメイダだった。というのも、ゴアでアルメイダにデウス・イエズスの教えを説いてきかせ、尊敬の念をいだかせたのがヌニエス布教長だったからだ。

ところがゴアを船出した布教長の一行は、途中で嵐《あらし》に遭ったり、賊に襲われたり、浅瀬に乗り上げて船が難破したりと、不運に見舞われ、豊後に到着するまで二年以上を要していた。ヌニエス布教長は途中で熱病にもかかった病身のうえ、府内の住院での貧しい食事には耐えられなかった。着任して三ヵ月、冬を迎える前に、ヴィレラ神父と修道士二人を日本に残し、残りの修道士三人を伴ってゴアに引き返した。

アルメイダは落胆のうちに一行を見送ったあと、新たに布教長を託されたトレス神父によって修道士として認められた。

養父の記憶では、このとき住院には、イエズス会士七人が起居を共にしていた。布教長のトレス神父、ガーゴ神父、ヴィレラ神父、修道士としてフェルナンデス、シルヴァ、ルイ・ペレイラ、アルメイダの四人がいた。

ザビエル師に伴われて日本に来てそのまま留っているトレス神父は、争乱続きの山口での七年間の心労の末、ヌニエス神父に劣らず衰弱しているのが養父の眼にも明らかだった。

それにもかかわらず、夜は日本人同様に木の枕《まくら》をして莚《むしろ》の上で寝るのをよしとした。食べる物も米と野菜と魚のみで、日本人と何ら変わらなかった。これも長年の経験から、肉を食べれば、日本人から嫌われ、布教に支障が出ると悟っていたからだ。このトレス神父にならって、アルメイダや他のイエズス会士たちも同様の生活ぶりだった。

そうしたある日、養父はすっかり顔なじみになっているアルメイダから話しかけられた。

「うまのすけさま、あなたにひとつ、たのみごとがあります」

片言《かたこと》ではあるものの、アルメイダ修道士の言いたいことは養父にも通じた。

「うまのすけさまには、こどもがいないときいています」

言われて養父は、いかにもと頷いた。

「それならこどもをひとり、もらいませんか」

「子供を」

驚いた養父はアルメイダ修道士を見つめ返した。

「ここでいのちをたすけられ、おおきくなったこどもがいます。そのこをもらってください」

唐突な申し出に養父が面くらっているのを見て、アルメイダ修道士は続けた。

「ここにつれてこられたときは、しにかけていました。たすかったのは、うしのちちのおかげです。ミゼリコルディアのひとたちのおかげで、よくそだちました。デウス・イエズスのぞまれたことです」

〈デウス・イエズスの望まれたこと〉という言葉に、養父は以前同様な言い回しを、アルメイダ修道士から聞いたのを思い起こした。

それは生癩の患者を拒まずに受け入れているのを見て、なぜなのかアルメイダ修道士に問い質《ただ》したときだった。

「それは、あのひとたちに、デウス・イエズスのねがいが、やどっているからです。

すべてデウス・イエズスがのぞまれることです。あのひとびとがやまいをえたのも、こうしてわたしたちが、おせわをするのも、デウス・イエズスのねがいです」

ぎこちない片言ではあったものの、養父は相手が言いたがっていることを理解できた。

「そうすると、私がその子供を育てるのも、デウス・イエズスの望むところになるのか」

養父が訊くと、アルメイダ修道士は深々と頷いた。

これで養父の気持は固まり、改めて養母を伴って病院を訪れ、子供を連れ帰った。ことの外、喜んだのは養母だった。

一万田右馬助が捨子を養子にしたことは、程なく大殿にも伝わった。叱責《しっせき》を覚悟していた養父は、思いがけなく施された祝い金に、戸惑った。大殿への忠誠心はいやが上にも高まった。その後も、お目通りを許されるたびに、大殿からは「あの捨子は元気か」と訊かれたのだ。

養父一万田右馬助に連れられて、米助は大殿がはいっている川べりの館に向かった。

川岸には、旗をたなびかせた軍船が五、六艘《そう》つながれ、あちこちに兵士たちが露営《ろえい》していた。

連れて行かれた館は二階建てで、両脇《りょうわき》にある小屋にも兵士たちが詰めている。大殿の居室は二階にあると思っていたのは間違いで、中庭の奥にある小ぶりな蔵の前でしばらく待たされた。

待つ間にも、各地から駆けつけた使者が何人も出入りした。使者の中には鎧《よろい》が裂けて傷ついた者や、血のついた足をひきずる者もいて、日田《ひた》周辺の戦がまだ鎮《しず》まっていないことが察せられた。

供の者から呼ばれて、蔵の中にはいる。中は薄暗く、天井近くの格子窓《こうしまど》から漏れる光で、やっとあたりが見えるくらいだった。奥まった場所に灯火がひとつあり、二度目に見る大殿の姿がその奥に浮かび上がった。

「一万田、よう来てくれた。こっちに寄ってくれ」

かしこまった養父を大殿が扇子《せんす》で手招きした。米助も養父のあとについて進み出る。

「そなた、大きくなったの」

養父同様に膝を折った米助に、大殿が声をかけた。「会うのは二度目だな。前回は右馬助の屋敷に立ち寄ったときで、名前は確か、米助」

「はい、さようでございます」

米助は養父と同時に答えた。

「いくつになる？」

「十四でございます」

「元服は？」

「来年を考えております」

養父が低頭しながら答える。

「遅いの。わしの元服は十歳のときだ」

大殿は小気味よく笑った。体の揺れにつれて、鎧の金具が灯火の光を照り返す。かすかに記憶に残っている姿よりもひと回り恰幅《かっぷく》がよくなり、黒々とした髭がたくましく見えた。ぎょろりとした眼で見つめられ、米助は頭を下げた。

「米助、よかったな、一万田に拾われて。来年の元服を機に名前を変えるとよい。新たに平田姓を名乗れ、名も久米蔵《くめぞう》にしろ」

「平田久米蔵」

養父が少しのけぞりながら反復する。

「一万田は、そなた右馬助限りでよい。一万田の田を平らけくして、末長く受け継ぐ意を込めたつもりだ。久米蔵も、米を末久しく大切にする願いを表わしておる。米助、そなたは米《めい》の由来を聞いているか」

「はい。死に瀕した捨子を手当てしてくれた、アルメイダ修道士のメイにちなむ名だと、父から聞いております」

「そうだと、わしも承知しておる。その米《めい》を、つまりアルメイダの心を末久しく受け継いでもらいたい」

「はい」

米助は深々と頭を下げながら、胸の内で平田久米蔵、平田久米蔵と繰り返す。

「ところで、右馬助。はるばる府内から日田まで来てもらったのには訳がある。頼みを聞いてくれるか」

「はい、いかようなことでも」

養父は両手をついた。

「先日、知らせを受けたのだが、この日田から西に十里ばかり行った筑後領に、高橋《たかはし》という村がある。あたり二十ヵ村近くを統《す》べる大庄屋《おおしょうや》が住む村だが、当主が死に、家《いえ》筋《すじ》が絶えた。大庄屋がいなければ、庄屋も百姓も草臥《くたび》れてしまう。庄屋たちが連名の嘆願書を三日前に持参した。見殺しにするわけにはいかん。そなた、行ってくれぬか」

「私が大庄屋でございますか」

養父は思わずのけぞった。

「そなたの足が不自由なのは知っている。毛利の軍勢が門司城を攻めたときの鉄砲傷だ。その後も、秋月での戦いや、ついこの間、毛利が博多を攻めたときも、果敢に出陣してくれた。足をひきずってでも働くそなたの姿には、心底感じ入った。しかし、もうよかろう。そなたいくつになる」

「四十五でございます」

「もう戦からは退《ひ》いてよい齢《よわい》だ。今後は大庄屋として、立ち働いてはくれまいか」

「かたじけのうございます。高橋の大庄屋、末長く、末代まで務めさせていただきます」

米助が驚いたくらい、養父の決心は早かった。

その理由については、後日養父から聞かされた。

もともと一万田家は、大友家の重臣だった。ところが、大殿が父の跡を継いで豊後の領主になった三年後、天文二十二年（一五五三）閏《うるう》正月、養父の叔父にあたる一万田弾正忠《だんじょうちゅう》が、他の重臣二人と結束して、大殿に反逆した。このときその叔父は一万田家の血縁全員に蜂起《ほうき》を呼びかけた。しかしただひとり、養父だけは動かず、新しい領主である大殿への忠義を変えなかった。

　この謀反も大殿の手勢によって鎮圧され、叔父は大殿の手によって殺害された。このあと、府内一の美人と謳《うた》われた叔父の妻を、大殿は側妾《そくしょう》にし、一万田家の主《あるじ》だった者に自害を命じた。一万田家の家禄《かろく》が取り上げられるなかで、唯一《ゆいいつ》許されたのが、反乱に加担しなかった養父だったのだ。

「武家の身分から大庄屋になるのが、心穏やかでないのは分かっている。しかし領内は、大庄屋がいなくては立ちゆかん。大友家は、家臣のみで成り立っているわけではない。戦の際に頼りになるのは家臣だが、その生業《なりわい》を支えるのは領民、その領民を統べるのが庄屋、大庄屋はそれらすべてを束ねている」

　大殿は養父を見据えて諄々《じゅんじゅん》と説いたあと、急に声を潜め、二人にもう少し近くへ寄るように手招きした。

「わしの生涯の望みは、そなたたちも承知しているとおり、この九州一円をイエズス教の国にすることだ。あちこちに教会堂や礼拝堂が建ち、その隣には宣教師たちの住院がある。人々はこぞって礼拝堂に集まり、心静かにデウス・イエズスの恵みの言葉を聞く。そうやって、長く続いた戦乱の時代が終わり、ようやく領民が穏やかに暮らせるときになる――。これがわしの夢だ」

灯火の火影《ほかげ》のなかで、大殿の髭面《ひげづら》が赤く輝くのを、米助はじっと眺めた。養父も身じろぎもせず耳を澄ましている。

「ところが、その広大な夢の王国が、途中で潰《つい》えないとも限らない。それほど、まだ敵は多い。こんな弱音は誰にも吐けぬ。しかし事実は事実だ」

大殿はそこで大きな息を継いだ。「たとえ王国の夢が消え去ったときでも、右馬助、そなたが統べる村々には、わしの夢が残るようにしてくれんか」

大殿の鋭い眼光を養父は見返し、大きく頷いた。

「大殿の夢の王国を守るのが、私の務めでございますか」

「そう、その規模は違ってもだ」

「命を賭《か》けて、末代まで務めさせていただきます」

養父が深々と頭を下げたのに、米助もならう。養父の言った〈末代まで〉が脳裡《のうり》を駆け巡る。仮に養父の跡を自分が継ぐことがあれば、小さな王国を守っていかなければならない。そんな大きな事業が、はたして可能だろうか。

「ついては右馬助、そなたに渡したい物がある」

大殿が言い、鎧の胸元から布を取り出した。「この絹布《けんぷ》は、わしが初めてあのザビエル師に会ったとき、授かった品だ。以来十八年間、戦に出陣するたび、鎧の裏に忍ばせてきた。これをそなたに授ける」

「私にでございますか」

滅相もないという顔で養父は尻込《しりご》みした。

「わしは新たな絹布を、トレス神父から授かっている。今後はそれを忍ばせる。だからこちらを受けとってくれ」

「ありがとうございます」

養父は手を伸ばしておしいただく。絹と思われる紺地《こんじ》の布で、金色の刺繍《ししゅう》がほどこされていた。

「ところで米助」

大殿から名前を呼ばれて、身を起こす。

「そなた、来年元服して平田久米蔵になったとき、父を助けてくれるな。そなたは、イエズス教によって命を吹き込まれ、右馬助によって育てられた。右馬助がこれから築いていく王国を、命を賭けて守れ。このわしの身が滅んだあともな」

大殿が滅ぶなど考えてもいなかった米助は、身も凍る思いで大殿の顔を見上げる。

「はい」と答えて、床に両手をついた。

「ちょうど今のこの時期、アルメイダ修道士が日田に来ている。会いたくはないか」

「アルメイダ様が?」

養父が驚く。「ぜひ会いとうございます」

「そうじゃろ。アルメイダのほうも、そなたたち二人に会って喜ぶはずだ。人をやって宿所に呼びにやらせる。それまで待っていてくれ。来るまで一刻《いっとき》もかかるまい」

大殿はようやくそこで口許《くちもと》をゆるめた。

二　生ける車輪（同）

控え所で一刻《いっとき》待った頃、大殿《おおとの》の使いが呼びに来た。蔵の中に戻ると、黒衣を着た額の禿《は》げ上がった異人がいた。

「これはこれはアルメイダ様」

養父が進み出て頭を下げる。

「いちまださま、おひさしぶりです」

アルメイダ修道士の発した言葉は、拙《つたな》いながらも米助《めいすけ》にも理解できた。

「そなたたち、会うのは何年ぶりか」

大殿が訊き、養父が即座に答える。

「忘れもしません。前回は三年前、臼杵《うすき》で、その前は永禄四年（一五六一）、八年前でございました。あの年の確か六月、暑い日でございました」

「あついひでした」

アルメイダ修道士が答え、米助を見た。「これがあのときのこですか」

「そうです、そうです。米助の手を引いて住院まで行き、アルメイダ様とお別れしました」

養父から言われても、米助には確かな記憶がない。住院には何人もの異人がいて、あまり見分けがつかなかったからだ。

「米助でございます」

自分で名乗って頭を下げると、アルメイダ修道士が手を取った。すぐ目の前に赤ら顔があり、口許と眼に喜びが溢《あふ》れていて、米助は胸を打たれた。

「りっぱになりました。うれしいです」

「もう十四になったそうだ」

大殿が言う。「来年はいよいよ元服らしいので、このわしが命名した。来年からは、平田久米蔵と名乗る。アルメイダのメイをとった米という字は残した」

「ひらた、くめぞう、ですか」

頭に刻みつけるように、修道士が繰り返す。

「一万田もただ今、大殿から大庄屋を命じられました。この日田より西にある筑後領の、高橋という村に居つくことになります。もちろんこの米助も一緒です」

「ちくごりょう？　わたくしがこれからいく秋月《あきづき》にちかいですか」

「秋月は筑前領になります。しかし高橋も秋月も国境《くにざかい》にあり、近うございます」

養父がかしこまって答えた。

「アルメイダ、そなた忙しいの」

大殿が驚く。「そなたと会ったのは、今日で七度目だ。最初は確か永禄五年（一五六二）の秋だった。トレス神父の書簡をたずさえて、府内《ふない》に来た。その一年後にも、臼杵に来てくれた。翌年も、確か秋頃、豊後で会った。そなたは、有馬領の島原からはるばる来たと言っていた。そのあと、筑前の博多に向かうというので、船を仕立ててやった」

「はい。あのとしのはるまで、府内にいました。ごがつに、しらせがとどきました。肥後の川尻《かわしり》で、ふきょうしていたイルマン・シルヴァさまが、びょうきになりました。そこで川尻にいって、シルヴァさまを高瀬まで、つれていきました。高瀬のパードレ・トレスさまにあいたい、のぞみがあったのです。あったあと、シルヴァさまは、てんにめされました。パードレ・トレスさまは、このあと高瀬から口之津《くちのつ》に行かれ、わたくしもおともしました。そして、肥前の度島《たくしま》におられるパードレ・フロイスさまに、あいにいきました。パードレ・トレスさまのめいれいです。口之津、島原、高瀬をとおって府内について、大殿さまとあいました。そして博多、名護屋、平戸にいき、度島にわたりました」

聞きながら、米助は気が遠くなる。豊後から筑前、肥前、肥後と、目のまわるような旅だ。アルメイダ修道士は高瀬から府内とひと口で言ったが、高瀬は肥後の西の果て、府内は豊後の東の端だ。日本人でも、これほど旅する商人はいるまい。

「同じ年の暮に、臼杵で会ったのが四度目だった」

大殿が言う。「そなたは京の都に向かうと言っていた」

「はい。パードレ・フロイスさまにあってから、ふたりで平戸にもどりました。パードレ・トレスさまより、京にいくようにいわれたので、またふたりで、しゅっぱつしました。京にいくとちゅう、豊後の大殿さまのところにいきました」

「京に向けて船を仕立てようにも、悪天候続きで、出帆は暮になったと聞いた。翌永禄八年（一五六五）の確か五月、そなたはまた臼杵に来てくれた。それが五度目だ」

「はい。このときは、たいへんくろうしました。堺のみなとにつくまで、四十にちかかりました。びょうきになりました。パードレ・フロイスさまとともに、山城、大和、和泉、河内《かわち》をとおり、さいごに、摂津の高槻《たかつき》にいきました。そこから堺にもどって臼杵にきました」

アルメイダ修道士の口からたどたどしくもれるいくつもの地名を耳にして、米助は心底驚く。修道士は何はともあれ、訪れた土地の名だけは頭に刻みつけているように思われた。

「そして六度目が、また翌年、今から三年前、再び臼杵まで来てくれた」

「はい。五どめに大殿さまにあってから、島原にいきました。口之津におられたパードレ・トレスさまに、京都、奈良、摂津のことをほうこくしました。それから肥前の大村にいきます。口之津にもどって、パードレ・トレスさまから豊後にいけといわれて、しゅっぱつしました。島原でしまばらすみしげさまにあい、豊後にいって、臼杵にきょうかいとパードレのレジデンシアをたてました。このとき、いちまださまがきてくれました」

アルメイダ修道士が養父と顔を見合わせる。

「私が行ったのも、大殿の命があったからです。あのとき立派な教会と住院ができました」

「わしも見た。府内の礼拝堂よりも美しい」

「ありがとうございます。あのあと、臼杵から肥前の福田にもどりました。ポルトガルのふねが、みなとにとまっていました。平戸にしばらくいて、あきに口之津にかえりました。つぎのとし、五島にいって、ちいさなカペラ、らいはいどうをたてました。福田にもどって口之津にかえりました。そしてまた天草の志岐《しき》にいきました。なつはそこですごして、ふゆになって臼杵にきました。これが六どめ、大殿さまにごあいさつできました」

「次の年、永禄十年（一五六七）は、また旅の連続か」

呆《あき》れはてたという顔で、大殿が修道士に訊く。

「はい。はるになって府内から口之津にかえりました。なつにパードレ・トレスさまがびょうきになりました。ふゆに長崎にいきます。つぎのとしも、長崎にときどききました。はるに、パードレ・トレスさまと天草の志岐にいきました。口之津にまたもどって、ことしになって、天草の河内浦《こうちのうら》にいきました。なつに天草をでて、大村にもどって、あきに口之津をしゅっぱつしました。ついたみなとは筑後の久留米《くるめ》でした。あるいて日田までくるのに四日かかりました」

「全くもって、そなたの健脚には驚く。そなたが武将なら、四つか五つの城主をかけ持ちできようがのう。一万田、そうじゃろ？」

「おおせのとおりです」

大殿が笑ったので、養父が応じる。しかし養父と大殿のやりとりを、アルメイダ修道士が理解した様子はなかった。

「夏に届いたトレス神父の書簡に、そなたはあたかも〈生ける車輪〉と書いてあったが、まさしくそのとおりだ」

「パードレ・トレスは、よくわたくしをヴィヴァ・ローダといわれます」

「ヴィヴァ・ローダ」

大殿と養父が同時に口にする。米助も胸の内でヴィヴァ・ローダと言ってみる。

「でも、わたくしは、そのようなものではありません。すべてはデウス・イエズスのねがいを、すこしでも、このよにあらわしたいと、おもっています」

「確かにそのとおりだ。とはいえ、体だけは気をつけたがよい」

「ありがとうございます」

「一万田とは、積もる話もあろう。三人とも下がって、ゆっくりするがよい」

大殿が言った。

再び供侍《ともざむらい》に伴《ともな》われて控え所に戻った。アルメイダ修道士は養父と話をしている間も、ときどき米助を見た。眼が合うと、必ず笑顔になるのが不思議で、米助も思わず微笑を返す。

「府内のびょういんやこじいんは、だめになってはいませんか」

修道士が訊く。「ほんとうは、あのままびょういんをつづけていたかったです」

「イエズス会の本部から、医療禁止の命令が届いては仕方ありません」

「めいれいで、パードレもイルマンも、びょうにんの、ちりょうをしてはいけないといわれました」

修道士が頷《うなず》く。病《やまい》に苦しむ人間を治してはいけないなど、奇妙な達示《たっし》だと米助は思った。

「あれは、ちりょうよりは、ふきょうをしなさいという、めいれいでした」

「そうでしょうな。しかし病院は、小規模ながら続いておるようです。アルメイダ様について医術を習った同宿《どうじゅく》の者や、ミゼリコルディアの会員たちが、治療をしています。これもアルメイダ様が蒔《ま》いた種のおかげです」

「ありがとうございます」

修道士は日本人のように頭を下げた。

「先程の大殿への言上《ごんじょう》で、アルメイダ様が日本各地にイエズス教の種を蒔いているのが分かりました」

「いえいえ、たねをまいているのは、ほかのパードレさまやイルマンさまたちです。わたくしは、それをみにいって、パードレ・トレスさまに、ほうこくするのです」

あくまで控え目な口調で修道士は答える。

「デウス・イエズスの教えは、各地で芽生えておりますか」

これが本題だというように、養父が尋ねた。

「それはもう。筑前の博多、肥前の平戸、島原、度島、生月島《いきつきしま》、薩摩の鹿児島、肥後の川尻——」

「そうすると、九州はほぼ全土、デウス・イエズスの教えが行き渡っていることになりますな」

「はい。うれしゅうございます」

「京にも上られたと言われましたが」

「京都には、十ねんまえからパードレ・ヴィレラさまと、イルマン・ロレンソさまがおられます。山城、大和、河内、和泉、摂津で、ふきょうがつづいています。そのなかで、いちばん、せいこうしているのは、大和の沢城です。あるじである高山さまおやこに、イルマン・ロレンソさまがバプティスマをさずけました」

「城主親子に洗礼ですか」

養父が驚いた。

「はい、たかやまひだのかみさまがバプティスマでダリオ、そのこはジュストというなをさずかりました」

「高山ダリオ様と高山ジュスト様」

「はい、たかやまジュストさまは、そのとき十二さいでした」

「米助、お前より若いではないか」

言われて、米助は頷く。府内では養父に連れられて、よく教会には通った。隣り人を大切にしなさい、デウス・イエズスの教えについて、修道士の言葉も耳にした。その次に、貧しい人には神が宿っている、貧しい人々に施しなさいというのは分かっても、その神が、礼拝堂の奥にある十字架のようになると言われると、もう分からなくなる。その神が、礼拝堂の奥にある十字架のように、死刑に処せられてしまったとなれば、ますます分からない。

「アルメイダ様、各地で信者が増えているとしても、神父や修道士、それに信者たちに逆《さか》らう者たちはいなかったのですか」

養父が畳みかける。「府内でも、礼拝堂を荒らしたり、住院に火をつけようとした不届き者がいました」

「わたくしたちはバテレンといわれて、京のまちからおいだされそうでした。とくに、てらのそうりょたちは、バテレンがひをつけて、京のまちをやいてしまうと、いいふらしました。五島でも、りょうしゅさまがびょうきになったのは、バテレンがきたからだといわれました。そうりょたちが、あつまって、りょうしゅさまがよくなるように、きとうしましたが、びょうきはなおりません。そこでわたくしがよばれました。

さいわい、たくさんのくすりをもっていたので、りょうしゅさまのにょうをしらべて、くすりをやりました。ねつがひいて、かんしゃされました。ところが、そのあと、まちがかじになり、バテレンのせいだといわれました」

「不幸なことが生じると、何でもかんでも、イエズス教のせいにされるのでは、たまったものではないですのう」

養父が苦笑する。

「でもちょうど、りょうしゅさまのかぞくがびょうきになって、またわたくしがよばれました。かぞく七にんのびょうきに、くすりがよくきいて、なおりました。それでしんじゃがふえて、奥浦《おくうら》にチェサ、きょうかいをたてました」

「やはり、アルメイダ様の医術が役に立っておりますな」

養父が納得する。

「府内のびょういんでは、もうはたらけません。しかし、びょういんはわたくしのなかにあって、いっしょにどこにでもいけます」

アルメイダ修道士が笑いながら、自分の胸に手を当てた。

「全くそのとおりです」

養父も小気味よく笑う。「あのとき府内の病院と住院には、トレス神父とヴィレラ神父、フェルナンデス修道士、シルヴァ修道士たちがおられました。それぞれ、今はどこで布教をされているのですか」

「パードレ・トレスさまは、天草の志岐におられます。志岐にはおおきなバジリカ、せいどうがあります。きょねんのなつ、そこにパードレやイルマンがあつまって、かいぎをしました」

時折言葉に詰まりながらも、修道士は懸命に話す。米助が理解するたび頷くのが嬉《うれ》しそうだった。

「パードレ・ヴィレラさまは、府内をでたあと京にいって、よくふきょうをされていました。わたくしも京でヴィレラさまとあいました。ところが、わたくしがかえったあと、しょうぐんさまが、けらいにころされました。しょうぐんさまはパードレ・ヴィレラさまに、ふきょうをゆるしていました。けらいたちは、ヴィレラさまをころそうとしました。それで、堺ににげたのです。つぎのとし、ヴィレラさまは、豊後にもどり、つぎに長崎にいって、いまもそこにおられます。長崎では、ちいさなてらが、うつくしいチェサになっています」

そこで修道士は息をつく。

「ヴィレラ神父が達者にしておられるとは、安心しました。あの日本の言葉が上手だったフェルナンデス修道士もお元気でしょうか」

「ざんねんです。二ねんまえに、平戸でなくなりました。あのかたは、ヌンシオ（法王大使）・ザビエルさまといっしょに日本にきて、十八ねん、日本にいました。りっぱなおかたです。ザビエルさまは、フェルナンデスさまをパードレにするつもりでした。でも、フェルナンデスさまは、じぶんはイルマンがよいと、ことわりました」

「そうでしたか。亡《な》くなられましたか。フェルナンデス修道士様からは、よく質問を受けました。文字の書き方も訊《き》かれ、紙にいくつもの字と読み方を書いて渡したこともあります。惜しい人を亡くしました」

養父の口調が湿り気を帯びた。「もうひとりの修道士だったシルヴァ様も亡くなられたのですね」

「はい、五ねんまえです。イルマン・シルヴァさまは、大殿さまのめいれいで、肥後の川尻でふきょうしていました。びょうきなので、高瀬までふねではこび、そこでてんにめされました」

「あの方も漢字に長《た》けておられた。漢詩まで意味を理解されたので、腰を抜かさんばかりに驚いた覚えがあります」

「そのとおりです。イルマン・シルヴァさまは、じしょをつくるつもりでした。かいたものが、たくさんありました。だれもひきつぐものがいないので、パードレ・トレスさまは、いひんとして、イエズスかいのほんぶにおくりました」

アルメイダ修道士は目をしばたたく。「でも、わたくしたちは、あたらしいパードレとイルマンをむかえています」

「そのひとりには、府内で会いました。確か名前はバプ——」

養父が思い出そうとする。

「イルマン・バプティスタさまです。パードレ・フロイスさまといっしょに、肥前の横瀬浦につきました。シルヴァさまがなくなる一ねんまえでした。これからも、つぎつぎにパードレとイルマンが、にっぽんにきます」

「ありがたいことです。日本に着くまでに大変な長旅でしょうに」

「それはもう、なんねんもかかります」

二人のやりとりを聞いていた米助も、いったい神父や修道士などの異人たちが、どこを通って日本にやってくるのか、全く見当がつかない。

「イエズスかいのほんぶがあるのはローマです。そこから、りくをとおってリスボンまで、はんとしはかかります。リスボンからはふねです。ひろいうみをわたります。アフリカのナタール、モザンビーク、マリンディのみなとによって、さいごにインドのゴアにつきます。一ねんか二ねんかかります。ゴアからはコーチン、マラッカ、みんのくにのアモイ、そしてニッポンです」

次々と修道士の口から知らない土地の名が出るのを、米助はめまいを覚えながら聞く。これだけ航海に詳しいのもアルメイダ修道士が、若い頃商人だったからだろう。

「ゴアからニッポンまでも、一ねんはかかります」

「そうすると、全部で三年」

養父も呆気《あっけ》にとられる。「いったん日本に来たら、帰るのにも大変な苦労がありますね」

「いちどニッポンにきたら、もうだれもかえりません。パードレやイルマンは、ニッポンで、しぬためにきています」

「それぞれに家族があるでしょうに」

気圧《けお》されたように養父が呟《つぶや》く。

「イエズスかいにはいるとき、わたくしたちは、かぞくをすてます。ちちはイエズス、ははis サンタ・マリアです」

修道士の口から漏れたサンタ・マリアは、その絵を府内の礼拝堂で、米助も見ていた。幼いイエズスを抱いているのがサンタ・マリアだった。十字架で死んでいるイエズスの木彫りよりも、マリアの絵のほうが米助は好きだった。

「わたくしたちをニッポンにはこんでくれるのは、ポルトガルのナウぶねです。あのふねだから、ニッポンにつけます」

「私も何度か見ました。実に立派な船です。船体は黒く、帆は黄色。海に浮かぶと、それはそれは鮮やかでした」

米助がその船を見たのは一度だけだった。ちょうど港にはいりかけ、帆をおろそうとしていた。

帆柱は全部で五本あり、真ん中の柱が一番高く、その前方の柱が少し低くなっていた。帆は三段重ねで、黄色の帆に十字の紋章がはいっている。後方二本の柱は低く、帆は三角だった。舳先《へさき》に斜に突き出た帆柱にも四角い帆が張られている。港にはいったあと、船腹から十本ほど突き出た櫓《ろ》が、一斉に動き出し、桟橋に横づけになった。

その大きさは、まるでひとつの城が海に浮かんでいるようだった。見物している年寄りの中には、天竺《てんじく》から来た船だと言って手を合わせる者さえいた。

「ナウぶねはおおきいので、ふつうのみなとにははいれません。豊後では、日出《ひじ》と府内と臼杵、肥後では高瀬、島原では口之津、天草では志岐、肥前では平戸と横瀬浦です。横瀬浦のみなとで、うみのふかさをしらべたのはわたくしです。府内のびょういんをやめたつぎのとしでした。りょうしのふねにのって、うみのふかさをはかりました。だいじょうぶだとわかって、おおむらのとのさまにしらせました」

「それは大村城主の大村純忠《すみただ》殿でしょう」

養父が確かめる。

「そうです。とのさまは、たいへんよろこび、みなとそのまわりを、イエズスかいにあたえました。ポルトガルのふねも、じゆうにはいって、十ねんかん、ぜいはありません」

「南蛮船から税をとらぬのですか。実に寛大な処置です」

「はい。ですから、わたくしたちは横瀬浦をマリアのみなといっていました。つぎのとしには、カテドラル、だいせいどうがたちました。パードレ・トレスさまも、豊後からこの横瀬浦にうつりました。そしてつぎのとし、大村のとのさまが横瀬浦にきたので、イルマン・フェルナンデスさまが、デウス・イエズスのおしえをせつめいしました。とのさまはたいへんきにいり、にゅうしんをきめました。それで、カテドラルでパードレ・トレスさまがバプティスマをさずけました」

「大村純忠殿が洗礼を受けられたのですか」

養父が驚く。「いつのことです？」

「六ねんまえのはるです。バプティスマのなまえはバルトロメウです」

「大村バルトロメウ？」

「はい」

アルメイダ修道士は笑顔で頷く。「そのとき、おおむらさまは三十一さいでした。わたくしたちは、横瀬浦をバルトロメウのみなとと、よぶようになりました」

「そうすると、大村純忠殿は、おそらくイエズス教に入信した初めての大名になりますな」

　養父が納得する。

「そうです。カテドラルのうらに、バルトロメウさまはやかたをたて、ときどききて、とまりました。パードレ・フロイスさまと、イルマン・バプティスタさまがナウぶねでついたのも、その横瀬浦でした。ところが、一ねんご、はんらんがおきました」

「それは、私も豊後の商人たちから聞きました。当時、豊後の商人も南蛮船から絹を買いつけるため、肥前に行っていたようです。大村殿は、間一髪で難を逃れられたと聞いております」

「しかし横瀬浦はかじになり、カテドラルも、とのさまのやかたも、すべてがはいになりました。パードレ・トレスさまは、島原の口之津ににげました。バルトロメウさまは、横瀬浦のみなみにある福田浦をみなとにえらびました。チェサもたてられ、河内からもどったパードレ・ヴィレラさまがきました。いまはこの福田浦がバルトロメウのみなとです」

「そうでしたか」

話を聞いていた米助も胸をなでおろす。

「わたくしたちは、いずれ大殿さまが、バプティスマをうけるのをいのっています」

「大殿はいずれ、洗礼を受けられるはずです」

「そうですか」

修道士の顔が輝く。

「大殿は、九州にイエズス教の王国を樹立なさるつもりです。西に、先に洗礼を受けられた大村殿がおられれば、ひと安心です。ただし、今は洗礼を控えておられます。九州平定が成ったときこそ、アルメイダ様たちの祈りが届くのではないでしょうか。実は――」

養父は言いさして、懐《ふところ》から絹布を取り出した。「大殿から下賜《かし》された品です。高橋の大庄屋になったら、そこに小さなイエズス教の王国を打ち立てるようにとの仰《おお》せがありました。大殿の命令は、末代まで守り通す覚悟でいます」

大殿がたとえわしが王国樹立に失敗しても、と言ったのを、養父は口にしなかった。

「これはふるいシルクです」

修道士が布を広げながら言う。「この三つのもじは、デウス・イエズスをあらわしています」

紺地に金色で刺繍されているのが文字らしいのは、米助も分かる。中央の文字の上に十字架が立っていた。

「大殿は、これをフランシスコ・ザビエル師から授かったそうです」

「ヌンシオ・ザビエルさまのものですか」

感じ入ったように修道士が絹布を撫《な》でる。

「これは、ザビエルさまのたましい、ひいてはデウス・イエズスのたましいです。どうぞたいせつにしてください」

「末代まで伝えていくつもりでおります」

「それで、大殿さまは、もうなにももっていないのですか」

「大殿は、トレス神父から授かった別の絹布を持っておられるそうです」

「あれですね。そのシルクはしっています」

アルメイダ修道士が合点《がてん》する。「もうりにかつために、パードレ・トレスさまが大殿さまにおくりました。きっと大殿さまがかつでしょう」

「私もそれを願っています。今、大殿は、大軍を山口にさしむけています。毛利元就《もとなり》は全軍を率いて立花城を攻めています。立花城が陥《お》ちれば、大殿の領地である博多も敵の手のものになります。大殿は、手薄になった敵の本拠地、山口を奇襲する断を下されました。豊後に退避しておられた大内輝弘《てるひろ》様を大将にすれば、山口に残っている大内家の旧臣たちが必ずや集まって来ます。これからが、大殿の力の見せ所です」

養父は力をこめて修道士に説明する。「大殿も、トレス神父からいただいた絹布を胸に、大勝を確信しておられるはずです」

「大殿さまのうしろには、デウス・イエズスがついています。パードレ・トレスさまのしたで、わたくしたちも、大殿さまのためにいのっています」

修道士はそう言って、天を仰ぐ仕草をして胸で十字を切った。

「さあ、アルメイダ様、これ以上引きとめては、申し訳が立ちません。これから秋月に行かれるのではなかったですか」

「秋月へいきます。さいわい大殿さまが、まもりのぶしをつけてくれます」

「秋月へは、初めての旅ですか」

行く先を案じて養父が訊く。

「はじめてです。秋月のとのさまにあいます」

「何と、秋月種実殿《たねざね》に」

「はい。大殿さまは、秋月のとのさまに、てがみをかきました。ここにあります」

修道士は黒衣の胸に手を当てた。

「あの種実殿は、実にさとい方です。先代の秋月文種殿《ふみたね》は、毛利側についたため、大殿は二万の大軍を送り、本拠地の古処山《こしょさん》城を攻めたのです。それが十二年ほど前で、私も参軍しました。城が陥ちたとき、文種殿は自害、嫡男《ちゃくなん》だった種実殿は、当時まだ九歳だったと聞いております。落城前に家臣に手を引かれて逃げのびました。毛利を頼ってまずは周防《すおう》で雌伏《しふく》、三年後、密《ひそ》かに秋月に戻り、旧臣たちと通じました。そして一昨年、わずか三千の兵で秋月の要所要所を急襲、自領を回復しました。それが、今年の閏《うるう》五月、突如毛利側から大殿側に降《くだ》ったのです。まだ若いのに、先を読む眼は確かなものを持っておられるようです。大殿の信任も厚いので、書状を書かれたのでしょう。それがあれば、アルメイダ様の布教の成功も、間違いありません」

養父が立ち上がると、アルメイダ修道士が手をさし伸べた。養父の手を握りしめて、しっかりと眼を養父に向ける。

「いちまださまがこれからいく高橋には、いずれわたくしもいきます。かならずいきます。しばらくのわかれです」

米助が驚いたことに、修道士の目から涙がこぼれ、養父も胸にこみ上げるものがあったのか、目を赤くした。

「どうぞ、来て下さい。私の代には間に合わなくとも、この米助がいるはずです」

「いいえ、すぐいきます」

アルメイダ修道士は、握りしめた手をほどき、米助の肩に置く。「まっていてください」

そう言われて、米助はこっくりと頷いた。

三　秋月（同）

冷えきった朝だった。古処山から吹き下ってくる冷気が、谷間を音もなく通り過ぎる。軒のつららが三寸ほどの長さになっていた。

こんな寒いなか、本当に修道士がやってくるのだろうかと、原田善左衛門《はるたぜんざえもん》は街道の先を眺めやる。

街道は全くの一本道で、甘木まで通じ、そこから幾手にも分かれて、東は日田、西は博多、南は久留米に行きつく。北は険しい八丁峠を越えて小倉に向かう。決して広くない城下なのに、秋月が要衝《ようしょう》の地であるのは、この占める位置にあった。

先代の秋月文種様が大友殿に追い詰められて自刃《じじん》されたその十年後に、嫡子である種実様が、大友殿からこの地を安堵《あんど》されたのは、僥倖《ぎょうこう》以外の何ものでもない。その僥倖を支えたのは、種実様の明敏さと、家臣たちの揺ぎがたい忠誠だった。

秋月氏の先祖である秋月原田氏の祖、原田種雄《たねかつ》様が、鎌倉の将軍から筑前国秋月荘《しょう》を付与されたのは建仁《けんにん》三年（一二〇三）と聞いている。今を去る三百五十年以上の昔だ。以来、原田氏は秋月氏と改姓、この地の領主にとどまり続けた。家臣も領民もそのまま動かず、忠誠の心根は、古処山に張り巡らされた防禦《ぼうぎょ》の壁や濠《ほり》同様、難攻不落なのだ。

原田善左衛門も、血脈を辿《たど》れば、原田一族の末裔《まつえい》で、祖父の代に商家になった。秋月の葛《くず》を小倉や博多、久留米で売りさばき、代わりにそうした町から織物や革、包丁、刀剣、かんざしなどを仕入れては、領主に調達するのが主な務めになった。

そうやって父の代から深いつながりを持った博多商人が、コスメ興善《こうぜん》殿だった。父が七年前に若くして他界したあとは、善左衛門がそのまま興善と交誼《こうぎ》を結んでいる。コスメはイエズス教の洗礼名で、聞くと父の代から興善一族はイエズス教に帰依《きえ》していた。父親の洗礼名は、フランシスコであったらしく、洗礼を授けた神父はザビエル師だったという。ザビエル師は平戸から京都に上る途上で博多に寄港、興善家の世話になったのだ。

コスメ興善殿が洗礼を受けたのは、ザビエル師が日本を去ったあとを継いだトレス神父によってだった。平戸から山口に向かう途中、トレス神父は博多に寄り、興善家に立ち寄った。興善一家の忠誠に感激して、自分の洗礼名であるコスメを興善家の跡継ぎに贈った。十六、七年前で、コスメ興善殿が三十五歳、ちょうど今の善左衛門の年齢のときだ。

以後、興善殿は一族をあげてトレス神父の布教を助けた。まず博多に、私財を投げ出して、聖堂と司祭館を造った。トレス神父の命令でそこに豊後の府内から赴任したのが、ガーゴ神父だった。善左衛門も会ったことがある。異人には珍しく、髪が黒く目の色も黒かった。しかし背は高く、日本人より頭ひとつ抜き出ていた。

ところがこの博多の聖堂も司祭館も、十年前の永禄二年（一五五九）、反大友、親毛利の旗をかかげて、五《ご》箇《か》山一《やまいち》の岳《たけ》城城主の筑紫《つくし》惟門《これかど》の軍勢が博多に放った大火で焼失した。ガーゴ神父はやむなく豊後に帰り、博多から布教の火は消えた。

それでもコスメ興善殿は、焼け残った一棟の蔵を改装して、祭壇を作り、教えの火を消さないように努めた。

善左衛門がアルメイダ修道士と初めて会ったのも、その土蔵の中だった。黒衣の修道士は、ろうそくの灯《とも》る薄暗がりで、十字架に向かって祈りを捧《ささ》げていた。

修道士の宿所はコスメ興善殿の屋敷で、十日以上泊まる間に、土蔵の礼拝堂で、何人もの老若男女《ろうにゃくなんにょ》に洗礼を授けていた。

その翌年、興善殿の屋敷で会ったのは、フェルナンデス修道士で、日本の言葉はアルメイダ修道士よりは堪能《たんのう》だった。豊後からアルメイダ修道士と共に博多に来て、アルメイダ修道士のほうはひと足先に、大村の領主を訪ねに行ったという話だった。

このフェルナンデス修道士も滞在中に何十人もの博多の住人に洗礼を授けた。このとき、善左衛門にも洗礼を勧めたのは興善殿だ。しかしまだデウス・イエズスの教えが何も分からないままなので、首を横に振るしかなかった。

二回目にアルメイダ修道士と会ったのは、五年前の永禄七年（一五六四）の秋だ。このときは修道士の言葉遣いも格段に上手になっていた。修道士は博多や姪浜《めいのはま》在のイエズス教徒の家を訪ねたあと、船で名護屋に発《た》った。向かう先は平戸という話だった。

この頃、コスメ興善殿は、アルメイダ修道士から全幅の信頼を得ていた。アルメイダ修道士はかつて南蛮交易にたずさわる商人だったらしく、布教のための財の元締めをしていた。その代行役を興善殿が依頼されていたのだ。

肥後や肥前、豊前や豊後にも店を持っている興善殿にしてみれば、手形ひとつで入用な金を動かせる。遠く離れた大坂の商家ともつながりがあった。

コスメ興善殿から聞いた話では、アルメイダ修道士がトレス神父から京に上るように命令されたのは、永禄七年の十一月だった。同行者に、前年七月大村領横瀬浦に南蛮船で着いたフロイス神父がいた。

知らせを受けた興善殿は、さっそく豊後に向かい、島原を出た二人と臼杵で合流する。しかし天候が悪く、ようやく船が豊後を離れたのは、暮も押し迫った頃である。

船は途中、伊予の港に寄り、さらに瀬戸内海にはいり、備前の塩飽《しわく》の港に立ち寄った。それは奇《く》しくも、トレス神父の師であるザビエル神父が十四年前、京に上る際に通った道筋だった。

興善殿たち一行は、播州坂越《さこし》の港で堺行きの便船を待った。ようやく堺港に着いたのは翌年一月末で、冬のひと月の旅はアルメイダ修道士にはこたえた。幸い、興善殿とは旧知の堺商人である日比屋了珪《ひびやりょうけい》殿が、手厚く一行を迎えた。アルメイダ修道士はここで興善殿と残り、静養に努め、フロイス神父のみが京に向かった。

逗留《とうりゅう》およそひと月、興善、日比屋殿の看病が実を結び、修道士は河内《かわち》の飯盛《いいもり》で既に布教していたヴィレラ神父に会いに出立《しゅったつ》する。しかしまた病がぶり返し、病身をおして京にようやく辿りつき、宿で寝込むことふた月、この間も興善殿はひとときもアルメイダ修道士の病床を離れなかった。

回復をみたのは四月半ばだ。フロイス神父と京都、奈良、摂津の信者たちの家や、教会を転々として、五月になって再び堺の日比屋殿の屋敷に戻った。すぐに豊後に向けて出帆して、府内に帰りついたのが五月末だった。

この半年の旅で、アルメイダ修道士がコスメ興善殿に抱く信頼は不動のものになった。

興善殿は、いったん信義を結ぶと、最後までそれを大切にする人だ。いきおい、見込まれたこちらも、とことん興善殿のために尽くす気持になる。興善一族が財を成した基盤は、勘定ではなく信義だったはずで、その血の流れは今も続いている。原田善左衛門も、コスメ興善殿の申し出には、身を惜しまずに応《こた》えるようにしていた。

「来ました。三人です」

手代《てだい》が走って来て告げる。

「分かった。まず家に案内してくつろいでもらう。戻ってご案内しろ。原田善左衛門がお待ち申していると伝えてくれ」

善左衛門はそう言って手代を見送ったものの、落ち着かない。興善殿の書簡は、領主の秋月種実様への仲介役を依頼していた。

これは簡単なようで容易ではない。秋月領を種実様に安堵された大友宗麟《そうりん》殿が、イエズス教を守護されているのは、つとに人の口にのぼっている。とはいえ、種実様は先祖代々、禅に帰依されている。そう簡単に目通りがかなうとは思われなかった。

アルメイダ修道士が、護衛の兵二人とともに家の前に立ったのは、四半刻《しはんとき》のあとだった。修道士は善左衛門が出迎えるなり、近寄って両手をとった。

「長い道中、苦労されたでしょう」

疲れた顔と泥のかぶった革靴を見て、善左衛門は同情する。

「日田から二にちかかりました。ぜんざえもんさまは、げんきでしたか」

「このとおり、達者です。さあさ、休まれて下さい」

兵士二人にも屋敷にはいってもらい、すぐさま足を洗う木桶《きおけ》を持って来させる。

修道士には、庭に臨んだ部屋でくつろいでもらった。

「秋月は、三つのほうがくに、やまがありますね」

町に辿りつくまでに、三方にそびえる山々をたっぷりと眺めざるをえなかったのだろう。谷間を縫う坂道に閉口した様子がうかがわれた。

「この秋月の盆地を囲む山々は、すべての頂きに山城や砦《とりで》が配置されています」

善左衛門は手をめぐらせて説明する。アルメイダ修道士がどのくらい理解してくれるのかは分からない。しかし、どの程度、平易な言い回しをすればいいのかは、それ以上に見当がつかない。その迷いのためか、却《かえ》って難しい言い方になっていた。

「日頃、殿様がおられる里城《さとじろ》は、この北にある荒平城《あらひらじょう》です。その少し西に一木尾城があり、ここから見える小高い山の上にあるのが坂田城です」

善左衛門が指さすと、修道士はわざわざ立ち上がって、城郭の方に眼を向けた。

「みなみのやまには、ほかにもしろがみえます」

振り返って言う。

「あれは砦で、尾根づたいに点々と造られ、秋月の南側を守っています。北の方も全く同様で、一木尾城の西側に、点々と砦を巡らせています」

善左衛門も立って説明する。「そして、詰城《つめじろ》として、秋月の東側、奥深い所に、古処山城があります。詰城というのは、戦いのとき立て籠《こも》るための城です。南北に延びる約五町の尾根筋に、十三の砦を設置しています」

本来なら、そういう城の配置などを不用意に口にするのは、御法度《ごはっと》だった。話す相手が異人なので、ついこちらも無防備になる。

「よくわかりました」

アルメイダ修道士がまた坐《すわ》り直す。膝《ひざ》を折る所作も、もう板についていた。

「コスメ興善殿の文では、領主の種実様に是非とも、お目通りを願われているとか」

「はい。さいわいにも、とのさまあてのてがみを、おおともそうりんさまからもらいました」

「大友の総大将の書付《かきつけ》があれば、事はうまく運びます。私の文も添えて、今日のうちに殿様に届けさせましょう。旧知の直参《じきさん》がおります」

善左衛門は手を叩《たた》き、硯《すずり》と筆、紙を持って来させる。文机《ふづくえ》に向かって墨をすったあと、書きつける様子を、修道士は食い入るように眺めた。

「それではこの足で、直参のお侍の家に届けに参ります。明日には、殿よりの返事が下るはずです。その間、屋敷でくつろがれて下さい」

修道士の世話を家人に頼んだあと、善左衛門は、秋月屋敷の前にある板井源四郎宅を訪ねた。源四郎は、大友軍によって古処山城が陥ちたとき、まだ幼少だった領主種実様を背負って逃げのびた忠臣のひとりだった。それだけに、種実様の信任も厚かった。

「大友宗麟殿の書をたずさえている異人となれば、拒むのは反逆も同じ」

源四郎は善左衛門の依頼を即座に受け入れた。「ただし、種実様が、その修道士の願いをすぐに聞き届けられるかどうかは、保証できない」

「それはもう。会見の席を設けていただくだけで、望みは果たせます」

善左衛門も異存はない。

「しかしな、善左衛門、わし自身は、その修道士の説教を聞いてみたい。大友宗麟殿の城下、府内には多くの信者がいるそうではないか」

「アルメイダ修道士が、頻繁に府内に行くのも、信者たちに会うためです。京の都の近くにある摂津高槻《たかつき》の領主、高山殿も、その嫡男とともにイエズス教に帰依されたと聞きます。いやそれ以前に、肥前の大村純忠殿も、帰依されています」

「それは、殿の耳にもはいっている。表向きでは、禅宗に背を向けるのは難しいだろうが、聞く耳は持っておられる」

源四郎は思慮深い顔で微笑する。「わしも同じ気持だから、そなたの書状を届けるとともに、口ききをしておこう」

「ありがとうございます」

善左衛門は床に額をつけた。

「そのアルメイダという修道士、そなたの許《もと》に逗留しているのだな」

「はい」

「旨《うま》い物があるので、家人に持たせる。客人に食べさせてやるといい」

善左衛門が辞したあと、夕刻前に届けられたのが猪《いのしし》一匹だった。家人がさっそく料理し、塩焼きや味噌漬《みそづけ》、煮物にした。

「ほんとうに、たべていいのですか」

目の前の猪料理を見て、アルメイダ修道士は目を丸くした。

「どうぞ、心ゆくまで召し上がって下さい」

善左衛門は丁重に勧める。

「四つのあしをもっているものを、たべてはいけないとききました」

「牛や馬、犬や猫は食べません。しかし猪や兎《うさぎ》、鹿《しか》、狸《たぬき》はこの限りにあらずです」

膳《ぜん》の上に並べられた猪田楽《いでんがく》に猪汁《いのししじる》、塩焼きに煎《い》り焼き、山女《やまめ》の魚醤《ぎょしょう》に浸しての焙《あぶ》り焼きは、久しぶりの馳走《ちそう》だった。

「もう十ねんよりまえ、豊後にいたとき、うしをたべるから、こどももたべていると、うわさされました」

「子供をですか」

善左衛門は眉《まゆ》をひそめる。「ははあ、豊後で捨子を集めて、孤児院をつくっておられた頃でしょう。そのことはコスメ興善殿から聞いております。世の中には、口さがない連中が必ずいるものです」

「ですから、パードレもイルマンも、にくはたべないようにしていました。にくはだいすきです」

修道士が膳に眼をやる。どれから食べていいか迷っている様子に、善左衛門はまず味噌田楽を食べてみせる。

アルメイダ修道士もそれにならい、目を細めてゆっくりと味わう。修道士の骨格は大きいのに、腕にも肩にもあまり肉がついていない。健脚ぶりの割には、日々の食い物が貧相なのに違いなかった。とはいえ、箸《はし》の使いぶりは立派で、所作も申し分ない。

善左衛門が膳の三分くらいを残したのに、修道士はすべてを食べ切っていた。

「あとは湯浴《ゆあ》みをして休まれて下さい。明日必ず吉報がもたらされます」

修道士に言い残して、ひとりにさせた。家人には、洗い物があれば洗ってやり、火で乾かすように命じた。

夜が更《ふ》けても、修道士は文机に向かって書き物をしているようだった。

翌朝早く、板井殿の使いが来て、種実様へのお目通りがかなった旨《むね》を知らされた。善左衛門も同行するようにとの達示《たっし》も下されていた。

朝餉《あさげ》の席で、領主の許可を修道士に告げた。

「殿様にお目通りが、かないました。まだ若い種実様ですが、必ずや、デウス・イエズスの教えについて、御下問があるはずです。心づもりされていて下さい」

「ありがとうございます」

アルメイダ修道士は胸に手を当てて、感謝の意を表した。

その日は、夜のうちの雪が薄く積もり、古処山も白一色になっていた。冷え冷えとした青空の下で、荒平城の雪をかぶった屋根が美しい。

巳《み》の刻（午前九時）になって板井殿が姿を見せた。善左衛門は昨日の猪の礼を言った。

アルメイダ修道士は、旅姿とは違い、朱珍《しゅちん》の頭巾《ずきん》をかぶり、裏に毛皮のついた外套《がいとう》をまとっていた。聞くと、豊後の大友宗麟殿からの下賜品だという。

荒平城へのつづら折りの道を、一歩一歩踏みしめて登る。アルメイダ修道士は、板井殿と同じく四十代半ばの年齢だろうが、足取りはしっかりしている。むしろ善左衛門や板井殿のほうが息を切らし、途中で胸が苦しくなり小休止した。

大手門を通り、三の丸、二の丸を曲がり、内の御城にはいる。善左衛門は控えの間で待たされた。一方だけが壁で、三方が戸口になっている小部屋で、何の飾りもない板張りだった。おそらく、事があるときに四、五人の武士が控えている場所で、いざとなったら戸を蹴破《けやぶ》って切りかかるのに違いない。

耳を澄ましても、アルメイダ修道士の声は聞こえない。しかし、どこか近くの廊下を人が多数歩く音が耳に届く。

善左衛門も、領主に会ったのは一度きりだった。五、六年前で、まだ種実様が十五歳くらいのときだ。板井殿の屋敷に見えたとき、お目通りがかなった。善左衛門が博多に頻繁に足を運んでいると聞いて、博多の様子について下問があった。

善左衛門は、若い頃に見た博多の繁栄ぶりと、それを支えている中国との交易、大友氏に反逆して筑紫惟門が博多の町を焼き払ったあとの荒廃、そして現在の復興ぶりを、手短に語った。交易が町を富ませる事実を、善左衛門は強調したつもりだった。単に戦いのうえでの有利な地形というだけでは、秋月も栄えないと、若い領主は覚《さと》ったに違いなかった。

四半刻ほどして、修道士と板井殿が戻って来た。二人ともいささか興奮した顔色だった。

「殿は大友宗麟殿の書状を読まれて、納得された。大広間に説教を聞きたい家臣を集めておられるようだ。これ以上の厚意はないと、修道士も満足している」

「ありがとうございます」

修道士が二人に礼を言う。

「それでは種実さまも、そこに同席されるのですか」

「いや、それはかなわなかった。禅宗に帰依している身ゆえに、聞くわけにはいかないと申された。菩提寺《ぼだいじ》の住職照円殿に気を遣われているのだろう」

それで善左衛門も納得がいく。先代の文種様の時代から、照円殿は秋月家の相談役だったのだ。

「善左衛門殿も是非同席なされたがいい。アルメイダ修道士が言葉に詰まったときなど、助け舟が必要になる」

廊下を渡りながら、板井殿が耳打ちする。助け舟の役など務まりはしないと思いながら、アルメイダ修道士の説教は聞いてみたかった。コスメ興善殿とは長いつきあいであるものの、イエズス教がどういう教えなのか、面と向かって聞かされた覚えはなかった。

板敷の大広間には、既に四、五十人ほどの家臣が集まって胡坐《あぐら》をかいていた。咳払《せきばら》いをして板井殿が上座につき、中央にアルメイダ修道士を立たせた。善左衛門は、板井殿から少し離れて、部屋の隅で正座をする。

「ここにおられるのが、アルメイダ修道士殿だ。豊後や山口、平戸、天草はいうに及ばず、京の都まで上られて、布教されている。その教えについて直接話が聞けるまたとない機会を、殿につくっていただいた。肚《はら》の底にあるものを、すべて吐き出してもらいたい」

よく通る声で板井殿が伝えると、座が静まり返った。見回すと、善左衛門と旧知の家臣がほとんどだった。

「みなさん、ありがとうございます」

促されて、アルメイダ修道士が口を開く。全く気遅れなどなく、堂々とした態度だ。

「デウス・イエズスのおしえで、一ばんたいせつなものは、れいこんのふめつです。あなたたちのからだはほろんでも、たましいはしにません。しんだあとも、れいこんはいきつづけます」

霊魂などという難しい言葉が修道士の口から漏れたのに、善左衛門は意外の念にかられる。おそらく、長年の経験から覚えた漢語に違いなかった。

「わたくしたちがしんこうするデウスは、ばんぶつをつくったそうぞうしゅです。ばんぶつをうごかし、ばんぶつをいのちでみたしています。もちろん、わたくしたちにんげんも、デウスがつくりました。このにんげんのために、デウスが、むかしからそうぞうしたのが、れいこんです。このれいこんをとおして、デウスはわたくしたちにんげんに、かんかくといのちと、うんどうをあたえました。れいこんこそは、みえず、よろこびにあふれ、たとえのろわれても、とこしえにいきるちからをもっています。ふしです」

ここまで言って、修道士は立ったままで一同を見回す。全く解《げ》せないという顔の家臣は少なく、ほとんどが納得したように頷《うなず》く。

霊魂が不死という修道士の話から、善左衛門はコスメ興善殿の態度を思い浮かべる。

興善殿はどちらかといえば病弱で、これまでも何度か床についていた。にもかかわらず、見舞ったときも、いつも笑顔を忘れず、どちらが見舞い客か分からなくなるほどだ。あの死を恐れない態度は、霊魂が不死で不滅だと信じているところから出ていたのだ。

「にんげんのひとりひとりは、一ぽん一ぽんのきのように、ひとりひとりちがい、たくさんの、じゆうをもっています。じぶんでなんでもきめるじゆう、こころをせいじゆくさせるじゆうです」

居並ぶ家臣のうち、何人かは頷き、何人かが首をかしげた。大部分の家臣は、その先が聞きたいというように、修道士の顔を凝視している。言葉に癖があり、流暢《りゅうちょう》でないだけに、誰しもが耳を澄まして、修道士の真意をつかもうとしていた。

「にんげんがめざすのは、しんじつとぜんです。それをうむために、デウスはにんげんに、きおくと、ちせいと、いしをあたえました。きおくとちせいは、しんとぎ、せいとじゃ、ぜんとあくをくべつするためです。いしは、せいじつであり、とくをまなび、あいをあたえるためです。これによって、にんげんはデウスにちかづいて、れいこんがふしになります」

ここに至《いた》って善左衛門は、アルメイダ修道士が説く宗教の核心がのみこめた気がした。

要するに人間はデウスという神から創《つく》られ、神のように正しい振る舞いをしてこそ、その霊魂は永遠に生き続けるのだ――。日頃から照円和尚《おしょう》やその弟子が説く教えとは、どこか似ているようで、大きく違う。しかしその差異の輪郭は、善左衛門の頭のなかでは、まだはっきりしなかった。

家臣たちも同じらしく、分からぬという顔で、何人もが腕組みをした。ひとり板井殿だけが、ときに目を閉じ、ときに目を開けて無表情のまま修道士を眺める。

「ところが、にんげんは、おおきなつみをおかしました。デウスになりかわって、ぜんとあくをきめようとしました。それだけではなく、さまざまな、じゃあくなことをしました。ひとのものをぬすみ、ひとをねたみ、ひとをきずつけ、じぶんもきずつけ、じぶんではらをきり、うそをつき、にせのちかいをたて、ひとをおとしいれ、おとことおとこ、おんなとおんながまじわり、つまいがい、おっといがいのものとまじわり、みごもったこをおろし、うんだこをころしたのです」

アルメイダ修道士が指を立てながら、人間の悪徳をいちいち口にするにつれて、家臣たちの顔が蒼《あお》ざめていく。ある者は反発を覚えてか、修道士を睨《にら》みつけた。

そんな反応は百も承知なのか、修道士は涼しい顔で先を続ける。

「デウスはにんげんをじぶんににせて、かんぜんなものとしてつくられたのに、そのめぐみにもかかわらず、だらくしました。あくまのさそいにのりました」

ここで板井殿が目を開き、また修道士を仰ぎ見た。だからどうなのだという疑念が、初めて顔に現れる。

「しかし、かみはゆるされました」

安心しろというように、アルメイダ修道士が脇《わき》の板井殿に笑顔を向けた。一座に安堵のようなざわめきが起こる。

「くいあらためればよいのです。つみをあがなえればよいのです。このしょくざいを、わたくしたちにんげんにかわってしたのがイエズスです。イエズスはにんげんにかわって、じゅうじかに、かけられました。にんげんのために、デウスにつみをゆるすようにねがいました」

修道士は懐から十字架を取り出して、その右手を高々と掲げる。「デウスはそれをゆるされ、イエズスはふっかつしました。そしてしょうてんし、デウスとおなじすがたになりました。にんげんは、じぶんたちのつみをせおって、じゅうじかでしんだイエズスに、おんぎがあります。それがしんこうです。しんこうとは、かみへのあい、すべてのひとへのあい、じぶんをせいなるものに、たかめるためのおこないです」

ここで修道士はもう一方の左手で、懐から一冊の書物を取り出す。革の表紙はもうすり切れて、色も褪《あ》せている。

「このせいしょには、にんげんをじょうふくと、えいえんのすくいにみちびく、いきかたがかかれています。このせいしょのおしえにしたがい、まいにちのしんこうで、にんげんはデウスにちかづきます」

アルメイダ修道士が言い終え、十字架と聖書を懐にしまいこんだ。一同を見回したあと、板井殿と善左衛門に顔を向けた。半分以上は理解できたと善左衛門は思い、微笑を返す。

「それぞれ、何か合点がいかない向きがあるはずだ。せっかくだから、遠慮なく、アルメイダ修道士に訊《き》くといい」

板井殿が呼びかけ、一番前にいた老臣の神田殿をまず促した。神田殿はもう六十歳を超えていながら、人となりが温和で、若い家臣からも慕われていた。

「ひとつどうしても解せないのは、イエズスというのは、デウスという神の子なのか」

善左衛門も同じ疑念を抱いていたので助かる思いがする。

「デウスは、じぶんのにすがたとしてイエズスをつくられました。じぶんをわけあたえられました」

「そうすると、デウスには妻がいるのかの」

誰かが訊く。真面目《まじめ》な質問だったのにもかかわらず、一座からは笑いが漏れた。

「かみであるデウスは、にんげんをこえています。デウスは、イエズスのははとなるひとに、すべてのおこないとせいかくが、せいなるものにみちあふれていたおんな、マリアをえらびました。イエズスはマリアからうまれました」

「そんなことは、ありえないと思うが」

神田殿が首を捻《ひね》る。後方でまた笑いが起きた。しかし修道士は慌《あわ》てた様子もなく言葉を継ぐ。

「それもそうぞうしゅであるデウスのなされたことです。マリアさまこそは、むげんざいのやどりです。つみをおかさずしてイエズスをはらみ、イエズスをこのよにおくりました」

むしろ涼しい顔での返答に、笑いは次第におさまる。静かになったとき、一座の中程から声があがった。

「今ひとつ分からない。結局のところイエズスはデウスの子であるのか。つまりイエズスの父がデウスであるのか」

問い質《ただ》したのは、善左衛門も知っている無足頭《むそくがしら》の安川殿だった。二十歳を過ぎたばかりなのに、早くも人望を集めていた。

「かみは、じぶんのにすがたとしてイエズスをつくりました。このちちとこからうまれるあいが、せいれいです。したがって、ちちはデウス、こであるイエズスもデウス、せいれいもデウスです。これが、さんみいったいのかみです」

「三位一体」

安川殿が隣の家臣と顔を見合わせて呟《つぶや》く。

「イエズスはかがみです、そこにデウスのすがたがうつっています。ですから、わたくしたちは、イエズスというかがみでかみをみて、デウスのあいであるせいれいを、かんじることができます。デウスはむげんのちえとぜんをもって、ばんぶつにひかりをそそがれます。デウスはかんぜんで、すべてのぜん、せいぎのみなもとです」

アルメイダ修道士の口ぶりには、一点の曇りも感じられない。

修道士が言うデウスと仏は似たようなところがあっても、やはり微妙に違う。その差異はどこなのか、まだ充分にのみ込めない。一座の反応も同様で、不可解な顔が目立つ。

そのとき後方から太い声が上がった。姿は何度か見かけた家臣のひとりだ。

「そなたの話の中で、ずっと気になったのは、人は死んでも霊魂は残るということだった。残って最後はどうなるのだ」

もっともな質問というように、一座の多くが顎《あご》を引く。

「そのれいこんのもちぬしであるにんげんが、ふどうとく、ふせい、じゃあくなところをくいあらためて、デウスをうやまってしんこうをふかめ、ただしいどうりにしたがって、しんりとえいちとぜんをみたすいきかたをしたか、さいごのしんぱんがくだります」

「閻魔《えんま》大王と同じだ」

低い声で言ったのは板井殿だった。

「それとは、すこしちがいます」

閻魔王については既に聞いているのか、修道士は板井殿を余裕たっぷりに制した。

「さいごのしんぱんのとき、このよはおわります。このよは、やみにつつまれ、ちがゆれ、つなみがおそい、すべてのものが、ひにつつまれます。このときデウスのおんちょうをえていたにんげんだけが、ふっかつします。このよにいたときのなやみ、あくとくからきよめられて、あかるく、うつくしいからだでよみがえります。そのからだはふしで、ひかりにみちた、てんじょうのよにいきます」

天を仰ぐように上を向く修道士の顔が輝く。何か言葉を低く唱えて十字を切ったあとに、板井殿に向き直った。

「えんまは、ひとにばつをあたえて、じごくにおとします。これはつみです。えんまはじぶんでつみをおかしています。デウス・イエズスはすくわれたひとびとといっしょに、てんにかえります。すくわれなかったひとは、しずんだいちとともに、やみのそこにひきこまれてしまいます」

修道士は居並ぶ家臣たちのひとりひとりに眼を向ける。誰もが修道士の次の言葉を待ち受けていた。

「さいごのしんぱんですくわれたひとは、よろこびとあい、ぜんにみちたせかいに、えいえんに、いきることができます。すくわれるのは、あくまでしんこうと、ただしいおこないにみちたひとです。みぶんや、おかねや、ちからとは、かんけいありません」

言い切ると、アルメイダ修道士は、胸で再び十字を切った。

「その他に誰か」

板井殿が促す。口を開いたのは、老臣のひとりで、もう隠居の身になっている川合殿で、脇に娘婿《むすめむこ》の跡継ぎが神妙な顔で坐っていた。

「そなたは修道士だが、何の利益、何の損得があって、遠い南蛮の果てから、このような山深い土地まで、踏み入って来られたのか。忌憚《きたん》ないところを聞かせていただけるとありがたい」

あけすけな質問ながら、誰もが訊きたかったことに違いなく、一座は修道士の返事を待った。

「わたくしたちパードレやイルマンは、デウス・イエズスのみちをえらびました。わたくしたちは、デウス・イエズスにつかえています。いつわりとつみにつつまれて、せいかつをしているたましいをすくうために、ここにきました。おおきなくろう、ひとびとのからかい、あざけりにたえなければなりません。わたくしたちには、ざいほうや、ちい、きょうらくなどの、ほうしゅうはありません。ただひとつ、デウス・イエズスのみこころにしたがって、いきているというよろこびが、ほうしゅうです」

最後のところで修道士は笑顔になる。嘘《うそ》いつわりのない顔だと、善左衛門は思う。

川合殿も同じらしく、静かに顎を引いた。

沈黙が一座を包んでいた。分かったという顔もあれば、狐《きつね》につままれたような表情の者もいた。しめくくるように、口を開いたのは板井殿だった。

「この場は、これで終わる。幸い、アルメイダ修道士は、あと数日、ここにいる原田殿の屋敷に逗留される。そこで説法もなされるであろう。聴聞《ちょうもん》するのも、帰依するのも、そなたたちのよきにしたがいいと、殿も言われた」

そこまで言って、修道士に向き直る。「いや本日はご苦労かけた。家臣が参じた際には、よしなにお願い申す」

座がお開きになると、板井殿は二人を大手門の外まで見送ってくれた。

「これでつとめをはたしました」

肩の荷をおろしたように、修道士が言う。

「わたくしのいったこと、ききとどけられたでしょうか」

「はい。充分すぎるほどでした」

半分しか理解できていないと思ったものの、善左衛門はそう答える。全くの無知だったものが、わずか一回の説法で、百のうち五十を分かったのであれば、充分のはずだった。しかも、異人の口から発せられた拙《つたな》い言葉で、これだけ頭にはいったのだから、修道士の説法の力は推して知るべしだった。

四 布教（同）

驚いたことに、二人が屋敷に戻って間もなく、次々と来訪者が玄関先に現れた。その多くは、荒平城の大広間に詰められなかった家臣たちだった。

善左衛門は、板の間と畳の間の仕切りを取り払って、説教所にした。床の間の前に文机を置き、その後に腰掛けを据える。立ちっ放しだった修道士に、少しでも楽をしてもらうためだ。

善左衛門の妻しまも、来客の応対で大童《おおわらわ》だった。家人に命じて、茶の用意をさせ、ひとりひとりの前に置いた。

説教には善左衛門も同席した。修道士が話に詰まったとき、少しでも助け舟を出せるかもしれなかった。

一座の顔ぶれは、城の大広間のときと大方違っていたので、修道士は同じ話を繰り返さなければならなかった。同じ内容であっても、聞く側の熱心さは違っている。初めから関心をもって足を運んでいるからだ。

アルメイダ修道士は、ひと区切りごとに質問を促した。

人は体が滅んでも、霊魂は生き続けるとの修道士の教えに対して、やはり異論が出た。自分たちが信じる仏教では、人が死ぬとき、すべてが無になると聞かされている。そして後の世で新たに生き返ると信じている。それが輪廻《りんね》だが、イエズス教の考え方とはどこか違う。どちらが正しいのか、との質問だった。

修道士は余裕たっぷりに頷き、輪廻は存在しないと断言する。つとに輪廻について聞き及んでいるのに違いなかった。

「りんねはまちがいです。にんげんがうまれかわるのは、さいごのしんぱんのときです。それまでは、からだはしんでも、れいこんはいきつづけます。ただしいおこないをした、にんげんのれいこんだけが、しんぱんのとき、あたらしいからだをもらい、てんじょうで、むげんにいきつづけます」

修道士が答えたあと、別の家臣から、その審判で救われなかった者はどうなるのかという疑問が出た。

「しんぱんのとき、このよのすべてが、ひによってやきつくされます。すくわれなかったにんげんは、そのひのなかに、ずっとずっととどまります。ただしいおこないで、デウスのおんちょうを、えたにんげんだけが、あたらしいからだをもらい、ひかりかがやく、うつくしいてんじょうで、えいえんにいきつづけます」

するとまた別の年配の家臣が、追加の問いを投げかけた。仏教でも、火災、水災、風災は三災と言われて、末世の始まりといわれている。そのとき不動の信仰を持つ者のみが、その災禍《さいか》から逃れられる。審判は末世とは違うのかという質問だった。

アルメイダ修道士は、この末世についても知識があったと思われ、即座に答える。

「まっせは、このよのおわりです。しんぱんはそれとはちがいます。このよをやきつくす、きよめです。しんこうにいきたにんげんのれいこんだけが、からだをもらうのです」

返答を聞きながら、善左衛門も、二つがどこか違うのを感じた。末世は人間に対する罰であり、不信心者を地獄に堕《お》とすためにある。ところが審判は、不信心者を三災の中に放り込むのではなく、ただ正しい信仰者に永遠の命を与えるために、デウスが行うものだ。

もしかしたら、と善左衛門は思う。イエズス教には、天罰という考えがないのではないか。そういえば、アルメイダ修道士は一度も罰という言葉を使っていない。当然知っているはずなのにだ。

修道士が次の話に移る前に、別の質問が出た。審判のあとに信仰者が体をもらうのは、仏教の往生とそっくりだという感想だった。この往生という言葉も、アルメイダ修道士は知っていた。

「おうじょうのさきに、ごくらくじょうどがあると、あなたがたはしんじています。しんでしまったからだが、ごくらくじょうどにうまれかわると、しんじています。にんげんがうまれかわるのはりんねです。りんねはまちがいです。そうではなく、にんげんはしんだあと、れいこんがのこります。うまれかわるのではありません」

ここでも善左衛門は、微妙な差異を感じた。天上の生活が極楽と似てはいるものの、修道士は、似たところではなく、違いを強調している。その違いの根本にあるのは、不滅の霊魂だった。仏教の教えでは、死んで人は無になり仏になる。それがいずれは往生して極楽に行くか、地獄に突き落とされる。

ところがイエズス教では、体が滅びても、霊魂は残るのだ。

そしてもうひとつ、生き続けた霊魂が最後に、美しい体をいただくのが、最後に控えている審判だ。邪悪な行いをした霊魂は、そのまま焼き尽くされていく。

幸い、アルメイダ修道士はたて続けにしゃべるのではなく、ひとつひとつの説明のあとに間を置いた。その間は、沈黙だったり、ざわめきだったり、ひそひそ話だったりと、さまざまだ。いずれの場合も、聞いている家臣たちが、何とか理解しようとしている証《あかし》に感じられた。

板井源四郎殿の次男である新平殿が問いかけたのも、ざわめきのなかだった。板井殿は四人の子息に恵まれていて、その中で最も器量があると目されているのが、まだ二十歳になったばかりの新平殿だった。

「ある仏教の教えでは、善人はもちろん往生する。しかし悪人もまた往生できるとしています。イエズス教の審判では、悪人は悪人として断罪されるのですか。というのも、我々は、大なり小なり、悪いことをしている悪人だからです」

最後のところでは、笑いが起きた。修道士も一緒になって笑ったので、善左衛門も気持が軽くなる。

「あなたがいうように、わたくしもあくにんでした。しょうにんのとき、おかねだけをもうけようとして、さまざまなはかりごとをしました。ひとをだましもしました。しかし、くいあらためました。つみをざんげしました。そしてせんれいをうけました。これでもう、あくにんではなくなりました。あくにんでも、つみをこくはくして、ざんげすればよいのです」

そうか、というように一座に安堵《あんど》のどよめきがあった。そのざわめきが鎮《しず》まるのを待って、修道士はつけ加える。

「ざんげをすると、こころがかるくなります。あとは、ただしいおこないだけをしていけばよいからです。わたくしは、そんなひとたちを、たくさん、たくさん、しっています。にっぽんのあちこちにいます。京都、高槻、堺、山口、日出《ひじ》、府内《ふない》、臼杵《うすき》、鹿児島、志岐《しき》、口之津、横瀬浦、平戸、博多——」

修道士の口から、家臣たちが訪れたことのない土地の名が漏れるたび、家臣たちの目が光った。

次の日も、また別の家臣たちがやって来た。中には二日続けて参じた家臣もいた。

善左衛門はアルメイダ修道士の疲れも考えて、一日を何回かに区切って説教に立つように勧めた。しかし修道士はとりあわず、朝、来訪者が集まれば広間に行き、夕刻に客がいなくなるまで、腰掛けに坐り続けた。

これだけしゃべれば、普通なら声も嗄《か》れる。ところがアルメイダ修道士は、体同様に、声も疲労知らずだった。

三日目になると人数が増え、朝から広間は坐る余地もなくなった。仕方なく、善左衛門は、仕切りを取り払って廊下にも坐ってもらう。修道士の腰掛けも、床の間ぎりぎりまで後ろに下げ、文机は横に置いた。

この日は、再び板井殿の次男、新平殿も姿を見せた。

イエズス教徒として守るべき十の教えがあると聞いたのは、この日が初めてだった。

そのひとつひとつを、修道士が指を立てながらゆっくりと諭した。

一つ、デウス・イエズス以外は崇敬してはならない。

二つ、虚偽、空虚、邪悪なものに対して、誓いをたててはならない。

三つ、日々の礼拝が信者の義務である。

四つ、父母への敬愛。

五つ、誰の生命も奪ってはならない。自死も、子殺しも、堕胎《だたい》もしてはならない。

六つ、伴侶《はんりょ》以外と交わってはならない。

七つ、盗んではならない。

八つ、偽証をしてはならない。

九つ、正しく振舞い、正しいことを言う。
十、他人の伴侶を恋してはならず、他人の持ち物を望んではならない。
これが、信徒のための十戒だと、アルメイダ修道士は締めくくる。

ひとつごとに一座からどよめきが漏れていたのが、十の項目が終わったとたん、あちこちで雑談が始まり、ほとんど収拾がつかなくなった。

それを制するように、奥のほうで声がして、家臣のひとりが立ち上がる。

「正妻以外と交わってはならないと言われたが、ここにいる何人かは、側女《そばめ》もかかえている。我らが領主、種実様《たねざね》も、側女を四人抱えておられる。これも子種を絶やさないためだ。これが間違いだと、そなたは言うのか」

詰問《きつもん》に近い口調にも、修道士は穏やかに応じた。

「イエズスきょうとしては、ただしいおこないではありません。いちどつまにしたひとと、さいごまでいっしょにすごします」

なるほどそうだったかと、善左衛門は得心《とくしん》がいく。コスメ興善殿に以前から一切浮いた噂《うわさ》がなく、謹厳実直の判をおしたような生活ぶりなのは、教えが基本にあるからに違いなかった。幸い、自分の性分として、善左衛門も妻以外に心を通わせた覚えはない。

ざわめきが鎮まるのを待って、アルメイダ修道士は言葉を継ぐ。

「肥前のとのさまのおおむらすみたださまは、イエズスきょうとになるまえに、なんにんもいたそくしつを、ぜんぶとおざけられました。いまから六ねんまえです。いまでは、けらいのひとたちも八十にんがせんれいをうけて、イエズスきょうとです」

この肥前大村の領主の例で、一座の大半が納得した顔になった。とくに板井新平殿は、感じ入ったという眼で修道士を見やった。

そのときだ。にわかに外が騒がしくなり、家人がやって来て、善左衛門に耳打ちした。

放っておくわけにはいかず、そっと退席して、玄関に急ぐ。草履《ぞうり》をはいて、玄関口に立った。

門の前に、五、六人の家臣が集まり、毛唐《けとう》を出せと家人に詰め寄っていた。

「当主の原田《はるた》善左衛門でございます。ご用件なら、うけたまわらせていただきます」

腰をかがめて、うかがいをたてる。

「さっきから毛唐を呼んで来いと言っておるのに、この手代《てだい》、待って下さいと言うばかりだ」

善左衛門も顔だけは見知っている年長の家臣が語気を荒らげた。

「アルメイダ修道士様は、ちょうど説教中でございます。どういうご用件でございましょうか。説教をお聞きになりたいのであれば、どうぞ中にはいられて下さい」

「説教など聞きたくはない」

別の家臣が脇から叫ぶ。「とにかく、ここに連れて来い。首根っこをつかんで、秋月からとっとと追い出してやる」

「お待ち下さい。アルメイダ様の逗留《とうりゅう》については、領主様のお許しを得ております」

「それを切り上げて、早々に立ち去って欲しいのだ」

また別の家臣が詰め寄る。「種実様は、幼い頃から、禅宗に帰依《きえ》しておられる。わしたちも同じだ。毛唐の教えなど、秋月領内には必要ない。いらぬ騒乱《そうらん》を持ち込むだけだ」

「そうおっしゃられても」

善左衛門が押しとどめるのを振り切って、五人が門内に足を踏み入れる。今にも殴り込みそうな勢いだった。

玄関口に立ちふさがって、善左衛門は押しとどめる。家人も二、三人出て来て、しきりに頭を下げていた。

「これはこれは、田崎九郎殿」

善左衛門の後ろで声がして、新平殿がさっと前に立った。

教「おぬし、毛唐の教えに耳を傾けておるのか」

「耳を傾けて三日になります」

微笑しながら新平殿が応じる。

守「おぬしの家は、代々照円殿の薫陶《くんとう》を受けていたのではないか。それを反故《ほご》にして、毛唐の教えに惑わされるなど、恥と思わんのか」

筆頭格の家臣の名が、田崎だったと善左衛門は思い至る。あちこちの店で代金を払わず、借財が多い家臣だと聞いていた。幸い善左衛門とは取り引きがない。

「禅宗の教えもあれば、イエズス教の教えもある。どちらに帰依するかは、当人の考え次第で、他人が口をはさむべき事柄でもないと心得ております」

若いのに似合わぬ落ち着いた口ぶりに、善左衛門も肩の力をゆるめる。

「おぬし、それでも種実様の家臣か」

田崎が声を荒らげて、他の四人も色めきたった。

「家臣であるのを誇りにしております」

新平殿が諭すように言う。「修道士の説教は、種実様の許可があってこそのものです。それを妨害されるのであれば、それこそ、家臣の道をはずれる行いになります」

「黙れ、黙れ」

田崎がいきり立つ。「種実様も、本当は毛唐の教えを快く思われていない。これ以上の滞在は、目障《めざわ》りになる。そう思われているに違いない。どけ、わしらの手で、領内から追い立ててやる」

今にも新平殿を押しのけて、中にはいろうとしたとき、門をはいって来る板井源四郎殿の姿が見えた。

「何があったのだ」

幾多の戦場で鍛えた声が響き渡った。狼藉《ろうぜき》を働こうとしていた五人が、後ろを振り向いてかしこまる。重臣を前にして、しまったという顔で舌打ちした。

「何のつもりだ、その血相を変えた顔は」

新平殿も黙ったままなので、板井殿は田崎の前に立った。

「憎い修道士をこの家から追い出そうと思いまして」

「追い出す？　誰の許しを得ての仕業《しわざ》か」

「許しは得ていませんが、殿のご意向を汲《く》みまして」

「殿のご意向は、そなたたちも知ってのとおりだ。アルメイダ修道士には、ここ秋月で思う存分布教をしてよいと許可を与えられた。それを勝手に追い立てるなど、殿のご意志に反する。もっての外の不届きな行為。そなたたちの気持も分からんではないが」

板井殿は諭すように五人の顔を見る。

「それに、アルメイダ修道士は、豊後の宗麟《そうりん》殿の書状もたずさえて、はるばるここに来ている。言うなれば、宗麟殿の名代《みょうだい》だ。これもそなたたち、重々知ってのとおり、われらは二年前の九月、たった三千の兵でもって、休松《やすみまつ》にあった宗麟殿の本陣を急襲、退却させて、この秋月の地を失地回復した。しかし今年閏《うるう》五月、宗麟殿も大軍をもって、久留米の高良山《こうらさん》に布陣、やむなく、種実殿は、降伏を申し出られた。宗麟殿は、それを潔《いさぎよ》しとされて、秋月をそのまま安堵された。その宥免《ゆうめん》がなければ、殿はもちろん、われわれも大軍に蹴散らされていたろう。宗麟殿には、秋月の家臣として恩義を感じなければならぬ」

板井殿の諭しに、五人はみるみる肩を落とした。善左衛門も新平殿と目を合わせて頷き合う。

「その宗麟殿の名代を追い払ったとなれば、以後、どういう沙汰《さた》が届くか、そなたたちもよく考えるとよい。さ、今日のところは矛《ほこ》をおさめて帰ったがよい」

言われて五人は板井殿に一礼をして、門から出て行く。

「難儀《なんぎ》をかけた」

板井殿が善左衛門をねぎらう。「ああいう家臣がいるのも仕方がない。こういうときこそ、仏の教えを守らねばならないと、息巻きたくなる。それまで、仏の教えなどどこ吹く風と、放埒三昧《ほうらつざんまい》だった者に限って、威勢のよいところを見せたくなる。ところで、わしも説教を聞きに来た。邪魔していいかな」

笑いかけた板井殿を、善左衛門は広間に案内した。

それ以後、善左衛門の家には、ひきも切らず、聴聞に参じる家臣が絶えなかった。

そのうち、武家以外の商家の主人や手代からも、説教を聞きたいとの申し出があり、廊下に坐《すわ》ってもらった。外は雪が散らつく寒い日でも、人いきれで、広間の中は寒さが感じられない。

アルメイダ修道士が、板井殿の屋敷に招かれたのは六日目だった。夕刻に戻って来た修道士は晴れ晴れとした顔をしていた。

「いたいさまが、おやことも、イエズスきょうとになりたがっています」

夕餉《ゆうげ》を口にしながら善左衛門に伝える。

「いずれ洗礼を受けられるのですか、源四郎殿と新平殿が？」

「ほかにも、けらいたちのなかに、せんれいをうけたいひとたちがいます。あしたも、いきます」

「それは朗報です」

「女も、イエズス教徒になれるのでしょうか」

突然、妻のしまが修道士に訊いたので、善左衛門は驚く。修道士も箸《はし》を置いて、しまを正視する。

「もちろんです。豊後にも平戸にも、天草にも、京都にも、高槻にも、堺にも、それから博多にも、おなごのしんとがいます。たくさんいます。デウス・イエズスのまえでは、おとこもおなごもおなじです」

「これまで、アルメイダ様の説教を、陰で聞いておりました。いちいち腑《ふ》に落ちる教えばかりでしたので、信者になりとうございます」

「お前いいのか」

善左衛門は驚きながら確かめる。「そなたの両親も熱心な仏教徒だったし、二人の兄弟も信仰には篤《あつ》い。相談しなくてもいいのか」

「父母の供養《くよう》は兄がしております。兄弟は兄弟、わたしはわたしでございます。ただし、あなた様の許しだけは得なくてはなりません」

「わしの許しか」

戸惑った善左衛門は、しまと修道士の顔を見比べる。「お前の決めたことに、わしが反対できるはずがない」

答えながら、コスメ興善殿の内儀《ないぎ》を思い浮かべる。内儀だけでなく、一家揃《そろ》ってイエズス教徒であり、洗礼名を授かっていた。

「ありがとうございます」

しまが顔を輝かせて頭を下げた。「ついては、娘のとよも、洗礼を受けさせとうございます」

「とよもか。まだ十歳になったばかりだ」

「はい。賢い子で、アルメイダ様のお説がよく分かったようです。汚《けが》れのない心に響くものがあったのだと思います」

「まだ先々で、よくよく考えたほうがいいと思うが」

「本人を呼んで参りましょうか」

「そうだな」

しまが退出するのを、善左衛門は呆然《ぼうぜん》と眺める。

「わたくしもうれしいです」

修道士が声をかけた。「ここにきたかいがありました」

善左衛門は答えようがない。ここというのが秋月をさすのか、この家をさすのか、虚をつかれた頭で思案した。

とよは、自慢の娘といってよかった。器量も幸い母親似で、はきはきとものを言う利発な子だった。小さい頃から、兄二人を理屈のうえでやり込めていた。兄たちについて、手習所《てならいどころ》に行き出したのが、五歳のときだった。七歳のときには、兄たちが一目を置くほど、覚えが早くなっていた。

「子供でも、洗礼はできますか」

脇の修道士に尋ねる。

「できます。バプティスマは、だれでもできます。うまれたばかりのこにも、おやのゆるしでできます」

なるほどコスメ興善殿から、生まれた孫もイエズス教徒になったと聞かされたことがあった。

しまがとよを連れて来て、善左衛門の前に坐らせる。

「とよ、そなた、このアルメイダ修道士が布教されている教え、そんなに気に入ったのか」

わが子を見据えて善左衛門は訊く。

「はい」

「どんなところに心をひかれたのか」

「人が死んでも、魂が残るのは、本当だと思います」

「なるほど。他には？」

「〈わたしたちは、神様の手の中の小さな筆〉、〈わたしたちは神の筆先〉とも、修道士様は言われました」

「そんなことを言われたか」

ずっと説教の場には居たはずなので、うっかり聞きもらしたのだろう。

「修道士様は、〈神はいつもあなたとともにおられる〉と言われ、〈わたしたちは神の手の中の小さな道具になる〉とも言われました」

とよのはきはきとした返事を聞きながら、善左衛門はわが身を恥じる。二つとも聞き及んだ覚えはなく、迂闊《うかつ》さの極みだった。

「お母様と一緒に聞いていて、頷《うなず》き合った教えもありました」

とよが母親の顔を見上げる。控え目にしまが口を開いた。

「アルメイダ様の説教のなかに、〈わたしたちを豊かにしてくれるのは、貧しい人々、病める人々〉というのがありました」

確かに、それは善左衛門も耳にとめていた。施しと同じと思ったのを思い出す。

「これまで、恵まれない人に多少の施しはしていました。でも、それは恵んでやるという考えからしていたように思います。アルメイダ様は、デウス・イエズスの教えはそうではない、貧しい人、病める人も神の子、だから敬うのを忘れないようにと諭されたのです。心の底から、そうだと思いました」

善左衛門は内心で唸《うな》る。そこまでは思い至らず、聞き流していたのだ。

「よかろう。よく分かった」

善左衛門は修道士に向き直る。「二人の意向をどうか、聞き届けてやって下さい」

「わかりました」

一部始終を聞いていた修道士が満面笑みになる。

翌朝、雪が二寸ばかり降り積もったなか、しまはわざわざ自分で井戸の水を汲んだ。座敷で息子二人と一緒に善左衛門が待っていると、アルメイダ修道士が井戸水のはいった椀《わん》を持ってはいって来た。そのあとに白装束のしまととよが続く。

修道士の前で二人が膝《ひざ》をつき、頭《こうべ》を垂れる。善左衛門には理解できない短い言葉が修道士の口から発せられ、椀の中の水を指先で数滴、しまととよの頭上でまき散らした。

「これでバプティスマはおわりました」

修道士がおごそかな口調で言う。「このバプティスマによって、あなたがたがおかしたつみは、すべてゆるされました。いままでおかしたつみをくい、これからさきのすべてのとしつきを、デウスのめいれいにしたがってすごしなさい」

「はい」

しまが答え、とよも同じように繰り返す。しまの蒼白《そうはく》な顔と、とよの桃色がかった顔がともに神々《こうごう》しく見えた。

「わたくしたちはみな、じぶんにできることをして、とおりすぎていくデウスのどうぐです。わたくしたちのすべてのはたらきは、デウス・イエズスさまにつかっていただくためのものです。アーメン」

修道士が十字を切って、二人を立たせる。

「ありがとうございました」

そう答えるしまととよの顔は、それまで見たことのないほど晴れ晴れとしていた。

「これで、はるたしまと、はるたとよは、デウス・イエズスにほうしをするしんとになりました。どうかふたりのみらいに、ひかりがかがやきますように」

修道士の言葉で洗礼は終わった。短い儀式だったのにもかかわらず、善左衛門は心を揺さぶられていた。

その感動には、どこか寂しさも伴っている。妻と娘が、この自分から遠ざかったような気がするからだろう。

その日から、しまととよは、暇をみては広間に来て、アルメイダ修道士の説教に耳を傾けた。

「善左衛門殿、妻子によくぞ許されましたな」

聴聞に来ていた板井殿が、帰りがけに声をかけた。

「それはもう。二人が決めたことで、私には何も言えません。当初は戸惑いましたが、今ではようやってくれたと思っております」

「確かに何かこう、二人が変わったのをわしも感じている。ご内儀は笑顔がまた一段と輝きを増した。息女のほうは、名は何と言われたかの」

「とよと申します」

「そのとよ殿、この二、三日で急に大人びたのも、信徒になったからだろうと、新平ともども話しているところだ」

「それは恐れ入ります」

変化には気づかなかったと、善左衛門は恥じる。

「それで、善左衛門殿」

玄関に向かいながら、板井殿が振り返る。「わしたちも、ご内儀のあとに続こうと思っている。修道士にはもう告げた。明日の朝だ」

「そうでございますか。板井様が――」

動揺を隠せない善左衛門に、相手は笑顔を向けた。

「決めると、どこか心が軽くなってのう。明朝が待ち遠しい」

その言葉どおり、足取りも軽い板井殿を、善左衛門は羨《うらやま》しい気持で見送った。

次の朝早く、アルメイダ修道士はひとりで板井殿の屋敷に向かった。朝餉は先方で招かれているらしかった。

「板井様が信徒になられるとは、わたしたちも心強くなりました」

朝餉の給仕をしながら、しまが言う。

「あの板井殿が、よう決められた」

「アルメイダ様の話では、デウス・イエズスの教えは、武家の道と同じだと言われたそうです」

「板井殿が？」

「はい。道理、正義、正直という真直《まっす》ぐの道が、武家の道そのままらしいです」

「なるほど。武家にもいろいろいるが、板井殿はそういうお方だ」

善左衛門は深々と頷く。

「それにもうひとつ、これでもう人を殺さなくてもすむと、アルメイダ様におっしゃられたそうです。人を殺すな、自ら命を絶つなというのが、デウス・イエズスの教えですから」

「そうだな」

善左衛門も納得せざるを得ない。これまでの戦い続きのなかで、板井殿は何人か、いや何十人か、敵をあやめたに違いない。武家の身としては、止《や》むを得なかったのだ。もうこれ以上は沢山というのが本心なのだろう。

板井殿のイエズス教帰依は、ほかの家臣たちの呼び水になり、アルメイダ修道士は、あちこちの屋敷に呼ばれた。中には、善左衛門の家での聴聞を終えたあと、すぐに洗礼を申し出る武家もいた。信徒になった数は、ざっと数えただけでも三十人を超えていた。

周囲の反対を気づかって、密《ひそ》かに入信した者もいたはずで、実際の数は知りようがない。修道士も信者の正確な数については、口にしなかった。

「まことに、みのりあるひびでした」

逗留十日目の夕刻、修道士は善左衛門に別れを告げた。

「これから、どこに行かれますか」

別れは覚悟していたものの、やはり胸が潰《つぶ》れる思いがする。異人でありながら、もはや自分の家族も同然になっていたのだ。

「豊後の府内にかえります。あそこにも、たくさんのしんとがいます。またらいねん、秋月にきます」

「来年、また来て下さいますか」

善左衛門の腰が浮く。

「きます。しんとのいるところには、かならずパードレさまやイルマンがいきます。ゆきがふっても、あらしがあってもです」

「そうですか」

のけぞる思いで訊《き》き返す。

「はい。いくさがあってもいきます。わたくしたちのいのちがあるかぎりです」

修道士は笑顔になり、上を向く。「わたくしたちのおこないを、デウス・イエズスさまがみています。みて、まもっています」

その顔を善左衛門に向け、真顔になった。

「ぜんざえもんさま。あなたは、しんだあと、だれによっておぼえられたいですか」

「誰によってですか」

善左衛門は返事に詰まる。「子や孫によってでしょうか」

自分ながら稚拙な返答だと思った。

「こどもやまごがしんだあとは？」

修道士が畳みかける。

「墓石でしょうか」

「おはかが、なくなったあとは？」

訊かれて、善左衛門は自分の墓石が倒れ、草むらに埋もれた光景を思い浮かべた。

「そのときは、無です。何もありません」

苦し紛れに答える。

「いいえ、ぜんざえもんさま、この秋月で、あなたがしたことは、デウス・イエズスさまがおぼえています。えいえんにです。まずしいひとにほうしするひとは、デウス・イエズスにほうしするひとです」

修道士がじっと善左衛門の目をのぞき込む。別段、自分は貧しい者に奉仕した覚えなどはない。そう考えたとき、何も持たないアルメイダ修道士が貧しい人なのかと思い至る。

その瞬間、善左衛門は激しく胸を揺さぶられた。

五　高橋村　永禄十三年（一五七〇）二月

一万田右馬助《いちまだうまのすけ》が高橋村に落ち着いて、ようやくひと月が経《た》った。大殿《おおとの》からは餞別《せんべつ》として身に余るほどの財貨を下賜《かし》されていた。

田舎の暮らしをよしとしない家人は、同輩の預かりとして、妻の麻、養子の久米蔵の他、家人三人のみを連れて、大庄屋の屋敷にはいった。

広々とした屋敷だったものの、塀は至る所で崩れていて、使われていない部屋は、床が抜けかけていた。それ以上に荒れていたのが庭で、もともとは名のある庭師の手になったと思われる植栽や石組みが放置されたままだった。

右馬助がまず着手したのは、庭の復元と、主庭に面した大広間の改修だった。以前から大庄屋に仕えていた荒使子《あらしこ》十人ほどを使い、襖《ふすま》を替え、敷畳もすべて新しくして、四、五日でほぼやり遂げた。その次に手を入れたのが厨房《ちゅうぼう》で、縁の欠けた大壺《おおつぼ》を取り替え、ひびのはいったへっついも造り直した。高坏《たかつき》や碗《わん》、鍋《なべ》と釜《かま》、包丁などは、日田から新しく取り寄せた。これにもやはり四、五日は要し、改めて高橋組に属する庄屋十六人を招き入れたのは、屋敷入りから十二日後だった。

庄屋たちの年齢はさまざまで、齢《よわい》六十を過ぎた者もいれば、家督《かとく》を継いで間もない二十歳そこその若庄屋もいた。

祝儀《しゅうぎ》など不要との達示《たっし》にもかかわらず、おのおの川魚や鶏、鴨《かも》、酒、米、自然薯《じねんじょ》、筍《たけのこ》、漬物などを持参していて、厨房を預る麻や女の荒使子を喜ばせた。

大広間に通されて庄屋たちが驚いたのは、香ばしい匂《にお》いの青畳と、縁側の先にある庭だった。こんな立派な庭がここにあったのだと口々に言い合い、しばし眺め入った。

ついで庄屋たちが誉《ほ》めそやしたのは、高坏膳《ぜん》に盛られた料理の数々だった。これはもう麻の手柄といってよかった。臼杵《うすき》の港で生まれ育った麻は、魚介から干物、海藻《かいそう》、肉、野菜に至るまで、調理に長《た》けている。同輩の家臣たちを招いたとき、右馬助は誇らしい気持になった。

膳には、一汁五菜《いちじゅうごさい》が色合いよく並べられている。若鮎《わかあゆ》の鱠《なます》は、大根の白と人参《にんじん》の赤が混じって、いかにも祝い事の気分をかきたてる。香物《こうのもの》は老庄屋が持参した瓜《うり》の酒粕《さけかす》漬《づけ》で、横の平皿には、里芋と筍、人参、こんにゃくの煮物がのっている。猪口《ちょく》に入れてあるのは鯉《こい》の刺身だ。そこへ女の荒使子や家人が、でき上がったばかりの焼鮎皿と鴨汁を運んで来る。

待ち切れなかったというように、庄屋たちが箸をつけはじめた。

その様子を右馬助はじっくり眺める。席の順番は特に決めていなかったので、それぞれが譲り合って、下座《しもざ》から着席していた。

最年長の庄屋は、半分ほど歯が欠けているにもかかわらず、健啖《けんたん》ぶりを発揮している。ひと口口に入れては、目を細めてしみじみと味わい、のみ下す。右馬助と眼があうと、おいしい物をいただいていますと言うように、会釈《えしゃく》をした。

一番下座に坐る若庄屋は、背筋を伸ばして、椀を持つ所作や箸の運びに、躾《しつけ》の良さが感じられた。父母の薫陶よろしきを得たのに違いなかった。

高橋組の大庄屋の統《す》べる村には、鵜木《うのき》や田中、高樋《たかえ》、平田、小島《おしま》など、十六の村がある。それぞれに代々庄屋がいるものの、目の前に居並ぶ庄屋と村の名が結びつかない。近々、久米蔵と家人を伴って訪れる予定にしていた。

大方が食べ終わった頃を見計らって、右馬助は膝を正した。

「本来なら、私のほうから、そなたたち一軒一軒、一村一村をまわって挨拶《あいさつ》すべきだったが、まずは顔見世にと、ここに足を運んでもらった。申し訳ない」

右馬助が頭を下げると、庄屋たちはとんでもないという顔で、首を横に振る。右馬助は笑顔で続ける。

「このたびは、大庄屋高橋殿の家筋《いえすじ》が絶えたと、聞き及んだ大殿の下命《かめい》を受けて、大役を引き受けました。家内の麻、倅《せがれ》の久米蔵ともども、高橋組の采邑《さいゆう》が末代まで穏やかに暮らし、子孫繁栄が成るよう、命を賭《か》けて尽力すると、各庄屋の方々の前で誓います」

右馬助は再び頭を下げる。庄屋たちも慌《あわ》てて膝を引いて、畳に頭をつけた。

「なお、養子の久米蔵は十五になったばかりで、まだ右も左も解《げ》せぬため、これ以後は、大庄屋にふさわしい知力と膂力《ひりょく》を養うため、荏苒心《じんぜん》を砕く決意をしています。それば、無知のための粗相《そそう》が何かと生じると思われます。その節は忌憚《きたん》なき教導を願えれば、これに過ぐる幸甚《こうじん》はありません。目障りな粗忽《そこつ》の数々、しばらくはどうか海容《かいよう》を賜りたい」

今一度手をついて、右馬助は頭を低くした。胸の内を残らず披瀝《ひれき》し終わって、肩の荷が軽くなっていた。

庄屋たちの眼が一斉に右馬助に注がれるなか、右側の上席にいた長老の庄屋が口を開いた。

「只今《ただいま》は、思いもかけぬ慈愛溢《あふ》れる大庄屋様の言葉をいただき、庄屋一同、胸がこのとおり打ち震えております」

歯の欠けた口から出る声にもかかわらず、力がこもっている。「長い間、病《やまい》の床についておられた大庄屋様が亡《な》くなられたのは、去年の春でございました。継嗣《けいし》がなかったため、思い余った私どもは、日田に大友宗麟様が布陣されたと聞き及び、すぐさま連署《れんじょ》をしたため、陳情に上がった次第です。旬日《じゅんじつ》をおかずして直々の返書があり、私ども感涙《かんるい》にむせんだのでございます」

聞いていた右馬助は意外の念にかられる。大殿が返書までも庄屋宛《あて》にしたためていたとは、初耳だった。

「宗麟様の筆は、そのお人柄のとおり誠に勇壮活発、覇気《はき》溢れるものでございました。その中で、若い頃より傍で仕えた武勇の者がいる。天文十九年（一五五〇）菊池征伐《せいばつ》のための肥後出兵、弘治三年（一五五七）の豊前山田城攻め、同じく秋月の古処山《こしょさん》城攻め、永禄四年（一五六一）の門司城における毛利軍との戦い、そして昨年永禄十二年の筑前立花城での毛利軍との戦いで、常に先陣を務めた武将と書かれてございました」

言いさして、老庄屋は右馬助を畏敬《いけい》の眼で見つめた。

「いやいや、立花城での先陣など、とんでもない。門司城で負った鉄砲傷のため、不自由になった右足を引きずって戦ったまでのこと」

応じながら、右馬助は、実に戦役続きの二十数年だったと思う。二十代の終わり頃は、叔父の一万田弾正忠《だんじょうちゅう》殿が大殿にたてついて、心労の日々が続いたのも想起する。四十六歳のこれまで生き永らえたのが不思議なくらいだ。

「書状の中で、その勇壮な武将は、一方で造園にも秀《ひい》でている、その証拠に、大友別邸の庭はその家臣の手になるものだ。造園に長けていれば、田畑にもその才を発揮できるはず、手放すのは誠に身を切られる思いがするが、もはや手負いとなった体を張っての戦《いくさ》を強いるのは、主君としては忍びない。そなたたちの新しい大庄屋は、これから先、田畑こそが戦場だと思い定めていくに違いない、と大友宗麟様は縷々《るる》述べておられました」

聞いていて右馬助は胸が熱くなる。大殿がそこまで考えておられたなど、思いも至らなかった。手を胸に当てる。油紙に包んだ例の絹布《けんぷ》は、今は胸元に入れている。いずれ桐箱《きりばこ》の中に入れ、家宝にするつもりだった。

給仕をしていた麻が、広間の隅で目に袖口《そでぐち》を当てていた。その脇《わき》で、久米蔵が真剣な顔で肩を立てている。老庄屋の口上の大よそを理解したのだろう。

「書状を読み上げた私ども庄屋が狂喜したのはもちろんでございます」

老庄屋の表情がようやくゆるむ。「その武将、一万田右馬助様の到着を、今か今かと待ち受けておりました。本日、光栄にもお招きにあずかり、先程以来、庭を拝見し、以前とは見事な変わりようの美しさに、誠に宗麟様の書状のとおりだと、一同感服したのでございました」

ここで老庄屋は畳に手をついた。「どうぞこれ以降末長く末代まで、高橋組の田畑を百姓たちの戦の場、実り豊かな土地にしていただきたく、私ども庄屋一同、伏してお願い申し上げます」

老庄屋が頭を低くすると、他の庄屋も一斉にそれにならった。

右馬助は胸を衝《つ》かれ、一同を見渡す。残された寿命はあと十年か十五年だろう。十年もあれば、跡継ぎの久米蔵も立派に成長してくれるはずだ。麻の脇で、久米蔵が硬《こわ》ばった顔でこちらを見ていた。

この日以後、右馬助は久米蔵を伴って、高橋組の村々を少しずつまわった。

高橋組に属する村々は、暴れ川とも称される筑後《ちくご》川の北にあり、西側は岩田組と接している。南側に北野組があり、東側を金丸組が占めている。

高橋組の真中を、北東に向かって街道が貫通しており、高橋組に属する本郷《ほんごう》村の先は甘木に至っていた。さらに北東に進めば、秋月に達し、八丁峠越えで、小倉と門司に行けるはずだった。いくら大殿に従って幾多の戦場を駆け巡った身とはいえ、知っているのは、大殿が手中にした領地のほんの一部だった。

近在の村に足を運ぶようになって、右馬助はこの地に、農作に恵まれた条件が揃っているのに気がつく。ほとんど見渡す限りの平野が、村々の周囲に広がっている。大庄屋が代々所有する絵図面を広げると、大まかな地形が頭にはいる。東を古処の連山、川向こうの南を耳納《みのう》連山、西側を背振《せぶり》連山に囲まれた、ほぼ三角形の大平野の中心に、この高橋組の村々が位置していた。

街道筋としては、北東にある秋月に抜ける道の他、まっすぐ北上する道を辿《たど》れば博多に至る。筑後川に沿って東に進むと、日田に行きつく。そしてやはり筑後川の下流に沿った西には、久留米を中心とした平野と地続きになっていた。

田畑を潤《うるお》す川は、すぐ東に小石原《こいしわら》川、西に大刀洗《たちあらい》川が流れている。いずれも古処山に源流を持ち、南に横たわる筑後川に合流する。

暴れ川と称される筑後川も、川底が深いためか、氾濫《はんらん》してこの地域を襲った記録はない。逆に、小石原川による洪水の記録は残っていた。とはいえ、村々がこぞって流されるほどの大水ではなく、田畑の冠水程度ですんでいた。

よほどの天変地異《てんぺんちい》がない限り、このあたりは穏やかに暮らしていける——。これが残された文書を読んで下した結論だった。

あとは人災さえなければ、この土地は永遠に栄える。そんな恵まれた地に生きるようになったのは、大殿の下命があったとしても、大殿が心を寄せるデウスの恩寵《おんちょう》なのかもしれなかった。

大殿から授かったザビエル師の絹布は、桐箱に入れて大切にしまっている。以後、時折箱を開けては初心を振り返るに違いなかった。

初心、それは高橋組の村々に、デウス・イエズスの教えにかなう王国を築くことだった。

大殿は、たとえ九州一円を王国にするわしの願いが潰《つい》えたとしても、そなたが赴く地では、小さくても永遠に王国を守るようにと言われた。今をときめく大殿の勢いが、この先、衰えるなどとは考えたくなかった。しかし盛者必衰《じょうしゃひっすい》の理《ことわり》は世の習い。大殿の夢がかなう前に、その理の事態が訪れないとも限らなかった。

幸い、大庄屋は盛者ではない。盛えない代わりに、衰えることもなかろう。この村々のあちこちで大枝を広げて木陰をつくっている楠《くす》のように、静かに、ひっそりと王国をつくっていけばよいのだ。

二月の田畑は、あちこちで溝の手入れが行われていた。水が田畑の隅々まで行き渡らなければ、気候がゆるんだあとの苗田作りに難渋《なんじゅう》する。

一方で、牛馬の厩肥《うまやごえ》だろう、田畑に撒《ま》き散らしている百姓の姿も見られる。

高橋組の大庄屋として、最初に訪れる村は田中村と決めていた。高橋村に最も近く、しかもその庄屋は、例の口上を述べた藤田弥蔵《ふじたやぞう》だったからだ。

村中の家々では、早くも種籾《たねもみ》干しが行われていた。これも程なく始まる苗床作りに備えるためだ。

種籾については、若い頃、苦い思い出があった。豊前の山田城で大殿に反旗を翻《ひるがえ》した山田隆朝《たかとも》を攻めた際、思いがけず兵糧《ひょうろう》が尽き、近在の村から、なけなしの種籾を強奪したことがあった。どうせ敵方の百姓だという侮《あなど》りもあって、主《あるじ》や女たちが泣き叫ぶなか、納屋《なや》から種籾の袋を奪ったのだ。

四ヵ月ほど後、山田城を攻め落とし、残党狩りも行われ、隆朝の継嗣だった万千代はじめ一族は、すべて打ち首に処せられた。

しかし、平定後、種籾を奪った村に籾を返した覚えはない。種籾を奪われた村では、苗田作りや、田植えはどうしたのだろう。隣の村々から、少しずつ分けてもらい急場をしのいだのだろうか。

いずれにしても、あの頃の自分には、百姓が耕す田畑など、眼中になかったのだ。誠に戦国の世とはいえ、戦で辛酸《しんさん》をなめるのは百姓だった。

「これはこれは一万田様」

誰か村人が庄屋に知らせたのだろう、角を曲がったところで、出迎えたのは藤田弥蔵だった。「久米蔵様もご一緒で。お疲れでっしょ、さあさ、どうぞどうぞ」

案内された庄屋の屋敷は、質素ながらも整然としていた。庭では荒使子が二人、種籾を干し、納屋の中では、三人が莚《むしろ》や縄を編んでいる。奥の方では、牛も飼われている。中に一頭、外で藁《わら》を食《は》んでいる牛もいて、二頭飼われているのが、いかにも庄屋らしかった。

「他にもまわるので、憩《いこ》うのはここで結構です」

右馬助は、日当たりのよい縁側に腰をおろす。久米蔵もならった。

奥の座敷へと勧められたのも断る。こんな百姓家の縁側に坐るのも初めての体験だった。

奥から内儀がお茶を持って来る。そのすぐあと、息子夫婦が姿を見せた。二人とも三十歳は超えているだろう。庄屋の内儀と息子は瓜二つの顔立ちだった。息子が市助、内儀がいそ、嫁がなつだと弥蔵が紹介した。

「この一、二年で、庄屋は息子に譲ろうと思っとります」

庄屋が言うのを、息子は笑いながら聞いている。

「いえいえ、父には、せめて歯が全部欠けてしまうまで頑張ってもらいたいと、考えとります」

「歯がなくなるまで？」

右馬助が吹き出す。「それはまだ十年くらい先になるでしょうに」

「そんときは、わしのほうから歯を抜きますんで」

弥蔵が笑う。

右馬助は茶をすすりながら、縁側の奥に眼をやる。機《はた》があるのは、内儀が暇をみては絹布を織っているのに違いない。勤勉な家風が見てとれた。

その脇に飾られているのは蚕玉《こだま》で、赤く染まった蚕玉もある。久米蔵も、もの珍し気に眺めている。

「あれは何ですか」

初めて見るものなので右馬助が訊く。

「蚕神《かいこがみ》を祭っとります。ちょうど今頃が蚕玉祭をする時期ですけんで」

老庄屋が答える。

「このあたり、たいていの家で蚕ば飼っとります」

横合いから息子が言い添えた。

「これから忙しくなります。お蚕さんを飼うのは、ほんにむつかしかです」

内儀も言う。「運虫《うんむし》というくらいですけん」

右馬助はいちいち頷くしかない。多少樹木については知っていても、百姓の仕事には無知そのものだった。畑の先に並んで植えられているのは桑の木だと、ようやく思い至る。

「いや、お邪魔した」

茶を飲んで右馬助は腰を上げる。

「これからどちらへ」

「いったん屋敷に戻って、あとは鵜木村あたりをぶらつくつもりです」

「何なら、道案内をしてもよろしゅうございますが」

弥蔵が申し出るのを丁重に断った。大庄屋と庄屋が連れ立って歩けば、余りにも仰々しい。

「蚕の生きているのを、一度見てみたいです」

帰り道、久米蔵が言った。

「ちょうど今からが蚕飼いの季節になる。ひと月くらいたって行ってみるといい」

実を言えば、右馬助も白い繭《まゆ》は眼にしたことはあっても、動いている蚕虫そのものは知らない。改めて、村々の生業《なりわい》について無知なのを内心で恥じるしかなかった。

屋敷の改修は、その後も少しずつ続けた。驚いたことに、庄屋たちが申し合わせたのか、村々から日替わりで男二人が手助けに来てくれていた。もちろん駄賃《だちん》は払うものの、荒使子の労力だけでは足りなかったので大いに助かった。畳職人や表具師《ひょうぐし》は、本郷村から呼んでいた。十日もすると、家の中の住み心地は格段によくなり、麻も喜んだ。

改修の合い間を縫って続けていた各村への訪問は、ようやく本郷村の隣にある山村《やま》になった。乾物屋や髪結屋《かみゆいや》、桶屋《おけや》、提灯屋《ちょうちんや》などの店先を、久米蔵が興味津々《しんしん》でのぞき込む。

街道筋からそれて山村に向かおうとしたとき、久米蔵が足をとめた。

「アルメイダ様がおられる」

「どこに？」

まさかと思いながら、久米蔵の指さす方を見やる。

下駄屋《げたや》の前に十人ほどの人だかりがしていた。その中に、身なりの違う黒衣の異人がいた。まさしくアルメイダ修道士だった。色とりどりの鼻緒《はなお》に見とれている様子だ。

周囲の人だかりは、単にその異人を物珍しそうに眺めている連中だった。

「アルメイダ様」

近づいて右馬助が呼びかける。

振り向いた修道士が右馬助に気がつき、横にいた久米蔵を抱きしめる。

「いちまださま、ここであうのは、おどろきです」

「どうしてこんな所におられるのですか」

「いちまださまの高橋むらにいくとちゅうでした」

「もしや、一万田右馬助様で？」

修道士の横にいた商人風の男が腰をかがめる。初対面ながら、相手の柔和な顔にこちらも表情がゆるむ。

「一万田右馬助でございます」

丁重にお辞儀を返した。

「何という僥倖《ぎょうこう》な。アルメイダ様がぜひ高橋村に立ち寄りたいと言われるので、秋月を出てこちらに向かっていたところです。あそこの傘屋で、高橋村への道筋を訊いてきたばかりです。手前は、秋月の葛《くず》商人、原田《はるた》ルイス善左衛門と申します」

相手が口にしたルイスという名前を耳がとらえる。おそらく洗礼名に違いなかった。

右馬助は息子の久米蔵を善左衛門に紹介する。

久しぶりに修道士と会って久米蔵も嬉《うれ》しそうだ。

こうなると山村訪問は後回しにしてよかった。二人を案内して高橋村に向かった。

「甘木と本郷までは来たことがありましたが、このあたりは初めてでございます」

あたりの田畑を見回して善左衛門が言う。草鞋《わらじ》に脚半《きゃはん》、背中に葛籠《つづら》という旅姿なのも、修道士に従ってどこかに行く途中なのだろうか。前を行く修道士が久米蔵と話し込んでいるのを幸い、善左衛門に問い質《ただ》す。

「肥後の高瀬という所まで、アルメイダ様を送ろうと思っております。そこから先は、船で肥前の大村まで行かれるようです。あの健脚ぶりには、驚かされます。体のつくりが違うとしか思えません」

善左衛門は話を切らさない。いかにも商人らしく、すぐさま右馬助を打ち解けさせた。

「一万田様は、大友宗麟様の勧めで大庄屋になられたと、アルメイダ様から聞きました」

「はい、まだひと月かそこらで、当惑の日々です」

答えてあたりを見やる。道で行き交う百姓がこちらに頭を下げ、異形《いぎょう》の修道士を驚いた眼で追った。

「もう戦には懲《こ》りました。これから先は、この足を引きずりながら、百姓になるつもりです」

相手に気を許したのか、本音が出る。

「それがよろしゅうございます。見たところ、豊かな土地のようで、力を注がれる甲《か》斐《い》がございましょう」

善左衛門が言い、問わず語りに秋月での出来事を口にした。秋月家の多くの家臣がイエズス教に帰依《きえ》し、善左衛門一家も洗礼を受けたことを知った。

「アルメイダ様は高橋村にも三日ほど留まる気持のようです。その間、村人たちに話をしてみたいとも、言っておりました」

「それは願ってもないこと。すぐさま触れを出しましょう」

「説教を聞けば、百姓たちも必ずや感じるところ大に違いありません。実を申せば、手前どもでも一番先に帰依したのが、部屋の隅で話を聞いていた家内でした」

「ご内儀が？」

問い質して、はたと右馬助は思いつく。村人を招くとき、なるべく女連れで来るよう言い添えるのも一案だった。高橋組の百姓たちと直接顔を合わせる好機でもあった。

六　洗礼（同）

アルメイダ修道士の説教が大庄屋の屋敷で行われるという触れは、その日のうちに順繰りで全村に行き渡った。

翌朝、朝餉《あさげ》がすんだ頃より、庄屋を先頭にして、百姓たちが陸続《りくぞく》と集まりはじめた。またたく間に、大広間は村人で一杯になり、あぶれた百姓たちは、庭に莚を敷いて坐《すわ》らせた。

右馬助《うまのすけ》と善左衛門が顔を見合わせて頷いたのは、女たちも年齢を問わず集まっていたからだ。中には、竹杖《たけづえ》をついた腰の曲がった老婆《ろうば》もいて、縁側に近い莚の上にちょこんと坐った。

おそらく、集まった全員が、異人を見るのは初めてだろう。その口から、不思議な抑揚のある言葉が漏れるので、いやが上にも関心をそそられていた。

――このよにあるものすべては、デウス・イエズスさまのおくりものです。それはじぶんのためにとっておくものではありません。わかちあうためのいただきものです。

――もっともまずしく、ちいさなものたちにすることは、すべてデウス・イエズスにすることです。

――わたくしたちがしていることは、おおきなうみのひとしずくでしかありません。でもひとしずくがないと、うみはそのぶん、すくなくなります。

――よろこびは、すぐにつたわります。いのりはよろこびです。すべては、いのりからはじまります。

アルメイダ修道士が訥々《とつとつ》とした口調で言う言葉の数々に、村人たちはいちいち頷く。右馬助は、修道士の説教が府内《ふない》にいたときよりも、格段に伝わりやすくなっているのに気がつく。日田や秋月その他で説法するうちに磨きがかかったのだ。庭の莚に坐った例の老婆に至っては、感激のあまり涙を流していた。

――いまここにいるあなたたちひとりひとりは、デウス・イエズスにとっては、このよでたったひとりのひとです。

――まずしさとは、こころのまずしさ、じあいのないことをさしています。

――とみや、おかねは、わたくしたちをゆたかにはしません。

――デウス・イエズスは、わたくしたちに、わかちあうために、ものをあたえています。

――しは、じんせいのつづきです。しは、からだをデウス・イエズスに、おかえしするだけのことです。こころとたましいは、いきつづけて、しにません。

修道士がロザリオを手にかけ、十字架をかざすと、村人たちが手を合わせはじめる。あたかもアルメイダ修道士を、仏の化身《けしん》だと思っているような仕草だった。二日間というもの、修道士は朝から晩まで説教を続けた。村人たちも、入れ代わり立ち代わり大庄屋の屋敷に詰めかけた。朝方聴聞《ちょうもん》したあと、家に帰って用事をすませ、午後になって再び顔を見せる者もいた。例の腰の曲がった老婆に至っては、二日間、ずっと修道士の顔を見上げっ放しだった。

「あれはうちの村のたつ婆《ばあ》さんです」

耳打ちしてくれたのは田中村庄屋の藤田弥蔵だった。

「足腰が悪いのに、まるでサクラのように一番前に坐ってくれて、修道士も話し甲斐があると言っていました」

右馬助が応じる。

「たつ婆さん、地蔵信仰が篤《あつ》かですけん、修道士の言葉が頭にはいりやすかとでっしょ。いえ、たつ婆さんだけでなく、他の百姓たちも、よか教えだと言っとりました。どげんでしょうか。修道士が帰らるる前に、田中村に来てもらい、信者として認めてもらえんでしょうか」

「洗礼ですか」

「洗礼ち言うとですね」

「それならここでするのが手間が省けます。アルメイダ様も喜ばれます」

右馬助は答えた。

善左衛門も加えての夕餉の席で、庄屋からの申し出を伝えると、修道士の顔が、それまでの疲労が吹き飛んだように輝く。

「私が見た限り、お武家より百姓たちのほうが、デウス・イエズス様の教えを素直に理解しているようです」

脇から言い添えたのは善左衛門だった。「お武家は理屈が先に立って、すぐに胸襟《きょうきん》を開くまでには至りませんでした。アルメイダ様を早々に追い出せと、家に押しかけた武家もいたほどです。特に教えの中で、妻以外の女とは交わってはならないというのが、たいていの武家には気に入らなかったようです」

善左衛門は修道士と眼を合わせて頷《うなず》き合い、言い足す。「お武家でも、ご内儀《ないぎ》のほうは教えがすんなりと腑《ふ》に落ちるようでした」

「わたくしもそうです」

不意に横合いから、麻が言った。

「ほう」

右馬助が妻に向き直る。

「デウス・イエズス様が、貧しい者や病める者、小さき者にすることは、すべて私にすることだとおっしゃったと聞き、涙が出ました」

麻がしんみりとした口調で答える。「アルメイダ様が府内の病院でされていたことを思い出したのです。癩《らい》の病人や手足の不自由な病人を手当てし、乞食《こじき》には食べ物を与えておられました。捨子を拾って、孤児院まで造られました」

「善左衛門殿、ここにいる久米蔵は、その孤児院に引き取られた赤ん坊でした。私どもには子供がありませんでしたから」

右馬助も包み隠さず善左衛門に伝える。

「この子も天からの授かりものとして、ありがたく思い、育てて参りました」

麻も言い添える。

「そうでございましたか」

感激したように善左衛門が何度も頷く。

三人のやりとりを、修道士は目を細めながら聞き、久米蔵は神妙に耳を傾けていた。

「デウス・イエズスに帰依したい者が多々おるようです。庄屋の中にも、心決めした者が五、六人おりました」

「うれしいです」

修道士が言う。「いつでもバプティスマをさずけます」

「そうでございますなら、わたくしを最初にしていただけないでしょうか」

麻が言った。

「そなたが高橋組で最初とは。噂《うわさ》が広まればわしの立場はどうなる」

右馬助が苦笑する。

「私も洗礼を受けとうございます」

久米蔵がきっぱりとした口調で言った。

「となれば、三人一緒、高橋組で最初の帰依者になろう」

「それがよろしいでしょう」

善左衛門も嬉し気だ。

「明日の朝、全村に触れを出し、洗礼を受けたい者を集めます。アルメイダ様、いかがでしょうか」

「おおきなよろこびです」

修道士の顔が輝き、なにか呪文《じゅもん》のような言葉が口から漏れた。

翌朝、驚いたことに、府内から連れて来た家人三人、以前から大庄屋に仕えていた荒使子《あらしこ》たち全員も、洗礼を受けたいと申し出た。

「お前たち、本当にいいのか」

家人と荒使子に向かって右馬助が尋ねる。

「手前ども、府内にいた当時から、デウス・イエズスの教えは聞いておりました。だんな様が帰依されないのに、自分たちだけが先にするわけにはいきませんでした」

家人で一番年長の嘉助《かすけ》が言った。

「アルメイダ様の言うことばは、はたで聞きよりました。いちいち、感じ入ることばかりでした」

荒使子頭ともいうべき末松が言い、女房のうきと顔を見合わせる。

「そうか」

頷きながら、右馬助は身が引き締まるのを覚える。これで大庄屋の一家全員がイエズス教徒になるのだ。

しかしこれは、大殿《おおとの》から命じられた一事、「小さいながらも、デウスの王国をつくれ」の始まりなのかもしれなかった。

井戸の水を右馬助が自ら汲《く》み、新しい竹筒に入れてアルメイダ修道士の前に運んだ。原田《はるた》善左衛門がいわば立ち会い人になってくれた。

頭に水を授けられた瞬間、右馬助は自分が変わるのを感じた。かつて修道士から言われた「貧しい者に奉仕するのは、神に奉仕するのと同じこと」が想起《そうき》された。それを信条、生きる指針にすれば、何の迷いもなくなる。大庄屋として重く感じた肩の荷が、にわかに軽くなったような気がした。

右馬助が授かった洗礼名はフランシスコだった。

「ヌンシオ・ザビエルさまとおなじなまえです」

修道士から言われて、右馬助は身が震えるのを覚えた。大殿から授けられたあの絹布といい、洗礼名といい、もはやこれからの自分の生涯は決まったも同然だった。

ついで麻、久米蔵の順で洗礼を受け、それぞれカテリナ、トマスの洗礼名を授かった。

そのあと家人と荒使子たちも、神妙な顔で洗礼を受け、新たな名前を受ける。文字が読み書きできない荒使子たちのために、嘉助が筆で書きつけた。

「これでいちまだうまのすけさまのいえは、みんなデウス・イエズスのこになりました」

アルメイダ修道士が改まった表情で全員を祝福する。「しんこうにひつようなクルス（十字架）やロザリオ（念珠）、ドチリナ（教理書）は、いずれもってきます。しかしなによりたいせつなのは、いのりです。すべてはいのりからはじまります。デウス・イエズスのしんとにとって、いのりはよろこびです。そしてよろこびは、どこまでも、つたわります」

奇妙な抑揚をもつ修道士の口調が、今はすんなりと耳にはいる。脇を見ると、麻が目を閉じて言葉に聞き入り、久米蔵は真剣な眼で修道士を正視していた。

「わたくしたちのなかにおられるイエズスさまは、わたくしたちのあいであり、わたくしたちのちからであり、わたくしたちのよろこびであり、わたくしたちのあわれみです」

修道士が発するどの言葉も、右馬助の胸には快かった。ひと足先に洗礼を受けていた原田善左衛門は、もう何度も修道士の言葉を聞いているのだろう、一語一語をかみしめるようにして頷いた。

朝餉の終わる時刻から大庄屋の屋敷に集まった百姓たちは、精一杯の盛装をしていた。肩につぎの当たった着物でも洗いたてのを着、新しい草鞋《わらじ》をはいている。女たちも髪を整えて、見苦しくない身なりをしていた。

村ごとに座敷に上がってもらい、ひとりひとり洗礼を授けてもらう。洗礼名は庄屋が書きつけ、庄屋がいない場合は、文字が書ける主だった村人が紙に書いた。

アルメイダ修道士は、洗礼のあと、ロザリオと十字架を掲げて祝福する。そのときの言葉は微妙に違った。

「わたくしたちのおこないやほうしが、わたくしたちをデウス・イエズスにちかづけます」

「わたくしたちのなかに、デウス・イエズスをむかえいれることで、わたくしたちはかわります」

「わたくしたちとともに、わたくしたちのなかではたらいているのは、デウス・イエズスなのです」

「デウス・イエズスさまは、あなたたちすべてのひとのなかにいます」

その説諭《せつゆ》の一句一句を、一万田右馬助は胸に刻みつけた。

右馬助にとって、修道士が発する言葉は、単なる言葉にはとどまらなかった。言葉の裏で、府内でつぶさに見た修道士や神父たちの行いが思い出された。

府内では老若男女《ろうにゃくなんにょ》、貴賤《きせん》の区別なく、教会に迎え入れられ、日々祈りが捧《ささ》げられた。食を欠く貧者には、信者の手によって炊《た》き出しも行われた。その資金がどこから出ているのか、初めは右馬助も訝《いぶか》った。懐《ふところ》が豊かな信者が献金をし、豊かでない信者は労力を出していることは、あとになって知った。

教会にはいり、出て行く半刻《はんとき》足らずの間に、信徒の表情が変わるのを、何度も眼にした。

「しんこうは、おこないがないかぎり、しんだのといっしょです」

気がつくと、アルメイダ修道士が、高樋村《たかえ》の百姓たちに言いかけていた。一番前にいる庄屋の西原嘉六《かろく》が、神妙な顔で頷いていた。

その日一日かけて、全村から集まった八十名くらいの百姓が洗礼を受けた。庄屋に限っても半数が洗礼名を授かった。

翌朝、アルメイダ修道士と善左衛門が肥後の高瀬に向けて発《た》つとき、右馬助は二人に頼み込んだ。

「善左衛門殿、高瀬から秋月に戻られる際、高橋村を通られましょうか」

「それはもう道筋なので」

「それでしたら、この久米蔵を高瀬まで連れて行ってもらえないでしょうか」

まだ心の内を久米蔵には伝えていなかったので、顔を見ながら続ける。「久米蔵が知っている土地といえば、府内と日田くらいなものです。この高橋村に今後住みつくとなれば、もうよその土地を知るすべは多くありません。幸い足腰は強いので、荷物持ちの役にも立つはずです」

「それは願ってもないこと」

善左衛門が答え、修道士も目を細めて頷いた。

急いで旅仕度《たびじたく》をさせ、道中に必要な路銀《ろぎん》は充分に持たせた。途中、修道士はもちろん、善左衛門にも出費はさせないように言いふくめた。

高瀬までは二日、その地に一日二日留まるとしても五、六日の旅程だろう。

「アルメイダ様、またお越しいただけますね」

三人を送り出しながら、右馬助は修道士に確かめる。

「きっときます。たぶん、ことしか、らいねんです」

「お待ちしております」

麻や家人、荒使子たちを門の先に勢揃《せいぞろ》いさせて、三人を見送った。

「可愛《かわい》い子には旅をさせよといいますが、ほんによう思い立たれました」

麻が言う。

「それもあるが、旅の途中、アルメイダ様からいろんな話も聞けるだろうし、あの原田殿の薫陶《くんとう》も受けられる」

「確かに、あの原田様、できたお方です」麻も善左衛門の人柄には心うたれたようだった。

久米蔵が留守の間、右馬助は家人の嘉助を連れて、高橋組の村々を巡った。

高樋村の庄屋、西原嘉六の家では座敷に上がらされ、内儀が茶菓まで運んで来た。嘉六が小柄なのに比べ、内儀のつよは大柄で年齢も五つか六つ上に見えた。蚤《のみ》の夫婦は仲睦《むつ》まじそうだった。

「先日の洗礼以来、このつよから責められとります」

嘉六が苦笑いする。「自分だけ立派な名前ばもろうて、抜け駆けと言うとです」

「ご内儀、そういうことなら、また修道士が村に見えたとき、洗礼されたらどうですか」

右馬助が勧める。

「また来られるとなら、次は是非」

内儀が顔を赤らめる。「よちよち歩きを始めたばかりの息子にも、洗礼を受けさせてやりたかです」

「それはありがたいこと」

大人が洗礼を受ける以上に、子供たちの洗礼は重要で、デウス・イエズスがそれだけ身近になるはずだった。

最後に訪問した本郷《ほんごう》村でも、庄屋の須田《すだ》竹次郎の家でお茶を出された。

竹次郎も洗礼を受けた庄屋のひとりで、早くもロザリオとクルスを手にしているのには驚かされた。

「へっ、これですか」

竹次郎が得意気に鼻をうごめかす。「本郷在の指物師《さしものし》に頼んだとです」

手にとって見せてもらうと、ロザリオの数珠《じゅず》も十字架も、柘植《つげ》でできているようだ。材質や色は違っても、アルメイダ修道士が所持していたものに酷似している。

「今まで使っていた数珠も仏壇も、きれいさっぱり焼きました」

晴れ晴れとした顔で竹次郎が言う。「村人のうち洗礼を受けた者は、私のこれば見て、作ってもらおうと考えとるようです。指物師には、これから忙しくなるぞと言っておきました」

「そうでしょうな」

右馬助も半ば羨望《せんぼう》気味に納得する。自分にはロザリオもクルスもないが、大殿から授かったザビエル師の絹布がある。何よりもあれが信仰の証《あかし》になるはずだった。

善左衛門と久米蔵が戻って来たのは、六日目の夕刻だった。短時日《たんじじつ》のうちに久米蔵が大人びたのも、右馬助には嬉しい驚きだった。

「久米蔵殿には本当に助かりました。若いので、やはり健脚です。三人分の荷物を背負ってもらったときもありました」

善左衛門が言い、荷を解いた。出て来たのは、ロザリオだった。

「これはアルメイダ様から、一万田様への贈り物です。高瀬には信徒の商家があって、そこに修道士はたくさんの荷を預けていました。高瀬の港をよく使うからでしょう」

善左衛門はそう言って、頭陀袋《ずだぶくろ》からロザリオをひとつ取り出し、右馬助に差し出した。

「実は久米蔵殿や私が貰《もら》った物と同じ物です」

手に取ると、白くて固いものでできた数珠で、輪になった部分を留めるメダイやクルスも同質のものでできている。白色に近いので、牛の角でも猪《いのしし》の牙《きば》でもない。

「右馬助様と同じ物を持つのも、何かの御縁に思えて嬉しゅうございます」

自分のロザリオを手にしながら善左衛門が言う。

「これは、末代までの家宝にします」

右馬助も応じる。大殿から授かったザビエル師の絹布、そしてアルメイダ修道士の贈り物であるこのロザリオ、二つともまさしく家宝にふさわしかった。

「このロザリオを使っての祈りのあげ方は、アルメイダ様から教わりました。とても覚え切れるものではなく、久米蔵殿に書き留めてもらいました」

善左衛門が久米蔵を見やる。

「そんなに難しいのか」

右馬助は久米蔵に訊《き》く。これまで修道士が、口で呪文を唱えながらロザリオを繰っている姿は、何度も見かけていた。しかしどんな呪文かは分からないままだった。

「アルメイダ様は、こう言われました」

久米蔵がロザリオを手に取って説明する。「このクルスとメダイの間に五つの数珠があります。真中三つと両端の数珠は少し離れています」

「なるほど」

「クルスに触れて、信徒である旨《むね》をデウス・イエズスに伝えます。次の数珠でデウス・イエズスへの祈り、続く三つの数珠でマリア様への祈りを三回、五番目の数珠で栄唱《えいしょう》です」

「栄唱とは？」

「初めにありしごとく、今もいつも世々に至るまで、父と子と聖霊の栄光を願い、賛美を捧げて祈ります」

「なるほど」

「そしてメダイに指を触れたまま、第一の黙想をします。黙想は、他にも四ヵ所あります」

久米蔵がロザリオをまさぐる。「メダイから分かれた数珠を右にたぐると、十個の珠《たま》が続いて、少し離れてひとつ珠があります。ここが第二の黙想です。また十個の珠が連続して、ぽつんと珠があって、これが第三の黙想の場、同様に第四、第五の黙想の珠があって、メダイに戻ります」

「黙想の珠の間にある十個の珠では、マリア様への祈りを繰り返すのだな」

「はい。マリア様への祈りを含めて、黙想の祈りの中味は、ここに書き留めております」

久米蔵が綴《と》じた紙束を示して言う。

「私のほうも、それを書き写させてもらいました」

善左衛門が言い添える。「秋月に戻りましたら、家内や娘のために、同じ物を作ってもらうつもりです。幸い、秋月には根付け職人がいるので、雑作《ぞうさ》ないでしょう」

根付け職人なら、指物師よりは立派なロザリオが作れるはずだ。しかし値は格段に張るはずで、さすが善左衛門の羽振りのよさが感じられた。

「久米蔵、あとで黙想での祈りがどんなものか、教えてくれ。どうせ帰依した百姓たちも知りたがるだろうし、そのときは頼む」

「はい」

「私のほうも、分からなくなったら、久米蔵殿に秋月まで出向いてもらいます」

「そんな大役は、久米蔵には荷が重過ぎます」

「いえいえ、もう久米蔵殿には了解を得ております」

善左衛門が久米蔵と顔を見合わせる。

「大丈夫か。そんな俄《にわか》仕込みの師匠で？」

「はい、原田様とああでもないこうでもないと考え合えば大丈夫だと思います。三人寄れば文殊《もんじゅ》の知恵ならぬ、二人寄っての文殊、いえロザリオの知恵です」

意外な喩《たと》えに右馬助は苦笑いする。とはいえ、孤児院にいた頃から久米蔵は神父や修道士の祈りを日々耳にしているはずで、祈りは知らず知らず身についているのかもしれなかった。

七　神父　元亀《げんき》元年（一五七〇）九月

原田《はるた》善左衛門が秋月に帰るのを見送った二ヵ月後の四月、年号が元亀に変わった。その九月、何の前触れもなく、アルメイダ修道士が高橋村を再訪した。しかもひとりではなく、ひときわ上質の黒衣を着て、眼鏡をかけた神父と、もうひとりクラストという若い修道士を同行していた。

「久留米で大殿さまにあいました」

広間でくつろぐ前にアルメイダ修道士が報告する。大殿の陣営が日田から久留米の高良山《こうらさん》に移動したことは、大殿がよこした使いの口から聞いていた。使いは大殿の書付《かきつけ》と一緒に、金一封もことづかっていた。感激した右馬助《うまのすけ》は、感謝の返状に、高橋組の村民、およそ八十人がアルメイダ修道士から洗礼を受けた旨を書いた。

「パードレ・カブラルさまは、三かげつまえに、天草の志岐《しき》につきました。パードレのなかでいちばんえらいひとです。わたくしがあんないして、デウス・イエズスをしんじているひとたちをほうもんしています」

「そうでしたか」

事情が分かった右馬助は、改めてカブラル神父に向かって頭を下げた。神父は何もかもが珍しいらしく、どこか落ち着かない様子だ。大庄屋の家とはいえ、所詮《しょせん》は百姓家であり、これまで滞在した家々と比べると貧相なのに違いない。

「パードレ・カブラルさまが志岐についてすぐ、ふきょうしゃたちのあつまりがありました。これが二かいめです。さいしょのあつまりは、二ねんまえに、やはり志岐でありました。そのときは、パードレ・トレスさまがいちばんえらいひとでした」

「トレス神父は、元気にされとりますか」

懐《なつ》かしい名前を耳にして、右馬助は思わず尋ねる。

「びょうきです。ですから、パードレ・カブラルさまをマカオからよびました。ふきょうちょうは、パードレ・トレスさまからパードレ・カブラルさまにかわりました。パードレ・トレスさまは、いまも志岐にいます」

「そうでしたか。快癒されるといいですが」

トレス神父は、確か天文十八年（一五四九）、ザビエル師と一緒に日本に来たと聞いている。とすれば日本滞在は二十一年になる。年の頃も、六十歳くらいだろう。府内の教会でトレス神父の痩軀《そうく》を眼にするたび、十字架像のイエズスに似ていると思ったものだ。

それに比べると、目の前のカブラル神父は太《ふと》り肉《じし》で血色も良かった。

「八がつに志岐のみなとをでて、肥前の樺島《かばしま》にわたりました。そして福田のみなとについて、長崎のきょうかいにいきました。そこから大村まであるいて、ドン・バルトロメウおおむらすみたださまにあいました。つぎに、有馬の口之津までもどって、おおむらさまのあに、ありまよしさださまにもあいました。それから島原にいって、そこからふねで肥後の高瀬につきました。高瀬からは、あるいて久留米にきました」

聞きながら、いつもの強行軍ぶりに右馬助は呆《あき》れ返る。天草や大村、島原の地形は、右馬助も不案内ではあるものの、ひと月の間に、船と脚で何ヵ所もまわるのは神業《かみわざ》としか思えない。

カブラル神父の顔に疲労の翳《かげ》があるのも、そのためだろう。ここに来てもらった以上、ゆっくり体を休めてもらいたかった。

「あしたには、秋月にしゅっぱつします」

「もう？」

「パードレ・カブラルさまは、しゅっぱつのまえ、あしたのあさ、むらのひとびとに、ミサをあげたいといっています」

「ミサをですか」

ミサなら、府内の教会で何度か見たことがある。神父が信者を祝福する祭事《さいじ》だ。

「それは願ってもないことです」

右馬助はカブラル神父を見やって、また頭を下げる。「明朝、ここに集まるように、今日のうちに触れを出します」

「おねがいします」

アルメイダ修道士が頭を下げた。もうひとりのクラスト修道士もカブラル神父も、全く言葉を解せないのだろう、じっとやりとりを見ているだけだ。

夕餉《ゆうげ》は、三人の宣教師と一緒にとるつもりにしていた。準備をしていると、アルメイダ修道士が厨房《ちゅうぼう》まで来て告げた。

「パードレ・カブラルさまがすきなのは、にくとかさかな、たまごです」

「田舎料理を用意していましたが、さっそく変えましょう」

右馬助は麻に命じて、神父の膳《ぜん》だけ別に用意させる。

「それから、たたみにすわるのはむりです」

「そうでしたか」

胡坐《あぐら》や正座ができないなら、腰掛けを用意するしかない。その前に高い台を置いて高坏《たかつき》膳をのせればいい。これも嘉助に用意させる。

「だんな様、修道士と神父では、位が違うとですかね」

嘉助が不満気に訊く。「何かこう、私らを見る眼も、冷たかもんがありました」

「気位が高いだけではないかな」

右馬助は苦笑する。

「同じ神父でも、府内でたびたび会ったトレス神父は腰の低い方でした。食い物も日本人と同じものを食べ、畳の上の正座も平気なのは、アルメイダ様と同じでしたのに」

嘉助が言う。

大広間での夕餉は奇妙な光景になった。カブラル神父が上座《かみざ》に腰かけ、左右に修道士二人が陣取る。アルメイダ修道士は正座だが、クラスト修道士は胡坐すら苦手らしく、何度も膝《ひざ》を立てた。箸《はし》づかいは、カブラル神父もクラスト修道士も不自由そのものだ。

下座《しもざ》に久米蔵と並んで坐る右馬助は気が気でない。それ以上に気をつかっているのが、給仕をしている麻だった。言葉も通じないので、指を使ってもいいと仕草で教える。しかし神父はそれを嫌い、アルメイダ修道士に何か命じた。修道士が荷物の中から取り出したのは、小さな包丁と匙《さじ》、極小の鍬《くわ》だった。おそらく銀製だろう、美しく輝いている。

その小道具を使って、鶏肉《とりにく》を焼いて味噌《みそ》をつけたものと、塩漬け鴨《かも》を切り分けている。麻が特に気を遣って作らせた料理だった。右馬助はさり気なさを装《よそお》いながら、その様子を時々うかがう。横の久米蔵も、見慣れない小道具が気になるらしく、眼を上げては神父を見ている。

しかし神父は、鶏肉も鴨も気に入ったようには見えず、無理に口に入れていた。クラスト修道士は、箸づかいに苦戦していた。焼き豆腐を箸で摑《つか》めず、握り箸にして突き刺し、ようやく口に入れた。

そこにいくとアルメイダ修道士の箸づかいは見事だった。味噌漬にした雉子《きじ》肉も、箸で挟んで口にもっていく。おいしいというように、右馬助を見て頷いた。

カブラル神父は、しじみ汁までも、匙を突っこみ、わずかな汁を口に入れていた。クラスト修道士はアルメイダ修道士を真似《まね》て、椀《わん》を両手に取り、口をつけて吸う。

眺めながら、右馬助は冷汗が出る。アルメイダ修道士だけとの膳では、この食べ物は何、味つけは何と、言葉も交わせたが、ここではそんな話題になりそうもなかった。

食べ終わるまで、ついに右馬助が口をきく機会はなかった。二言三言、神父と修道士の間で、言葉が交わされただけで、もちろん内容は右馬助には分からない。

「おいしかった」

そう言ってくれたのはアルメイダ修道士だけで、一品残さずたいらげていた。クラスト修道士は三分の二を食べ、神父に至《いた》っては半分以上を残していた。膳を下げたあと、右馬助は三人に湯浴《ゆあ》みを勧めた。しかし応じたのはアルメイダ修道士だけだった。

「パードレとイルマンには、ゆのはいったおけを」

アルメイダ修道士から言われて、湯だけを二桶《おけ》、嘉助が真新しい手拭《てぬぐ》いを添えて大広間の縁側まで運んだ。

湯殿から出て来たアルメイダ修道士は、顔を赤くしながらも、気持よさそうだ。

「にっぽんのふろは、あついです。あのふたりはむりです」

「そうでしたか」

麻が驚く。「ぬるくすることもできましたのに」

「いいえいいえ、ふたりはふろのはいりかたが、わかりません。あちらでは、ひとりひとりおゆをかえます」

「えっ」

麻がのけぞって驚く。

「だから、おけでいいです」

アルメイダ修道士がにっこりする。

人ひとりはいる毎《ごと》に湯を新たに立てるなど、もったいない話だと、右馬助も驚き、麻と顔を見合わせた。

大広間には、布団《ふとん》を川の字に三枚並べて敷いた。それを見たアルメイダ修道士が、右馬助がいる部屋にやって来た。

「ついたては、ありますか」

「衝立ですか、三枚屏風《びょうぶ》ならあります」

「それで、パードレ・カブラルさまと、わたくしたちをくべつしてください」

「なるほど」

右馬助はようやく合点《がてん》がいく。府内ではさして気に留めなかったものの、神父と修道士では身分が違うのだ。ことに気位の高そうなカブラル神父は布教長でもあり、修道士と並んで寝るのをよしとしないのだ。

麻と二人、寝室で枕《まくら》を並べたとき、右馬助は麻の労をねぎらった。

「馳走《ちそう》のふるまいも、庄屋を招くのとは違いました。アルメイダ様は別ですけど」

「ま、少しは食べてくれたので、口に合ったのだろう」

「でも、あのお二人、この先が思いやられます」

麻が静かに言う。

「郷《ごう》に入れば郷《ごう》に従うだろうが、まだ日本に着いて日が浅い。三ヵ月しか経《た》っていないはずだ」

「そうでしょうか。アルメイダ様も、たいそう気を遣っておられました」

「あの方は、言葉が多少不自由なだけで、心は日本人と同じ」

「ほんとに。あの方が神父になられたらよろしいのに」

「そう簡単にはいかんのだろう」

アルメイダ修道士は右馬助よりひとつ年下だったはずで、もう四十五だ。初めて薩摩の島に立ち寄ったのが二十七歳のとき、府内に来たのが三十歳だったと聞いている。そうすると、もう十五年は日本中を歩きまわっている勘定になる。確かにもう神父になっても、おかしくない年齢だった。

翌朝、庭に集まった百姓たちを見て右馬助が目を見張ったのは、その多くが自分で作ったロザリオを持参していたからだ。

家人と荒使子《あらしこ》のためには、本郷《ほんごう》の職人に依頼して柘植《つげ》のロザリオを作らせていた。しかし今、村人たちが手にしているのは、十人十色のロザリオだった。

ある百姓のそれは表面を軽く焼いた杉板を四角に切り出して穴をうがち、紐《ひも》を通していて、三角のメダイと十字架もまた小さな杉片だ。あるいは、川沿いに生えるつし玉の実を数珠玉にしている百姓もいる。かと思えば、十字架を藁《わら》で作っている百姓もいた。藁人形を作る手があれば、十字の形など苦もないのだろう。

田中村のたつ婆さんが手にしているのは、すべてを布でこしらえたロザリオだ。珠の部分は紐の結び目をそれらしく作り、十字架は絣《かすり》布の中に詰め物をしているのか、紺地《こんじ》に白が美しく浮き上がっていた。数珠玉の数と間隔が正確なのは、久米蔵がアルメイダ修道士から貰ったロザリオを持って、高橋組の各村を巡回してくれたおかげだ。

その久米蔵と一緒にアルメイダ修道士は村人たちの中に分け入り、百姓たちが差し出すロザリオをひとつひとつ手に取っては、出来映えを誉《ほ》めながら、笑顔で祝福する。前の方に戻って来て、たつ婆さんのロザリオを受け取り、縁側に立つカブラル神父に見せた。神父はそれを一瞥《いちべつ》したのみで、手に取る様子は見せず、代わりに金色の十字架を懐から出して、村人たちの前に突き出す。

脇《わき》に控えたクラスト修道士が何か言葉を発すると、すかさずアルメイダ修道士が通詞の役を務めた。

「これからミサをはじめます」

よく通るアルメイダ修道士のひと言で、大広間に坐った庄屋たちも、莚《むしろ》の上の村人たちも静かになる。間髪を容《い》れず、カブラル神父が金の十字架を頭上に掲げた。

「コムニヨン（聖体拝受）です」

アルメイダ修道士が言うと、クラスト修道士が突然、歌い出す。初めて聞くような澄み切った高い声だ。内容は分からない。抑揚があり、右馬助は聞いているうちに心が澄んでいくのを感じた。府内で何度か耳にした聖歌だった。

歌がやみ、今度は神父が低い声で語り出す。十字架の代わりに手にしているのは黒革表紙の聖書だ。言い終えて、アルメイダ修道士が和語にする。

――ミサによって、わたくしたちは、なにをささげるのでしょうか。イエズスさまがささげたものをささげます。つまり、わたくしたちのしょうがいと、しをささげます。

神父の第一声で、村人たちは明らかに当惑していた。予期していたこととは全く違う言葉が神父の口から漏れたからだ。しかしこれは却《かえ》って、村人たちの眼と耳を神父にひきつける効果をもたらしていた。

――このよのならいにならってはいけません。こころをあたらしくして、じぶんをかえるのです。なにがデウス・イエズスのおこころであるか、なにがよくて、なにがわるいか、かんがえるのです。わたくしたちは、イエズスさまがよろこぶことを、こころをこめてします。

つまりは、自分たちの人生と行いを、デウス・イエズスの教えに添うように心がけることだと、右馬助は理解する。これならイエズス教の信徒として当然だ。

しかし改めて神父の口から教えられると、身が引き締まる。村人たちの中には頷く者もいた。

——デウスはイエズスのなかにいます。イエズスはわたくしたちのなかにいます。ちちとことれいこん、アニマはひとつです。

ここで神父は再び十字架を掲げ、高らかに言挙げをした。

——ああじゅうじかのイエズスさま、あなたはむげんざいのマリアさまからうまれ、じゅうじかでやりがわきばらをつきぬきました。そのくるしみと、ながれでたちは、わたくしたちへのおくりものです。アーメン。

アルメイダ修道士が和語にし終えたとき、クラスト修道士がまた歌い出す。澄んだ声が庭先から、晴れ渡った晩秋の空に溶け込んでいく。

大広間と庭先が、一挙に礼拝堂になっていた。ロザリオを握りしめて目を閉じている農婦もいれば、こぶしを目に当てている男もいた。たつ婆《ばあ》さんは、布製のロザリオを手にかけて合掌していた。

大広間に坐《すわ》っている田中村の庄屋弥蔵は、神父の後ろ姿に叩頭《こうとう》していた。

「あたらしくバプティスマ、せんれいをうけたいひとは、どうぞまえにでてください」

ひと言ふた言、神父と言葉を交わしたアルメイダ修道士が村人たちに呼びかける。

右馬助は大広間の端にいた麻に目配せをする。真新しい竹筒と井戸水はもう用意していた。

「私も受けます」

平田村の庄屋、佐藤権七《ごんしち》が立ち上がった。

「わしも」

ぼそりと呟《つぶや》いたのは、鵜木《うのき》村の山下利三吉《りさきち》だった。この二村の百姓の中には、既にアルメイダ修道士から洗礼を受けた者がいたので、話は聞いていたのだろう。これで高橋組の十六ヵ村のうちで、庄屋が洗礼を受けていないのは六ヵ村のみになった。

庄屋二人がまず初めに、カブラル神父から額に指先の井戸水を受けた。鵜木村の庄屋は、灰色の薄くなった髪でようやく小さな髷《まげ》を結っている。その禿《は》げ上がった額に水滴がつく前に、庄屋は合掌した。平田村の庄屋は右馬助より若く、がっしりした体格で、膝をついて、目は開けたままで、神父の黒衣に眼を注いだあと、顔を見上げた。異人をこんなに近くで見るのは初めてのはずで、感激した面持ちだ。

次は村人たちで、ひとりずつ草鞋《わらじ》を脱いで縁側に上がり、膝を折る。神妙な顔で閉眼する者もいれば、恥ずかし気に身を縮める者もいた。それぞれが、縁側から降りるとき、周囲から拍手で迎えられ、晴れ晴れとした顔になった。

新たな信徒は二十人を超え、神父も満足気だ。

「アルメイダ様、ロザリオの祈りをもう一度教えてもらいたいと、多くの村人が言っとります」

傍からうかがいをたてたのは久米蔵だった。

「わかりました」

修道士が答え、神父に許しを乞う。神父も異存はなさそうだ。

「みなさん、よくみて」

アルメイダ修道士が自分のロザリオを取り出す。右馬助や庄屋たち、村人もそれにならう。百姓たちの手に握られた、さまざまな色と形をしたロザリオを改めて眺め、右馬助は胸を打たれる。

「ちちとことせいれいのみなによって」

アルメイダ修道士が、右手を額、胸、左右の肩に当て、最後に合掌する。「アーメン」

祈りになると、修道士の言葉が日本人に近くなる。信者とともに何度も唱えているうちに、異人特有の訛《なま》りが直されたのだ。

「われは、てんちのそうぞうしゅ、ぜんのうのちちなるてんしゅをしんじ、またそのひとりご、われらのしゅイエズス、すなわちせいれいによりてやどり、マリアからうまれ、ポンシオ・ピラトのかんかにてくるしみをうけ、じゅうじかにつけられ、ししてほうむられ、こせいしょにくだりて、みっかめにししゃのうちよりよみがえり、てんにのぼりて、ぜんのうのちちなるてんしゅのみぎにざし、かしこより、いけるひとと、しせるひととを、さばかんためにきたりたもうしゅを、しんじたてまつる。われはせいれい、せいなるこうきょうかい、しょせいじんのつうこう、つみのゆるし、にくしんのよみがえり、おわりなきいのちを、しんじたてまつる。アーメン」

アルメイダ修道士が久米蔵を見て、もう一度繰り返すように促した。久米蔵が頷《うなず》く。

「我は天地の創造主、全能の父なる天主を信じ、またそのひとり子、我らの主イエズス、すなわち聖霊によりて宿り、マリアから生まれ、ポンシオ・ピラトの管下にて苦しみを受け、十字架につけられ、死して葬《ほうむ》られ、古聖所にくだりて、三日目に死者のうちより甦《よみがえ》り、天に昇りて、全能の父なる天主の右に座し、かしこより、生ける人と、死せる人とを、裁かんために来たりたもう主を信じ奉《たてまつ》る。我は聖霊、聖なる公教会、諸聖人の通功、罪の赦《ゆる》し、肉身の甦り、終わりなき命を、信じ奉る。アーメン」

よどみのない久米蔵の祈りに、右馬助は感心し、それとなく麻の方を振り返る。麻が嬉《うれ》し気に大きく頷いた。

「もう知っている方もおられると思いますが、これが信仰の証《あかし》となる使徒信経です」

久米蔵が言い終えるのを確かめて、アルメイダ修道士の指が、十字架の次の少し大きな珠に移った。

「これから唱えられるのが、主の祈りになります」

久米蔵が説明して修道士を促した。

「てんにましますわれらのちちよ、ねがわくば、みなのとうとまれんことを、みくにのきたらんことを、みむねのてんにおこなわるるごとく、ちにもおこなわれんことを。われらのにちようのかてを、こんにちわれらにあたえたまえ。われらがひとにゆるすごとく、われらのつみをゆるしたまえ。われらをこころみに、ひきたまわざれ、われらをあくよりすくいたまえ。アーメン」

修道士が久米蔵を見やった。

「天にまします我らの父よ、願わくば、御名《みな》の尊まれんことを、御国《みくに》の来たらんことを、御旨《みむね》の天に行わるるごとく、地にも行われんことを。我らの日用の糧《かて》を、今日我らに与え給《たま》え。我らが人に赦すごとく、我らの罪を赦し給え。我らを試みに引き賜わざれ、我らを悪より救い給え。アーメン」

祈り終えて、久米蔵が村人たちに語りかける。「次に三つの珠が並んでいます。これが天使祝詞で、三回、同じ祈りを捧げます」

分かったというように村人たちが頷き、自分のロザリオをまさぐりながら、アルメイダ修道士の言葉を待ち受けた。

「めでたし、せいちょうみちみてるマリア、しゅ、おんみとともにまします。おんみは、おんなのうちにてしゅくせられ、ごたいないのおんこイエズスも、しゅくせられたもう。てんしゅのおんははせいマリア、つみびとなるわれらのためにも、いまも、りんじゅうのときも、いのりたまえ。アーメン」

それを久米蔵が復唱する。

「めでたし、聖寵《せいちょう》満ち満てるマリア、主、御身とともにまします。御身は女のうちにて祝せられ、ご胎内の御子イエズスも祝せられ給う。天主の御母聖マリア、罪人なる我らのためにも、今も、臨終のときも祈り給え。アーメン」

この祈りが三回繰り返され、次の大きな珠に修道士の指がかかる。

「次が栄唱になります」

久米蔵が言った。

「ねがわくば、ちちとこと、せいれいとにさかえあらんことを。はじめにありしごとく、いまもいつもよよにいたるまで。アーメン」

「願わくば、父と子と聖霊とに栄えあらんことを。初めにありしごとく、今もいつも世々に至るまで。アーメン」

久米蔵がよどみなく祈り終わって続ける。「そのまま指を動かさず、信仰の祈りを唱えます」

「イエズスよ、あなたのひせきによってゆうきづけられたわれらが、まようことなくてんのすまいにたどりつけるよう、マリアとともにあたらしきあゆみをはじめさせたまえ。われらがひかりのこととなるために、ひかりのあるほうにあるかせたまえ」

アルメイダ修道士の独特の抑揚を耳にしながら、右馬助はよくぞここまで異国の言葉を自家薬籠中《じかやくろうちゅう》のものにしたと感服する。イエズス教の修行とともに、日本の言葉の獲得にも血と汗の努力があったに違いなかった。

修道士のあとに続いて久米蔵が、同じ祈りを復唱する。村人もそれにならう。

「イエズスよ、あなたの秘蹟《ひせき》によって勇気づけられた我らが、迷うことなく天の住まいに辿《たど》り着けるよう、マリアと共に新しき歩みを始めさせ給え。我らが光の子となるために、光のある方に歩かせ給え」

久米蔵の復唱を確かめ、修道士は指をメダイに当てて、祈り出す。

「このいちれんをけんじて、マリアがおつげをうけたまいたるをもくそうし、そのおとりつぎによりて、けんそんのとくをこいねがわん」

修道士と眼を合わせて、久米蔵が続ける。「この一連を献じて、マリアが御告げを受け給いたるを黙想し、その御取り次ぎによりて謙遜《けんそん》の徳を乞い願わん——。これが第一玄義《げんぎ》の祈りです。指はこのままメダイに当てたまま、また主の祈りにはいります」

今度は、修道士と久米蔵、そして村人の何人かが声を合わせて祈り出す。右馬助が驚いたことに、田中村の老庄屋はもう祈りを覚えていた。

「天にまします我らの父よ、願わくば、御名の尊まれんことを、御国の来たらんことを、御旨の天に行わるるごとく、地にも行われんことを。我らの日用の糧を、今日我らに与え給え。我らが人に赦すごとく、我らの罪を赦し給え。我らを試みに引き賜わざれ、我らを悪より救い給え。アーメン」

これが終わると、十個の珠に指が移り、天使祝詞が十回繰り返される。

それまで村人たちの祈りを黙って眺めているだけだった神父と若い修道士が、低い声を出して異国の言葉で唱和しはじめた。

「めでたし、聖寵満ち満てるマリア、主、御身とともにまします。御身は女のうちにて祝せられ、ご胎内の御子イエズスも祝せられ給う。天主の御母聖マリア、罪人なる我らのためにも、今も、臨終のときも祈り給え。アーメン」

同じ聖句を繰り返すうちに、村人たちの大半の口からすらすらと祈りが出るようになった。カブラル神父が口にする異国の言葉と、村人たちの声が見事に響き合う。

「次の大きな珠で、第二の黙想にはいります。ここで祈るのは、人を愛する徳です」

久米蔵が説明する。

第一連から第五連まで、黙想の内容が違うのは、久米蔵から教えられて右馬助も知っていた。

第一連が謙遜の徳、第二連が慈愛の徳であり、そのあとは清貧の徳、掟《おきて》を守る徳、主を愛する徳が続いた。

「この一連を献じて、マリアがエリザベトを訪問し給いたるを黙想し、その御取り次ぎによりて、人を愛する徳を乞い願わん」

それが第二連の始まりで、続いて主の祈りが繰り返される。ここまで至ると、大方の村人たちは要領がのみ込めたようだ。もともと久米蔵が村々を訪れて、祈りの言葉を教えていたのが功を奏していた。

第三、第四連になると、アルメイダ修道士、カブラル神父、クラスト修道士と口調を合わせて、祈りが口をついて出る。右馬助も、横に居並ぶ庄屋たちも同様だ。まだロザリオを持っていない平田村と鵜木村の庄屋も、祈りだけは唱和していた。

第五連に至ったとき、カブラル神父が、ひときわ大きな声で祈り出す。クラスト修道士も歌うように祈る。

「この一連を献じて、マリアが主を聖殿にて見出《みいだ》し給いたるを黙想し、その御取り次ぎによりて、主を愛する徳を乞い願わん」

再び主の祈りが続き、さらに十個の珠ごとに天使祝詞が唱えられ、ついに指はメダイに辿りつく。そこがまた栄唱の場だった。

「願わくば、父と子と聖霊とに栄えあらんことを。初めにありしごとく、今もいつも世々に至るまで。アーメン」

指はそのままにして、信仰の祈りが繰り返された。

「イエズスよ、あなたの秘蹟によって勇気づけられた我らが、迷うことなく天の住まいに辿り着けるよう、マリアと共に新しき歩みを始めさせ給え。我らが光の子と――」

ふうっと村人たちから溜息《ためいき》が漏れる。ようやく最後まで行き着いたという感激の現れだった。どの顔も輝いている。カブラル神父の顔も心なしか紅潮していた。

その神父が村人の鎮《しず》まるのを待って、最後の十字架の印として、右手を額と胸、左肩、右肩にゆっくりもっていく。村人や庄屋もならう。

――父と子と聖霊の御名によって。アーメン。

庭の村人たちも、大広間にいる庄屋たちも同じ祈りを復唱する。

前の方にいるたつ婆さんが、カブラル神父に手を合わせていた。その後方でも十数人が合掌している。

みんな晴れ晴れとした顔だった。

「冥土《めいど》の土産ができました」

田中村の老庄屋が近づいて右馬助に言う。

「これからも、土産はいくつもできます」

「そうでっしょか」

「信者のいる所には、必ず神父か修道士が訪れるとアルメイダ様が話していました。年に一度は無理でしょうが、数年に一度ならできるはずです。信者は秋月とここだけでなく、久留米や博多、肥前に肥後とちらばっています」

二人が話しているところに、小島《おしま》村の庄屋がうかがいをたてに来た。

「私ら二人も弥蔵殿と同じく、洗礼ば受けたかとですが」

言って春日村の庄屋を手招きする。

「それは願ってもないこと」

二人を連れて、カブラル神父の脇に行き、その旨を伝える。仕草で、洗礼の真似をすると神父が頷き、アルメイダ修道士を呼んだ。

「わかりました。パードレ・カブラルさまがもう一どバプティスマをするそうです」

修道士が村人たちにも呼びかけると、縁側に十数人が並んだ。

久米蔵に井戸水を汲《く》みにやらせ、竹筒に入れて持って来させる。

まずは春日村の庄屋小林安兵衛《やすべえ》、次に小島村の半田今七《いましち》が、神妙な顔で洗礼を受け、名前も授けられる。

「わしはセバスティアンですか」

アルメイダ修道士から告げられて、安兵衛が感激する。今七のほうはアントニオで、いずれも久米蔵が書きとめた。

百姓たちも縁側に寄り、身をかがめた神父から水を受け、名を言い渡される。久米蔵が村と名を訊き、書きつける。そうでもしないと、ジョアンやジョアナ、ロレンソといった聞き慣れない名を、一度で覚えられるはずもなかった。後日、村々を訪れる久米蔵に確かめればいいのだ。

この日、洗礼を受けた村人は庄屋四人を含めて四十人近くに達した。

昼前、神父たちが秋月に向けて発《た》つとき、右馬助は名残《なごり》惜しい気持で訊いた。

「今度は、いつ頃この高橋村に立ち寄っていただけるのでしょうか」

カブラル神父と二言三言やりとりをして、アルメイダ修道士が答えてくれた。

「日本でいちばんえらいパードレがカブラルさまです。三ねんにいちど、しんじゃのいるとちをほうもんしなければなりません」

「すると、三年後ですか」

右馬助は久米蔵と顔を見合わせて頷く。その頃には、高橋組の大庄屋として、村々のすべてを掌握《しょうあく》しているはずだった。

「心よりお待ち申し上げています」

久米蔵には荷物担《かつ》ぎ役も兼ねて、神父たちに同行するよう命じていた。もちろん、アルメイダ修道士には、路銀《ろぎん》代わりの献金も包んだ。

麻や家人、荒使子と門の外に並んで四人を見送った。

八　再訪　天正元年（一五七三）十月

約束どおり、カブラル神父が再び高橋村を訪れたのは三年後だった。アルメイダ修道士とともに、もうひとりの神父を伴《ともな》っていた。四十代半ばだと思われるモンテ神父で、府内《ふない》の教会を預っているという。たどたどしいながら、和語が話せるようになっているのも、生来《せいらい》の才能だろう。そこへいくと、カブラル神父が未《いま》だにしゃべれないのが不思議だった。

アルメイダ修道士からここに来るまでの道筋を聞いて、右馬助《うまのすけ》はまたもや驚いた。九月の初めに、肥前有馬領の口之津を出、島原に行き、海を渡って肥後の高瀬に上陸、あとは陸路をまっすぐ府内に向かったという。府内で二十日ほど骨を休めたあと、日田を通り、博多に向かう途中で高橋村に立ち寄ってくれていた。

右馬助が何よりも訊《き》きたかったのは、府内の大殿《おおとの》の様子だった。

「もうりとのたたかいがおわってからは、なださまとのたたかいです」

モンテ神父がたどたどしく答えた。

「ご正室《せいしつ》の奈多様と？」

右馬助は、やはりと思う。もともと大殿は家督《かとく》を継ぐ前に、前代の父君大友義鑑《よしあき》様から、京都の名門一色義清《いっしきよしきよ》の娘を正室として押しつけられていた。内紛の二階崩れのあと、この正室を離縁したのも、父君の威光を早く払拭《ふっしょく》するためだったと、右馬助は思っている。

次に正室として迎えたのが、杵築《きつき》にある奈多八幡宮《はちまんぐう》の大宮司奈多鑑基《あきもと》の娘だった。すぐに長子義統《よしむね》、次子親家《ちかいえ》、三男親盛《ちかもり》の他、娘五人が生まれ、奈多夫人の権勢は高まるばかりだった。

大殿の舅《しゅうと》となった奈多鑑基は、豊後国内の社家奉行《しゃけぶぎょう》にも任じられ、宇佐《うさ》八幡宮をも管轄《かんかつ》する地位にのぼりつめた。

同時に奈多夫人の鼻息も、大殿との間にできた子供の数が増えるにつれて荒くなり、家臣たちも前に出るのを恐れた。特に大殿が神父や修道士を優遇するようになって、大殿との間の溝は深まるばかりだったのだ。

「奈多夫人は、今も教会嫌いですか」

右馬助の質問に答えたのはアルメイダ修道士だった。

「わたくしたちを、にくんでいます。けらいがきょうかいにいくことも、きらいます。

じゅせんしたけらいも、ひとりずつよんで、ほとけのみちにもどれといっています」

「洗礼を受けた家臣を呼びつけてですか」

右馬助も眉《まゆ》をひそめる。神職の娘としては、家臣に翻意を促すのは当然だろう。しかし多くの家臣がイエズス教に帰依《きえ》したのは、教えに魅了されての結果だ。しかも大殿は天主の国を創《つく》るのをめざしておられる。いかに正室とはいえ、国主の意向に逆《さか》らう行為だ。

「なださまがロザリオをもったけらいをみると、ちかづいてひきちぎってひになげこみます」

「没収ですか」

「このまえ、なださまのけらいが、きょうかいに、ひをつけました」

モンテ神父が悲しげな顔で言い添えた。「さいわい、ひはひろがりませんでした」

「大事に至らずよかったです」右馬助はほっとする。

「わたくしたちは、なださまをイザベルとよびます」

「イザベルは洗礼名ではないですか」

荒使子《あらしこ》の中にも、イザベルと名づけられた老女がいた。

「イザベルは、イスラエルのおうアハブのおうひです。イスラエルのよげんしゃを、はくがいしました」

　今度はアルメイダ修道士がつけ加えた。「ですから、大殿さまもびょうきになりました。わたくしがよばれました」

「それはよかったです」

　アルメイダ修道士が府内にいたのは、まさに好運といえた。

「いまは、げんきです。でも大殿さまは、こくしゅのくらいを、まもなくよしむねさまにゆずるけっしんをしました」

「義統様はまだ十六歳でしょう。まだまだ大殿が補佐しなければなりません」

　大殿が家督を譲るのはイエズス教に帰依するときだと、右馬助は思った。

　右馬助が心配しているのは、大殿を支えた老臣たちが次々とこの世を去っているからだった。四老のうち吉弘鑑理《よしひろあきただ》殿は二年前に死去、今年の初めに吉岡宗歓《よしおかそうかん》殿も死去、臼杵鑑速《うすきあきすみ》殿は老齢のため病床にあると聞いている。残る戸次鑑連《へつぎあきつら》殿のみが、筑前の立花城主を務めているものの、もう六十歳の老齢だった。

　大殿の病《やまい》は、アルメイダ修道士が察したとおり、正室奈多様との確執《かくしつ》と、信頼していた老家臣たちの死と病による心労だったはずだ。

「大殿はまだ受洗はされていませんか」

右馬助は、神父二人とアルメイダ修道士の顔をうかがいながら尋ねた。神父二人は首をかしげ、答えたのはアルメイダ修道士だった。

「せんれいはまだです。いまはぜんしゅうをしんじています」

「まだ禅宗に肩入れされているのですか」

意外だった。もともと大殿は幼い頃から禅宗の老師に学んでいて、三十三歳で出家《しゅっけ》したのもその意向を汲んでいた。その老師の没後は、京都大徳寺の高僧、怡雲宗悦和《いうんそうえつお》尚《しょう》を招聘《しょうへい》し、臼杵《うすき》に寺を建て住まわせた。剃髪《ていはつ》も怡雲和尚の手になっていた。

「そうりんさまは二ねんまえに臼杵におおきな寿林寺《じゅりんじ》をたてました。そこにたびたびいきます」

「そうですか」

右馬助は合点《がてん》する。臼杵の諏訪明神の近くに大殿が建てた寺は小さかったので、それを大きくしたのに違いない。

「大殿さまはまた、京都の大徳寺にカサもたてました」

今度はたどたどしくモンテ神父が言う。カサとは住院のことで、大徳寺であれば僧を住まわせる所だ。大徳寺は、怡雲和尚の寿林寺の本山にあたる。それに対する寄進《きしん》なのだろう。

「でも、府内と臼杵のわたくしたちのカサもりっぱになりました」

アルメイダ修道士が言い足す。

「それはようございました」

右馬助はほっとする。「大殿の本心は、あくまでもイエズス教への帰依です。今はまだ正室の奈多様への気兼ねもあって、躊躇《ちゅうちょ》されているのだと思います。いずれ時が来れば受洗されます」

「ほんとうですか」モンテ神父が嬉しそうに訊き返す。

「間違いないです」

「大殿さまは、じなんのちかいえさまを、ぜんしゅうのてらにあずけようとしています」

アルメイダ修道士が言った。ありえない話ではない。いずれ家督を長男の義統様に譲る以上、次男を僧籍に入らせるのは、内輪もめの芽を摘む賢明な策だった。相続を巡ってのお家騒動は、二階崩れで大殿も懲《こ》りたはずだ。まして奈多様の機嫌をとるためにも親家様の出家は意味をもつ。

「ところが、ちかいえさまはたいへん、いやがっています」

「僧籍を拒んでおられるのですか」

分からぬでもなかった。右馬助の見るところ、嫡男《ちゃくなん》の義統様が大人しいのに対して、親家様は大殿譲りの血気盛んな性格だ。僧にふさわしい器とはいえない。

「はんたいに、いまちかいえさまは臼杵のきょうかいにきています」

「教会に？　なるほど」

となれば、大殿はもはや仏門入りを強制できない。それどころか内心では、手を叩《たた》いておられるのかもしれなかった。

「しかしそうなれば、母君である奈多様の怒りが増すばかりでしょう」

「はい」

アルメイダ修道士とモンテ神父が同時に頷く。これはこれで、大殿の悩みは減るどころか増す一方になる。

「今度府内に戻り、大殿に会われる日があれば、この高橋村では一万田《いちまだ》右馬助と久米蔵がしっかりデウス・イエズスの教えを守っていると、お伝え下さい」

「はい。それはもう大殿さまにいいました」

アルメイダ修道士が微笑する。「いちまださまのむらで、おおくのひとがバプティスマをうけたと、大殿さまにいいました。よろこんで、いつか、ここにきたいそうです」

来たいというのは言葉の綾《あや》だろう。戦陣でもなければ、このあたりまで大殿の来駕《らいが》があるはずはなかった。まして家中に悩みが多いこの時期であればなおさらだ。

「明日発たれたあとは、どこに行かれますか」

「秋月にいって、博多にいきます。そのあとは、ふねで肥前にもどります」

アルメイダ修道士が答える。

「秋月まで、久米蔵をお供させていただけませんか」

右馬助は頼み込む。次に神父や修道士がこの地に来るのは、何年後になるか分からない。久米蔵にはできるだけ長く、宣教師たちと接してもらいたかった。もうひとつ、懇意《こんい》にしている原田《はるた》善左衛門に手土産を持たせるにも都合がいい。

「今夜のうちに、村々に触れをまわすので、明朝の出発前にミサをあげてもらいたいのですが」

右馬助がうかがいをたてると、アルメイダ修道士が神父二人と短いやりとりをした。

「三ねんまえ、パードレ・カブラルさまがミサをしました。こんどはパードレ・モンテさまがします」

右馬助は礼を言い、さっそく荒使子三人を三ヵ所の村の庄屋に遣わせる。そこから先の伝達は、各村々から順繰りに伝令が走る仕組みになっていた。

湯桶《ゆおけ》で体を清めてもらったあと、大広間で夕餉《ゆうげ》を供した。麻
幸い田中村の庄屋からの鴨《かも》の進物四羽があり、荒使子が松茸《まつたけ》を採って来ていた。
が土鍋《どなべ》で鴨鍋を作らせて、膳《ぜん》に運ばせる。
下座《しもざ》に位置した右馬助は、さり気なく二人の神父の箸《はし》づかいを眺めた。三年前に箸
が使えなかったカブラル神父も、今は箸づかいに慣れていて、鴨肉をうまそうに口に
入れている。府内に赴任して間もないはずのモンテ神父も、器用に箸を使っていて、
右馬助も胸を撫《な》でおろす。
まだ食べ終わらないうちに、玄関のほうが騒がしくなり、男の子の泣き声までもし
た。久米蔵がすぐに立って見に行った。
「子供が木から落ちたそうで、左肩を痛がっています」
戻って来た久米蔵が知らせた。
三年前、アルメイダ修道士に急病人を診てもらったことがあった。腹下しの激しい
老婆《ろうば》だったが、修道士が処方した丸薬で、その日のうちに痛みがとれ、翌日、腹下し
も治っていた。
アルメイダ修道士が村に来ているのを知って、連れて来たのに違いない。
事情を話すと修道士は怪我人《けがにん》を縁側に連れて来るように言った。右馬助が行灯《あんどん》の火

を近づける。

まだ十歳に満たない男児は、異人を前にして驚いたのか泣き止《や》んだ。上体をはだけさせて、修道士が左肩に軽く触れる。痛みに男の子は顔を歪《ゆが》めた。

「ほねがおれています。すこしいたいですけど、がまんです」

アルメイダ修道士が久米蔵に命じて、男の子の首と右肩を支えさせた。驚く男児を尻目《しりめ》に、修道士が左腕を思い切り引っぱる。痛みで男の子が声を挙げたとき、施術《せじゅつ》はもう終わっていた。

「なにか、ぬのはありますか」

右馬助が麻に晒《さらし》を持って来させる。布を引き裂いた修道士が、男の子の左腕を曲げ首から吊《つ》った布で固定させた。

「このままで、はんつきです」

付き添って来た両親に、修道士が説明する。「はんつきで、ほねがつきます。ひとつきしたら、すこしずつ、うごかします」

痛みがひいたのか、男児はほっとした表情になっていた。

修道士はもう一度、男の子の両肩を見比べ、着物を着せた。

「ありがとうございます」両親が縁側で何度も頭を下げた。

もともとは外科医であるアルメイダ修道士ならではの、面目躍如《めんぼくやくじょ》ぶりだった。

翌朝、三年前同様、近在の村々から百姓たちが集まった。

「高橋組以外の村からも、人が来ているそうです」

麻が右馬助に知らせる。「荒使子の話では、彼坪《かなつぼ》や沖田、赤司《あかし》、岩田からの百姓らしいです」

確かに、庭に集まっている村人の数は前回よりも増えている。

「カブラル神父、この三年でめっきり年を取られましたな」

そう言ったのは田中村の庄屋、弥蔵だった。「よほど苦労が多かとでっしょ」

それには右馬助も気がついていた。四十歳を少し越えたばかりなのに、眉間《みけん》の皺《しわ》が深くなり、髪にも白髪が混じりはじめていた。心なしか眼鏡の奥の目からも鋭さがなくなっている。

そこへいくと、もう五十に手の届くアルメイダ修道士のほうは、山野を駆けて修行する山伏のように精悍《せいかん》そのものの体つきだ。

もうひとつ右馬助が驚いたのは、百姓たちが手にしているロザリオがほとんど木製になっている点だった。もはや藁《わら》製のロザリオを手にしている者はいない。女たちはさすがに布のロザリオが多い。大部分は、田中村のたつ婆さんが作ったものかもしれなかった。久米蔵の話では、布でせっせとロザリオを作っては、村中の女たちに配っているという。

今、たつ婆さんが手にしているロザリオは、小さい珠《たま》と十字架が紺絣《こんがすり》、大きな珠とメダイが赤い布でできていた。見た目も美しく、アルメイダ修道士はわざわざ手に取って出来映えを誉めた。

アルメイダ修道士の役目は、新しいロザリオのひとつひとつに祝福を与えることだった。集まった百数十人の村人たちの中に分け入り、言葉をかけては、ロザリオに短い祈りの言葉を投げかけた。

それが一段落して、モンテ神父のミサが始まった。左手に黒革の聖書、右手に金色の十字架を持って縁側に立つ。その後方にカブラル神父が控えている。アルメイダ修道士はロザリオを手にして庭の前方に進み、モンテ神父の第一声を待ち受けた。

「イエズスは、いまここでみるところ、さわるところ、あじわうところには、いません。ただ、きくところにいます」

モンテ神父の和語はアルメイダ修道士よりも格段に拙《つたな》いにもかかわらず、右馬助の耳にはすんなり意味が届く。

「しんこうとは、ふれられるなにかではありません。みえるなにかではありません」

モンテ神父が繰り返す。村人たちが静かに聞き入る。

「このわたくしは、なにももっていません。おかねも、かたなも、いえももっていません。もっているのは、このいのりのほんです」

モンテ神父が左手の聖書を高く掲げる。黒革がぼろぼろになり剝《は》げかけていた。

「わたくしたちは、みんなイエズスのものです。たとえ、わたくしたちが、こなごなになっても、ひとつひとつがイエズスのものです。わたくしたちは、みんなイエズスにつつまれています。イエズスにまもられて、イエズスのなかで、およいでいます」

庭先にいるたつ婆さんが、ロザリオを指にかけて手を合わせる。

静まり返った村人を前にして、モンテ神父が右手の十字架を突き上げた。

「イエズスは、じぶんを、きもののない、はだかのひと、いえもないひと、ひとりぼっちで、じゅうじかにかけられたひとにしました。わたくしたちが、なにかをもっているとしたら、すべてほかのひとにあたえるためです。わたくしたちは、たくさんをあたえることは、できないかもしれません。でも、こころのなかにわきあがるあい、よろこび、いのりをあたえられます。あいとよろこびといのりは、だれにでもつたわります。やまをこえて、そらにとどきます。あそこに、イエズスさまはいます。アーメン」

モンテ神父が、晴れ渡った初冬の空を静かに見上げる。天にいるデウス・イエズスと眼を合わせているような、敬虔《けいけん》そのものの表情だ。

ミサが終わると、村人の中から男女七人が申し合わせたように前に進み出た。

「洗礼ば受けたかです」

髭面《ひげづら》の男が恐る恐るモンテ神父に言う。

「わかりました」神父が答え、久米蔵の方を振り向く。新たに受洗者が出るのを見越して、井戸水は用意していた。

竹筒に指を浸した神父は、ひとりずつ百姓たちの額に指を置く。神妙な顔が受洗した瞬間火を灯《とも》されたように輝いた。

「みなさんのおおくがロザリオをもっています。さいごに、いっしょにコンタツをしましょう」

神父が言い添える。コンタツとは、ロザリオを繰りながら祈る仕草のことだった。

ロザリオを手にした村人の大半が、もう祈りの言葉を覚えていて、これにはモンテ神父だけでなくカブラル神父も驚いた。これこそ久米蔵の手柄だった。呼ばれるたびに久米蔵は村人の家に行き、祈りの文句を教えていたのだ。

アルメイダ修道士も、たつ婆さんの横で一緒に祈っている。カブラル神父のみが異国の言葉を発していた。今はそれが、一層ありがたさを村人に感じさせていた。

「ほんに心が洗われました」

大広間の庄屋たちが口々に言って退出するのを、右馬助と久米蔵が見送る。宣教師三人が秋月まで向かうと聞いた村人たちは、門の外で待ち受けていた。

「うまのすけさま、ありがとうございました」

アルメイダ修道士が玄関先で、日本式に頭を下げた。

「また次は三年後ですね」

「そうです。かならず」

修道士がきっぱりと言う。三年は短いようで長い。特に百姓たちにとって、一年の中に苦行がびっしり詰まっていた。ちょうどこの時期、田畑に積み上げた稲を、一把ずつ広げて干したり、横に張った竿《さお》に掛けて干さなければならない。そのあと納屋《なや》に運び入れる作業が待っている。

籾《もみ》を落とした藁は、百姓たちにとってひと財産になり、冬の間はその細工で多忙だった。骨の折れる藁打ちをしたあと、縄やすり縄、大縄をない、莚《むしろ》や茣蓙《ござ》を編み、沓《くつ》や草鞋《わらじ》を作る夜業が続いた。

稲を刈ったあとの田は、牛馬を使って鋤《す》き起こして、麦蒔《ま》きがはじまる。一方で柴《しば》を切って冬の間の薪《たきぎ》作りをする。畑では、汲み取った下肥《しもごえ》の施肥《せひ》が待っていた。

そんな百姓たちにとって、一年は決して短くないのだ。休む暇もないそんな日々に、日照り続きや水涸れ、あるいは長雨が加われば、一年はさらに長くなる。雨の降らない空を見上げて日々嘆き、降りやまない空を恨めしく思う日が続く。

高橋村に居ついてもう四年、幸い大きな天変地異にあわずにこられたのも、デウス・イエズスの加護かもしれなかった。

三人の宣教師のために、今度も旅仕度をすませた久米蔵に先導役を命じた。背負子《しょいこ》の中には、土産として焼いて日干しにした鮒《ふな》と、はったい粉を持たせていた。もちろん充分な献金もはずんだ。

宣教師の姿が珍しいのか、子供たちが角々に出ていた。アルメイダ修道士が近寄ると、声をあげて逃げていく。逃げずに留まっていた男の子を修道士が抱え上げる。すると遠巻きにしていた子供たちが、また近づいてくる。二人目を抱き上げ、とうとう全員がアルメイダ修道士に抱きかかえられた。

かと思えば、道端で手を合わせている村人もいる。

久米蔵がこちらを振り返り、行って来ますと言うように頭を下げた。

三日後、原田善左衛門から使いが来て、土産の礼とともに、そのまま三人の宣教師と一緒に、久米蔵を連れて博多まで行くとの知らせがあった。

久米蔵にとっては初めての博多であり、実りの多い見聞になるはずだ。そして何より、今回も善左衛門に同行することで、その人となりから薫陶《くんとう》も受けるに違いない。これから一生、高橋村で過ごさなければならず、しかし決して井の中の蛙《かわず》になってはならないのだ。若い頃に尊敬できる人物から受けた薫染《くんせん》は、何ものにも代えがたい財産になる。

翌日が亥《い》の日で、辰《たつ》の刻（午前七時）を過ぎる頃から、恒例の亥の子突きの声が聞こえ出した。

亥の子さんがもどった、もどったばい
腹が減った亥の子さん
餅《もち》を出さんと、家がつぶれる、つぶれるばい
飯を出さんと、家がとだえる、とだえるばい
鬼ば産め、蛇ば産め、角生えた子ば産め
さあドンドンドンドン、ドンとこい

麻が家人や女の荒使子を伴って庭先に出る。右馬助も縁側に立って、子供たちの威勢のいい唄《うた》う姿を眺めやる。

男女を混じえて五十人ほどが集まっていた。十三、四歳くらいの大きな子もいれば、まだ四、五歳のいたいけな子供もいる。みんな洗いたてのドンザを着ているものの、帯は縄だ。中には藁の鉢巻をしている子供もいる。ほとんどが裸足《はだし》で、草鞋をはいている子は少ない。

前の晩、麻は荒使子たちと一緒に、新米で餅つきをし、早朝から小豆飯を炊《た》き、握り飯をつくっていた。

去年は餅も握り飯も不足したので、今年は倍くらいの数を用意している。子供の数が年々増えているのは、大庄屋の家に行けば、たっぷり引き出物を貰《もら》えると知ったからだろう。

大きい子供も、小さな子供も、その背丈に応じた藁鉄砲を手にしている。藁を束ねただけのものだが、親たちが丁寧に作っているので、ちょっと見には本物の鉄砲に見える。どの子も誇らし気に唄に合わせ、藁鉄砲で地面をトントンと突いた。

亥の子さんが来た来た来たばい

腹が減った亥の子さん
餅ばくれると家は栄える、栄えるばい
飯ばくれると家はつぶれん、つぶれんばい
金増え銀たまり
蔵にも俵がつみあがる、つみあがる

唄が終わると、麻や嘉助、荒使子たちが、笊《ざる》の中に入れた餅と握り飯を子供たちに配る。大きな子も小さな子も、おのおのひとつずつだから、小さな子は持てない。年長の子が藁鉄砲を預かったりしている。

どうやら大庄屋の家が最初だったらしく、口々に礼を言って出ていく。その様子がいかにも可愛《かわい》らしい。

「今年は不足せんでよございました」

麻が報告する。多めに作ったのが奏効していた。余り物は荒使子たちに分けてやればいい。

幸い、この年の稲の出来具合いは上々で、年貢米《ねんぐまい》の集まりもよい。高橋村に来て以来、凶作の年がないのは幸運そのものだった。

各村が供出する米の量は、収穫の三割五分と大方決められている。そのうちの五分は、各庄屋の保管分として凶作に備え、三割を大庄屋の蔵に運び入れる。十月の下旬になると、大殿の使者が来て、各大庄屋の許《もと》に集められた米俵の数を実見し、書面と照らし合わせて帰って行く。

府内や臼杵、日出《ひじ》にあるいくつもの米倉が、いつも米俵で満ち満ちていたのは、百姓たちの労苦のおかげだったと、今になって思い知る。

戦《いくさ》のとき、戦陣が移動するたび兵糧《ひょうろう》が必要になる。それを供出するのも大庄屋の役目だった。

領地の争いは、つまるところ百姓の囲い込みの争いとも言えた。より多くの田畑と百姓を確保した領主が畢竟《ひっきょう》大きくなっていく。

もちろん領主には、交易による収益もある。大殿が臼杵や日出、府内の港を整備して南蛮船を呼び込んだのもそのためだ。

とはいえ、一番の頼りは、田畑と百姓であったのは間違いない。敵を敗走させたあと、地団駄を踏む思いがしたのは、村々の倉が火をつけられていたり、倉の中が空だったりしたときだった。

さらに、敵国を破って領地を広げたとしても、農民がこぞって他国に逃げ出していれば、倉に火をつけられたも同然だった。

若い頃から続いた絶え間ない戦役のなかで、大殿が学びとっていたのは、村々の大切さ、百姓の重みだったのではなかったか。だからこそ、高橋村に赴く際、貴重なザビエル師の遺品を譲渡して、「小さくてもデウス・イエズスの王国をつくってくれ」と言われたのだ。

大殿の願いは、今のところつつがなくこの地でかなえられている。十六人の庄屋のうち、表向きほとんどが受洗してくれていた。村人のうち、もう半数近くが洗礼を受けたと、洗礼名を記帳している久米蔵が嬉《うれ》しそうに知らせてくれたのも、秋月に向けて発つ前だった。もう道の半ばには達した気がする。

十一月にはいってすぐ、庄屋を集めての寄り合いを大広間で催した。

各村の庄屋は、村の財政を明示した次方帳《つぎかたちょう》を記入していた。その中には、百姓ひとりひとりの持高を記した高寄帳《たかよりちょう》があって、各人に年貢を割りつけた免割《めんわり》がされていた。

各百姓の納入分は、別に庭帳《にわちょう》に記載されている。もうひとつの通元帳《かよいもとちょう》には、種米の割当て量と前年未納分が一戸毎《ごと》に記帳されている。

それらを見分《けんぶん》して、大庄屋は組全体の高の出入りを計算した高寄帳を作成しなければならなかった。それとは別に、組内総出で行う河川の修理や、往還《おうかん》の補修に対して、各村が出した人馬賃を明らかにする組中算用《くみなかさんよう》も、最後の仕事として残っている。

ほとんど一日がかりで帳簿をつき合わせ、夕刻になってお開きになった。すぐさま、麻たちに命じて酒と高坏《たかつき》膳を運び入れさせる。酒は本郷《ほんごう》村にある酒屋から、ひと樽《たる》取り寄せていた。

献立《こんだて》は、麻が十日前から考えていた鯉《こい》尽くしだった。荒使子がわざわざ筑後川まで行って釣って来た、大鯉三匹がもとになっている。三匹とも三尺近い大物で、二人がかりでようやく持ち帰っていた。

膳の上に鯉のなます、刺身の味噌《みそ》あえ、鯉濃《こいこく》、鯉の煮付けと塩焼きが並べられ、手前には、酒で麩《ふ》を煮た酒麩《さかふ》が添えられていた。

「今日は、久米蔵様がおられんで寂しかですな」

右馬助の盃《さかずき》を受けながら、田中村の庄屋が言う。三人の宣教師について、秋月、さらには博多に赴いて間もなく帰って来る頃だと、右馬助は答えた。

「戻って来られるときには、また一段と知恵者になっとられますな」

「久米蔵が知恵者など、とんでもありません」

右馬助は首を振る。「まだまだ教えなければならないことが、山ほど残っています」

「あの賢さですけん、あと二、三年もすれば、右馬助様の代わりになるでっしょ。そうそう、うちの村のたつ婆《ばあ》さん、ご存知でっしょ?」

「デウス・イエズスの熱心な信者でしょう」

「そうです。今では、久米蔵様から口移しで習ったロザリオのコンタツば、そっくり言えるようになっとります」

「天にまします、我らの父よ、云々《うんぬん》ですな」

右馬助自身はまだうろ覚えだった。

「そうです。イエズスよ、我らの罪を赦《ゆる》し給《たま》え、云々という祈りです。あの歳《とし》で覚えきっとりますから大変なもんです。村の女たちのところに行っては、教えとります。たぶん、うちの村では、女たちのほうが、コンタツは達者じゃなかとでしょうか」

「女が先に覚えれば、男もうかうかしておられんでしょう」

右馬助は酒をついでまわる麻を見やって苦笑する。実際、麻はもうロザリオのコンタツをすっかり暗唱していた。

「全く、そげんです。母親が覚えとりますから、子供もすぐ覚えます。うちの下の孫など、ままごと遊びで、コンタツを唱えとるくらいです」

「子供が、迷うことなく天の住まいに辿り着けるよう、と唱えるのですか」

右馬助が苦笑する。

「そげんです。意味は分からんとでっしょが」二人で大笑いになる。

そこに分け入ったのは、甲条《こうちょう》村と下川《げかわ》村の庄屋だった。二人とも右馬助と田中村の庄屋の盃を所望《しょもう》した。

「まだ私らだけが、洗礼ば受けとりません。申し訳なかと思うとります」

甲条村の庄屋、前田正吉が頭を下げた。

「ああ、そうでしたかな」

右馬助はさり気なく応じる。

「先祖代々、正円寺さんの世話になっとる手前、宗旨《しゅうし》変えはむつかしかとです」

「構いません、構いません。それぞれ事情があるはずでしょうし」

右馬助は酒をついでやる。

「わしも、同じ事情です。家から目と鼻の先にある立正寺の住職とは、昔から懇意《こんい》にしとります。何かこう、顔に泥を塗るようで」

下川村の老庄屋、富田才治も謝る。

「そうです、そうです。寺に背を向けるようでは、いけません」

右馬助は慰撫《いぶ》する。

「それでも村の衆には、おのおの好きなようにさせとります。うちの荒使子にも、コンタツばしとる者がおりますけん」

「それでよかとです」

田中村の庄屋が言う。「これぱかりは、庄屋といえども、強制はできません」

「私も強制はしとりません」

話に加わったのは本郷村の庄屋だった。「確かに西光寺さんには恩義はあります。ですが、念仏を聞いても、何も分かりまっせん。そこへいくと、コンタツの祈りのほうが、よっぽど胸に響くとです。御旨《みむね》の天に行わるるごとく、地にも行われんことを。我らの日用《にちよう》の糧《かて》を、今日我らに与え給え――」

「主の祈りですな」田中村の庄屋が応じる。

「そうです。この祈りのほうが、念仏より胸に響きます。村の者も、そう思っとるようです。本郷に教会ができるとよかと、言っとる者もおるくらいです」

「教会を？」

右馬助は心底驚く。教会を建てるとなれば、そこに神父が必要になる。三年に一度しか巡回できないほど神父が足りないのに、こんな田舎に留《とど》まる神父などいるはずがない。

しかし将来は変わるかもしれない。府内には、神父や修道士に仕える同宿《どうじゅく》という日本人が何人もいた。同宿から修道士になった日本人も、島原、天草あたりにはいると聞いている。その中から、いずれ日本人神父が出ないとも限らない。その暁《あかつき》には、本郷教会も夢ではなくなるのだ。

「私の目の黒かうちに、本郷に建った教会を見られるかもしれませんな」

右馬助は、本郷村の庄屋須田竹次郎に笑いかける。

「本郷に西光寺もあれば、デウス・イエズスの教会もある。それはそれでよかと思っとります。村の者が、好き好きで通えばよかとです。夢がかなえば、私は五回のうち四回は教会、一回は西光寺に参り、一応西光寺の面子《めんつ》ば立てるつもりです」

「十回に一回くらいでよかとじゃなかですか」

田中村の庄屋が茶々《ちゃちゃ》を入れて大笑いになった。

本郷に教会が建ったら、と胸の内で右馬助は夢想する。大殿にさっそく使いをやって報告しよう。大殿のことだから、案外自らやって来て、「右馬助でかした」と言ってくれるかもしれなかった。

久米蔵が元気な姿で戻って来たのは、その五日後だった。ちょうど田の神祭《たかみまつり》の日で、この日、春にやって来た田の神が、山に帰る日とされていた。

田に残しておいた三株の稲を男の荒使子が三人それぞれ肩に担いで戻る。「重たか、重たか」と言いつつ、途中で何度か息をついて休まねばならない。屋敷に戻ると、稲を箕《み》に納める。

その箕は、土間の石臼《いしうす》の上に置き、その中に、磨き上げた平鍬《ひらぐわ》、杵《きね》、十二個の小餅のはいった一升枡《いっしょうます》も入れる。さらに脇《わき》には酒と鯉を供えて、灯明《とうみょう》を配置した。

その灯明に火を入れようとしていたとき、がらりと戸が開き、旅姿の久米蔵が姿を見せたのだ。

さっそく湯浴《ゆあ》みをして疲れを流させ、夕餉の席になった。何よりも聞きたいのは、原田殿の様子だった。

「原田様も、カブラル神父と再会されて、ほっとしておられました」

久米蔵までが安堵《あんど》の顔になる。「というのも、この三年の間に、せっかく受洗した家臣たちが、仏教徒に戻ったりしていたからです。秋月は、領主の種実《たねざね》様が仏教に心を寄せておられるので、その手前、家臣の心もデウス・イエズスから離れやすいのでございましょう」

「ロザリオを捨てて、数珠《じゅず》に持ち替えるのだな」

「そもそもロザリオを持っている家臣も少ないようです。この高橋組の村人たちとは、意気込みが違います。それでも、やはり二人の神父とアルメイダ修道士が行かれたので、再びイエズス教に戻る家臣も少なからずありました」

「それはよかったのう」

麻も胸を撫でおろす。「秋月には、久米蔵のようにコンタツの祈りを教えてまわる信者もいないのだろうね」

「請《こ》う者があれば、原田様が教えられています。しかし、自分から家臣の中に出向くのは、やはりはばかられる様子です」

「商家として、そんな差し出がましいことはできんだろう」

右馬助が首を振る。

「秋月に三日滞在したあと、モンテ神父は板井様の家臣二人と一緒に、府内に帰られました」

「板井源四郎殿の信仰は本物だと原田殿から聞いている」

「はい。神父二人は、板井様の屋敷に一泊されました。板井様は一家揃《そろ》って受洗され、その家臣にも信徒が多いようです」

久米蔵が答える。「そのあとカブラル神父とアルメイダ修道士を原田様が先導して、私がお供をして博多に行きました」

「博多は今どんな様子なのか」

右馬助が訊く。博多といえば、大殿にたてつく筑紫惟門《これかど》や龍造寺隆信《りゅうぞうじたかのぶ》の夜討ちにあって、火付けや強奪《ごうだつ》に見舞われている。特に教会はそのとき焼かれたはずだ。

「はい。今はまた活気を取り戻して、教会を残して、狼藉《ろうぜき》の跡はありません。私たち四人は、大きな商家に泊めさせてもらいました」

「コスメ興善《こうぜん》殿の屋敷ではないか。原田殿とは昵懇《じっこん》の間柄だ」

「そうです。私のことは、アルメイダ修道士から聞かれていたらしく、それはそれはよくしていただきました。興善様の話では、たとえ何度教会が焼かれても必ず再建する。しかし今はまだ来てもらう神父様がいないので、時機到来を待っているとのことでした」

「それは心強い。博多に大きな教会ができれば、そこに赴任した神父様に、年に一、二回、この高橋の村々にも来てもらえる」

「興善様からいただいた物があります」

久米蔵が書付《かきつけ》を取り出して広げる。「これがイエズス教で使われている暦だそうです。ユリウス暦《れき》といって、千六百年前から使われているものだと、アルメイダ修道士は言っていました」

「我々の暦とどこが違っているのだ」

「春の彼岸の中日を基準にして、一年を三百六十五日にしています。四年に一度閏《うるう》年があって、そのときは一年が一日増えて、三百六十六日になります」

「閏月ではなく、閏日を設けるのか」

そうなれば、暦は大いに違ってくる。およそひと月、こちらの暦のほうが先行する計算になる。

「聖人の祭など、この暦に詳しく書いてあるので、これから先は、この暦を使って暮らしたがよいと、カブラル神父にも言われました」

久米蔵に教えられて、右馬助もようやく納得がいく。府内にいた頃、信者たちが教会に集まる日や、一切の仕事を休む日、聖人の祭などが、整然と決められていたのを思い出す。あれは別の暦に規定されていたのだ。

「高橋組の信者たちにも、おいおいそれを伝えると喜ばれると思います」麻が言った。

「はい。少なくとも来年からは村中で使えるようにします」

久米蔵が頼もしく答える。たいていの家が何かしらの暦を持っている。日繰《ひぐ》り暦を購入している家もある。そこに、新しい暦を書き加えればすむ。当初感じる煩雑《はんざつ》さには、じきに慣れるはずだった。

「コスメ興善様の家でお世話になっている間に、大騒ぎになったことがありました」

久米蔵が頬をゆるめて言った。「カブラル神父様が、井戸端で顔を洗っているとき、眼鏡を井戸に落とされたのです」

「それは困るだろう」

カブラル神父に、どこか近づき難《がた》い雰囲気があるのは、あの眼鏡のせいもあった。村の子供たちの中には、物珍しさのあまり、目が四つある異人さんと言う者もいたほどだ。

「竹竿に鉤《かぎ》をつけて、井の中を掻《か》き交ぜても引っ掛かりません。とうとう水を何十杯も汲《く》み出し、桶に家人の子供を入れて、井戸の底までおろしました。もちろん中は真暗ですから、小さな行灯《あんどん》も、別に吊るさなければなりません。子供がようやく見つけて、鉤を引っ掛けることができました。もしものときに備えて、子供の身には命綱を巻きつけていました」

「けなげな子供だったね」麻がほっとして言う。

「わしが眼鏡というものを初めて見たのは、もう二十年以上も前だ。日出の港に南蛮船がはいったというので、迎えに行かされた。船から降りた異人の一行は、そのまま府内まで大行列をつくって大殿を表敬《ひょうけい》した。大殿は当時周防《すおう》の山口におられたザビエル師を府内に招かれたのだ」

「あのときの大行列は、それはそれはきらびやかでした」

麻が言う。「町中の者が道端に出て見物しました。羽根のついた帽子をかぶって、赤や黄の縞《しま》模様の上着や下ばき、足にはいているものも、草履《ぞうり》や下駄《げた》とは全然違っていました」

「船長や、船に乗っていた商人、船員たちが総勢、五、六十人はいたろう。その中に眼鏡をかけた者が二人いた。あとでそれが眼鏡だと知らされた。その頃はもう、山口のほうでは、眼鏡の細工物を作る職人がいたそうだ」

「そうすると、父上も母上も、ザビエル様を見かけたことがあるのですね」

久米蔵が目を輝かす。

「一行の中心がザビエル様だった。異人たちがみんなザビエル様をあがめ奉《たてまつ》っているのがよく分かった」

「それでいて、家来をひきつれた大将のような、威張った素振りはなく、静かな立ち振る舞いでした」麻が言い添える。

「若かった大殿がザビエル様を引見《いんけん》して、心を動かされたのも当然のような気がする。言葉は通じなくても、心で通じるものがあったのだろう」

そのザビエル師が大殿に授けた絹布《けんぷ》を、今はこの家に安置しているのは、何という巡り合わせなのか。右馬助は、それが単なる偶然ではないような気がする。どこかに、デウス・イエズスの導きが働いているのだろう。

「博多からの帰り道、原田様から、カブラル神父についての苦情を聞かされました」

久米蔵が顔を曇らせる。

「郷《ごう》に入っても郷《ごう》に従わないという点ではないか」

「それもありますが、アルメイダ修道士が悩みを原田様に少し話されたようです。これだけ信者が増えてくると、神父が足りなくなる。修道士も不足している。一番の手立ては、日本人の修道士をつくること、ひいては日本人の神父をつくること、それがアルメイダ修道士の考えです」

「確かに府内には、当初から宣教師たちに仕えている同宿たちがいる。その同宿をさらに修行させて修道士にする手もある」

「アルメイダ修道士もそう考えて、カブラル神父に助言したそうです。ところが神父は、日本人はあくまで同宿のまま、修道士になる資質に欠けると反対したようです」

「カブラル神父なら、そうかもしれん」

「原田様はアルメイダ修道士に、あなたが神父になるといいと勧めたそうです。するとアルメイダ修道士は、自分は神父にはなれない。もともと商人だから神父は無理、生涯修道士、それでいいと答えられたそうです」

「商人といっても、その前はお医者様ではなかったのかい」麻も不満気だ。

「やはり、それでも駄目なものは駄目らしいです」久米蔵も不服そうに答える。

「神父であろうと修道士であろうと、アルメイダ様はアルメイダ様。わしらにとってはかけがえのないお方だ。今度は、いつこちらに来られるか、何か言っておられたかい。また三年後というのは、いくら何でも寂しい」

「別れ際《ぎわ》に、カブラル神父も修道士も三年後というのは約束されました」

久米蔵が答える。

「三年後か」

右馬助は口ごもる。長いようで短く、短いようで長かった。

九　婚姻　天正六年（一五七八）七月

二年後の天正三年、博多の教会が立派に再建され、翌年、フィゲイレド神父が教会の同宿《どうじゅく》ひとりを伴《ともな》って、高橋村を訪れた。神父は六尺を優に超える偉丈夫《いじょうぶ》で、付き添った日本人同宿の背丈は肩までしかなかった。

通詞の労は、三十歳をいくつか越えたその同宿がとってくれた。

博多出身のその同宿は、博多の教会が焼けたあと、松浦領の平戸、有馬領の口之津で過ごし、博多に教会が再建されると同時に、フィゲイレド神父の従者として故郷に戻っていた。

その同宿の口から、アルメイダ修道士の消息を聞くことができた。

「あのお方は、毎日が旅です。天草の島々、大村、島原と、信者のいる所、カブラル神父様の意向をくんで布教を続けておられます」

同宿の口ぶりの端々に、修道士に対する畏敬《いけい》の念が感じられて、右馬助《うまのすけ》は嬉しかった。

「この四月、有馬の領主、有馬義貞《よしさだ》様が口之津で受洗されたばかりです。ドン・アンドレという名を授けられたと聞いています。もちろんその奥方も、カブラル神父様によって洗礼を受けられました。今は、口之津の他に島原と有馬に教会が建っています」

「よかった、それは」

多少の羨望《せんぼう》を覚えながら右馬助は頷《うなず》く。

「教会が増えれば、神父、修道士ともに必要になります。これから先、イエズス会の宣教師が、次々と口之津に上陸されるはずです」

同宿が誇らしげに言う。「宣教師は、大坂でも不足しています。あの地では、カブラル神父様と一緒に来日したオルガンティノ神父が布教に努められて、もう五年になります。そこにはフロイス神父もおられて、信者が日毎《ひごと》に増えています。その中でも一番の信徒が、高槻《たかつき》城主の高山右近《うこん》様です。洗礼名はジュストで、奥方も受洗されてジュスタの名を授かったと聞きました」

高槻がどのあたりにあるのかも、高山という領主についても、右馬助には分からない。しかし都の近くで信者が増えているのは心強かった。東で、その高山右近殿、西で大殿《おおとの》がイエズス教の王国を築けば、いずれ東と西の王国が手を結ぶことも考えられる。その暁《あかつき》には、西日本一帯にデウス・イエズスの教えが万遍《まんべん》なく浸透するに違いなかった。

翌朝、三年ぶりのミサのために村々から人が集まった。驚いたことに全村十六人の庄屋も、大広間に坐《すわ》ってくれた。甲条《こうちょう》村と下川《げかわ》村の庄屋は連れ立って来て、「一万田《いちまだ》様、説教だけは聞かせてもらいます」と右馬助に頭を下げた。

最後にロザリオの祈りになったとき、村人のほとんどが祈りをそらんじていたので、神父と同宿を感嘆させるのに充分だった。

これもひとえに久米蔵の骨折りのおかげだった。請われれば、呼ばれるまま、そこここの村の集まりに行き、祈りを教えていたからだ。ロザリオの久米蔵が、今ではコンタツの久米蔵様と村人に言われるようになっていた。

村人のうちで、祈りの言葉が最も達者なのが、やはり田中村のたつ婆さんで、庭の一番前に陣取って大声で祈りの言葉を唱えながらロザリオを繰った。

その二年後の天正六年に訪れた宣教師は、フィゲイレド神父からモウラ神父に代わっていた。小柄で、まだ若く三十歳そこそこの愛想のよい神父だった。大村領に新しく開港された長崎に着いたのが、わずか半年前だという。

幸い、通詞として伴われていたのが前回と同じ同宿だった。

この同宿から、インド経由で長崎に到着した宣教師は、神父六人、修道士七人だと聞かされた。

「アルメイダ修道士は、相変わらず、あちこちを巡回しておられます」

右馬助が訊《き》く前に、同宿は修道士の消息を伝えてくれた。

「アルメイダ様は、新しく口之津に着かれたゴンサルヴェス神父とともに、有馬の地を駆け巡って、一万五千人に洗礼を授けられたそうです」

「一万五千」

あまりの数に右馬助はのけぞる。この筑前筑後の地とは、信者の数の桁《けた》が違った。この差は多分に、身近に受洗した領主がいるかいないかの差からくるものだろう。有馬の地では、領主が洗礼を受けたばかりなので、信者も多いのだ。

「そのあと、アルメイダ修道士は、天草に渡られています。天草では六、七年前、領主の天草鎮尚《しげひさ》様が受洗されています。信者も増えるばかりです。コエリョ神父、ステファノ神父と一緒に、主に河内浦《こうちのうら》で布教されたのですが、頑として仏教を捨てようとしなかったのが、鎮尚様の奥方です。ところが、アルメイダ様の説教を聞いて心が変わり、カブラル神父の手で受洗されました。ドナ・ガラシアという洗礼名です。今では多くの家臣が、風になびくように、洗礼を受けています」

さすがアルメイダ修道士だと、右馬助は膝《ひざ》を打つ思いがする。

「しかし一方、悲しいことに、有馬の領主、ドン・アンドレ義貞様は、一昨年の暮、死去されました。遺言で、葬儀はデウス・イエズスのしきたりで行うようにされていましたが、結局は仏式でした。その嫡男《ちゃくなん》である有馬晴信《はるのぶ》様が、熱心な仏教徒だったからです」

「そうなると、これから有馬領の信徒は迫害を受ける恐れがあるのでは？」

右馬助は顔を曇らせた。

「はい、そのとおりです。義貞様のおかげで、島原半島には三ヵ所に教会がありました。島原、口之津、有馬です。有馬領に、イエズス教徒の迫害が起こりはじめたので、教会はすべて閉鎖し、アルメイダ様は、天草の本渡《ほんど》に渡られています。カブラル神父や他の神父様たちは、現在、豊後に向かわれているところです。豊後こそは、大友宗《そう》麟《りん》様の本拠地ですから、宣教師にとってはどんなときでも、安らぎの場所です」

「大殿の庇《ひ》護《ご》があれば、もう大丈夫でしょう。島原でも信者がいる限り、いずれ風向きが変わります」

「そう願っています」

同宿は頷いた。

翌朝、モウラ神父によってミサが行われた。このときも、高橋組の村人たちが五百人近く集まり、屋敷の内外は人で溢《あふ》れんばかりになった。

最後に、それぞれがロザリオを繰って、祈りを捧《ささ》げる。大広間には、甲条村と下川村の庄屋も来ていて、二人とも立派なロザリオを持っている。コンタツが始まると、訥々《とつとつ》とした口調ながらも、ロザリオの祈りを口にした。

右馬助は、先月、久米蔵が二人の庄屋のところに招かれたのを思い出す。用件というのは、ロザリオの祈りの文句についてで、それぞれの庄屋の家で、一晩がかりで教えたらしかった。

五百人の口からロザリオの祈りが澱《よど》みなく唱えられたのに、最も驚いたのはモウラ神父だった。

「これほどのいのりは、よそではありません」

神父が言い、同宿も「まるで大庄屋様の屋敷全体が教会になったようでした」と誉《ほ》めてくれた。

神父と同宿が帰ったあと、久米蔵に嫁の話を持ち込んだのは下川村の老庄屋、富田才治だった。これまでも、田中村の庄屋や小島《おしま》村の庄屋他が、婚姻話をほのめかしたこともあった。そのたびに久米蔵に話をしたものの、反応は鈍かった。

富田才治が持って来た縁談は、久留米の士族の娘で、庄屋とは遠縁に当たるという。しかし久米蔵のさして乗り気でもない様子を見て、話を留保したまま庄屋を送り出した。

その夜、久米蔵が改まった口調で、右馬助と麻に胸の内を打ち明けた。

「実は、伴侶《はんりょ》にしたいお方がいます」

頬を赤くして言う久米蔵を、右馬助はじっと見守る。もう二十三歳なので意中の女がいたとしても、おかしくはない。しかしそれが誰かは、全く見当がつかない。麻と顔を見合わせるばかりだった。

「原田《はるた》善左衛門様の長女で、クララとよ様です」

「善左衛門殿の息女《そくじょ》か」

右馬助はもちろん会ったことなどない。原田殿の子女は一女と二男と聞いているのみだ。

「いくつになられる？」麻が問いただす。

「十九です」

申し分ない年頃で、むしろ遅過ぎるくらいだ。これまで久米蔵は何度も原田殿の屋敷を訪れているので、見染めたのに違いない。

「それで、善左衛門殿には、そなたの胸中を伝えたのか」

「いいえ」

また顔を赤くして首を振る。「何度も言おうとしましたが、できないでいます」

「それなら、とよ殿の気持を確かめたことは？」今度は麻が訊いた。

「それもございません」

肩を縮めて久米蔵がかぶりを振る。

「となれば、片思いになるやもしれぬ。あるいは、原田殿のほうで既に心決めしている嫁《とつ》ぎ先があるかもしれぬ」

右馬助は腕組みをする。しかし久米蔵がそこまで思いを募らせているとすれば、放っておくわけにはいかない。

「よし、明日にでもわしが秋月に出向いて、そなたの意中を原田殿に伝えよう。吉と出るか凶と出るか、定かではないが、腕をこまねいて時を逸《いっ》するよりはましだ」

右馬助が言うと、麻も久米蔵も喜色を浮かべた。

翌日朝まだきに、右馬助は嘉助と一緒に村を出た。手土産は糀漬鮎《こうじづけあゆ》にした。麻が小樽に漬けておいたもので、嘉助に背負わせた。

考えてみれば、原田殿には何回か家に来てもらっているのに、こちらから秋月に赴くのは初めてだった。久米蔵が幾度となく世話になっていながら、不躾《ぶしつけ》だったと今さらながら気がつく。この話がまとまらなくても、こうやって挨拶《あいさつ》にうかがうのは当然の成り行きのような気がした。

六月のこの時期、田では暑いなか草取りがはじまっていた。百姓たちは、伸びた稲の間で腰を曲げ、雑草を抜いている。腰を伸ばしたとき、こちらに気づいて手拭《てぬぐ》いをとり、お辞儀をした。

畔《あぜ》では牛馬の餌《えさ》にする草刈りがはじまっていた。畑で男女が種を蒔《ま》いているのは大根だろう。高橋村に来て八年、田畑に直接足を踏み入れたことはなくても、農作業の段取りはもう頭にはいっていた。この間、日照り続きや、大雨続きで多少の不作の年はあっても、大凶作までには至《いた》らなかったのは幸運ともいえた。

本郷《ほんごう》の町並を過ぎて秋月に向かう道にはいると、さすがに人馬の往来が目につくようになる。途中で茶屋に寄って、甘酒を飲み、饅頭《まんじゅう》を食った。

やがて小石原川《こいしわら》に沿って道はゆるやかな上り坂になる。左右に迫る低い山の頂には、点々と出城が見えた。前方にそびえるのは古処山《こしょさん》で、樹々の間に山城の一部がのぞいていた。この地形からして、秋月が攻めるに難《かた》い城郭であることが分かる。全部の砦《とりで》を同時に攻めるとすれば、兵を小分けにしなければならない。出城や端城《はじょう》を片はしから攻略しても、別の砦から出た敵兵によって後方を攻められ、挟み討ちにされる。運良くすべての出城を落としたあとでも、敵は後方の詰城《つめじろ》である古処山城に立て籠《こも》る。そこには長期の戦陣を見込んだ兵糧《ひょうろう》が充分にあり、四方は堀切《ほりきり》で守られているはずで、一年ぐらいの籠城《ろうじょう》には耐えられる公算だ。

何より、攻める側には土地鑑がない。おびき寄せられて雪隠詰《せっちん》めになったところに、弓矢と鉄砲弾が雨あられと降りそそぐ。

この地に秋月氏が居を構えて、三百余年、一度たりとも落城したことがないのも首肯《しゅこう》できた。

二十数年前、大殿の軍勢によって、先代の秋月城主文種《ふみたね》殿が討死したときも、現城主種実《たねざね》殿が九年前に降伏したときも、数々の城は温存された。

今から考えると、秋月親子は城さえあれば、いずれは失地回復できると踏んでいたのに違いない。軍門に降《くだ》って臣下になり、機が熟すのを待てばいい。だとすれば、現城主も今は雌伏《しふく》の時だと心得ているのかもしれなかった。

原田殿の屋敷の場所は、あら方久米蔵から聞いて分かっていた。道に面して店舗があり、幅広い暖簾《のれん》が掛かっている。原田善左衛門と横書きにしてあり、脇に十字架を紋様化した印が描かれていた。

出て来た家人に来意を告げると、間を置かずして善左衛門が板敷の上に立った。

「これはこれは、一万田様。さあさ、上がって下され」

家人が持って来た桶《おけ》の水で足を洗い、嘉助を残して上がった。店の奥は思った以上に広かった。長い廊下を通って座敷に通される。床の間にある掛軸の絵は、イエズスを抱くマリア像だった。赤児《あかご》を抱く天女といった風情《ふぜい》で、どこか鬼子母神《きしもじん》像に似ていなくもない。

縁先の庇《ひさし》が深く、座敷に外の熱気は入り込んでこない。ひと息ついて、右馬助はうなじの汗をぬぐう。

麦茶を運んで来たのは内儀《ないぎ》だった。整った顔立ちは、若い頃はさぞかしと思われる美形だった。

「家内のマリアしまです」

善左衛門が紹介し、右馬助は頭を下げる。

「倅《せがれ》の久米蔵が何度もお世話になりながら、親が顔も出さず、不躾なことでした」

「いえいえ、今では息子二人も、久米蔵様を兄のように慕っております。またこのたびは、珍しい物をいただいて、申し訳ございません」

内儀から満面の笑みを浮かべて言われると、当初の緊張がみるみる消えていく。愛想よさは、さすがに商家を切り盛りするにふさわしかった。

「実は」

右馬助は居ずまいを正して、手短に用件を述べる。断られてもともとという気は、初手《しょて》からあった。いくら大庄屋の跡取りとはいえ、元を正せば、久米蔵は捨子だった。親の素姓《すじょう》も分からない身なし子なのだ。

「これは、誠に身に余る縁談でございます」

単刀直入な申し出に対する善左衛門の第一声がそれだった。右馬助は目頭が熱くなるのをこらえた。

「とよも、どんなに喜ぶことでしょうか」

傍から内儀も言い添える。「久米蔵様が帰られたあとも、あれこれと話したことをわたくしに聞かせてくれます。ことにロザリオの祈りについては、文字どおりの口移しで習ったようです」

「倅は地元では、ロザリオの久米蔵とか、コンタツの久米蔵と呼ばれているくらいですから」

「コンタツの久米蔵様ですか」善左衛門と内儀が顔を見合わせて笑う。

「このままだと、はたして大庄屋の仕事が継げるかどうか、懸念《けねん》しています」

右馬助はいささか誇張して言う。

「いえ、それだけ村人に慕われているのであれば、高橋組も安泰でしょう」善左衛門が言う。

「とよのほうが、大庄屋の妻としてやっていけるか、それが心配でございます」

今度は内儀が顔を曇らす。

「その心配はありません。うちの麻でも、ちゃんと務まっております」

答えてから、改めて麻への感謝の念がわいた。養子の久米蔵をわが子として育て、武士の妻から、大庄屋の妻になったのだから、苦労は並大抵《なみたいてい》ではなかったはずだ。にもかかわらず、麻はぐちも言わず、淡々と内助の功を発揮していた。

「とよは甘やかされて育っています。麻殿には厳しく仕込んでいただく必要があります」

善左衛門が真顔で言い添えた。

「取り柄《え》といえば、素直さぐらいでしょうか」内儀が言い継ぐ。

「それは何よりの美点です」

右馬助は頷く。世辞ではなかった。若い頃、弓の師匠についたことがあった。弟子入りしたての頃、老師匠に尋ねたのは、どのような人間が上手な弓の射手《いて》になるかということだった。稽古《けいこ》熱心な者か、それとも生来《せいらい》の素質が大切か、興味があった。

師匠の返事は、「素直な者が上達する」のひと言だった。いくら素質があっても、頑固な者は忠告を聞かず、我流で稽古するので上達しない。そこへいくと、素直な者は次々と助言を受け入れ、黙々と稽古に励むので、めきめき腕を上げるという。

そのひと言で、右馬助は素直でない自分は見込みがないと観念して、早々に弓の道は諦《あきら》めたのだ。あとは我流だった。しかし今となっては、老師匠の言葉が真理をついているのが分かる。

「私どもは願ってもない縁談だと、喜びに堪えませんが、ここは当の本人にも確かめておきましょう」

善左衛門が内儀に目配せをした。退出した内儀の声が襖《ふすま》の向こうでしたのは、しばらくたってからだ。おそらく仕度に手間どったのだろう。

襖が開いて、内儀に続いてはいってきたのは、染絣《そめがすり》の着物に身を包んだ息女だった。身をかがめて後向きになり、襖を閉めて向き直り、改めて手をつくまでを、右馬助はしかと眼に入れる。

「原田とよでございます。お初にお目にかかれて、嬉しゅうございます」

どちらかといえば母親似だと思ったのは、笑顔が母親そっくりだったからだろう。

この愛想のよさであれば、姑《しゅうとめ》の麻とうまくやっていけるのではないかと、右馬助は直感する。

「久米蔵の養父、一万田です。久米蔵がたびたびお世話になりながら、挨拶に参上するのが今日になってしまい、心苦しい限りです」

右馬助も手をつき、改めて礼を口にした。

「大庄屋殿は、実は縁談を持って来てくださった」

善左衛門がしかと娘を見つめながら言ってきかせる。「ご子息の久米蔵殿の嫁に、そなたを所望しておられる。しまも私も、異存があるはずはない。肝腎《かんじん》のお前はどうだ」

訊かれてすぐ、娘の顔に喜色が浮かんだ。

「嬉しゅうございます。わたくしでよければ、嫁がせていただきとうございます」

右馬助を見据えて、また手をつく。顔を上げたとき、ほんのり赤くなった顔に目が潤《うる》んでいた。

「その言葉を聞けば、久米蔵はどんなに喜ぶか。かたじけない」

右馬助も胸にこみ上げてくるものを感じた。

「一万田様、ありがとうございます」内儀も目に懐紙を当てている。

「本当にめでたい。しま、何か祝いの酒でも用意してくれないか」

「いえ、とんでもない。昼間の酒は体に障《さわ》ります。できればお茶を」

右馬助は言い、掛軸を眺める。マリアに抱かれた幼な子イエズスが、こちらを見て祝福しているようだった。

新しくいれた茶を持って来たのは、とよだった。一服させてもらい、気になっていた庭に眼をやる。

「あの石灯籠《いしどうろう》に彫りつけてあるのは、十字架でしょうか」

「はい、花十字紋と言って、父が秋月の石工に頼んで彫らせたものです」

そう答えてくれたのは、とよだった。

「庭の風情を、あの石灯籠が引き締めています」

植栽と石の配置からして、腕のよい庭師が手を入れたのに違いない。

「花十字紋は、もとは言えば、久米蔵殿から教えてもらいました」

善左衛門が言う。「何でも、アルメイダ修道士から聞いたそうです。久米蔵殿の知識は、同宿以上ではないでしょうか」

「まさか」

「いいえ、イエズス教の教理、カテキズモもよく覚えておられます」

横あいからとよも言い添える。

教理に関しては、ミサで神父や修道士から聞いた教えを、久米蔵はそのたび手控えしているようだった。

婚礼の日はひと月後に決めて、善左衛門の屋敷を出た。手土産に酒桶を貰《もら》い、却《かえ》って恐縮する。背負ってくれたのは嘉助だ。

「待っている間に、手代《てだい》や女中から、餅《もち》やだんご汁をたらふく馳走《ちそう》になりました」

そのあたりの如才なさは、嘉助らしかった。

その後のひと月の間、結納の品を含めて、原田家とのやりとりを務めてくれたのも嘉助だった。

婚姻の当日、右馬助と久米蔵は、花嫁を本郷で出迎えた。

ゆるやかな下り道を嫁入りの一行が近づいて来る。曇り空が幸いしていて、汗が噴き出るほどの暑さでもない。行列は二十人くらいだろうか。先頭にひとりだけ身なりの違った男がいた。

「モウラ神父が見えています。コスメ興善《こうぜん》様も一緒です」

遠眼が利《き》くのか、いち早く久米蔵が気がつく。「わざわざ博多から見えたのですよ」

「コスメ興善殿も」

善左衛門が気を利かしたのに違いない。右馬助が会うのは初めてだった。

「モウラ神父が見えたのなら、婚姻の儀を行ってもらいます。サクラメントでしたっけ」

麻が訊く。

「婚姻はサクラメントです」久米蔵が答える。

先頭から少し遅れて駕籠《かご》、その後方に嫁入り道具一式を入れた大簞笥《おおだんす》が続く。

お互いの顔が確かめられるようになって、右馬助は麻とともに善左衛門に近づき、頭を下げる。モウラ神父にも謝意を表した。

「くめぞうさまと、とよさまのサクラメント、しゅくふくします」

モウラ神父の口ぶりが以前よりなめらかになっている。

「私も厚かましいとは思いましたが、御両家の慶事《けいじ》とあっては、居ても立ってもおられませんでした。コスメ興善と申します」

もう六十はいくつか越えている齢《よわい》なのに、声にも力があった。

「いつぞやは、久米蔵がお世話になりました」麻も礼を言う。

善左衛門から、子息の浩助《ひろすけ》、皆平《みなへい》兄弟も紹介された。

駕籠から出ようとしたとよを、右馬助は押しとどめる。まだこの先の道程《みちのり》は長かった。久米蔵も歩み寄って二人の眼が合う。化粧したとよの顔がほんのり朱色をおびた。

道筋に村人たちが出て来て、手を叩《たた》く。高橋村に近づくにつれて、人の数が増えた。駕籠が突然止まったのは、とよが声をかけたからだった。高橋村までの距離を久米蔵に訊いて、草履を出して駕籠の外に立つ。

「楽だと思えたのは最初だけでした」

久米蔵に言って、少し後ろを、麻に手を取られて歩き始める。それがまた村人を喜ばせた。

屋敷の門の外には、庄屋たちが集まっていた。祝言《しゅうげん》の式に招いておいたのだ。荒使子《あらしこ》が持って来た新しい土師器《はじき》の水を、麻が受けとり、とよに飲ませる。嫁ぐ家の井戸水に慣れさせる儀式だった。

主だった全員に座敷に上がってもらい、原田家の手代たちの接待は、嘉助たちに任せた。

床の間に、この日のために飾っていたのは、大殿から託されたザビエル師の絹布だった。モウラ神父とコスメ興善が、すぐに気がついた。右馬助が説明すると、二人とも目を見張った。

「ヌンシオ・ザビエルさまの――」

モウラ神父が膝をつき、十字を切る。

「これはもうレリキア、聖遺物と同じです」

コスメ興善も言って、神父にならって祈りを捧げた。

婚姻の儀は、家族や庄屋たちの見守るなかで、モウラ神父の手で行われた。

博多の教会でもう何度も手がけたのか、モウラ神父の口ぶりも流暢《りゅうちょう》だった。久米蔵ととよの手を取って重ね合わせて、夫婦の誓いを述べさせた。

「デウス・イエズスは、いまこころにおさえることのできないよろこびで、あなたがたふたりにしゅくふくをあたえられました。これからさき、デウス・イエズスは、つねにあなたがたのなか、あなたたちふたりがいくところにいます。アーメン」

神父の祝福の言葉は、右馬助の心にも染《し》み入るようだった。

「一万田様、私からもお二人への祝福の言葉を述べてもよろしいでしょうか」

すぐ傍にいたコスメ興善が丁重に訊いた。右馬助に異存があるはずはなかった。わざわざ博多からモウラ神父とともに、遠い道程を駆けつけてくれたのだ。コスメ興善は立ち上がり、庄屋たちにも一礼をしたあと、笑顔で口を開いた。

「博多商人、コスメ興善でございます。大庄屋様のお許しを得て、ひと言、お祝いを述べさせていただきます。このたびの平田トマス久米蔵様と原田クララとよ様の婚姻、本当におめでとうございます。

実を申しますと、私と原田ルイス善左衛門殿とは旧来からの肝胆相照らす仲であり、とよ様は幼い頃から知っております。利発でありながら温順、才気煥発《かんぱつ》でありながら控え目、人も羨《うら》やむ美形と身分でありながらも惻隠《そくいん》の情に篤《あつ》く、その成長を驚きをもって見守って参りました。このような、人が生涯かかって求めるべき幾多の美点を、早くから期せずして備えられたのは、ひとえにルイス善左衛門殿と御内儀のマリアしま殿の訓育《くんいく》の賜物《たまもの》でございましょう。

婿殿《むこどの》であるトマス久米蔵様との出会いは数年前であり、博多まで善左衛門殿と共においでいただき、何日間か拙宅に逗留《とうりゅう》していただきました。その折、朝夕に人となりに接して、まさに負うた子に道を教えられる思いが致しました。六十に近いわが身の貧しさに比べると、若年にもかかわらず、久米蔵様には人を魅了する円熟の美点が備わっておりました。その人となりの根本にあるものは、一体何なのか、その後ずっと考えておりましたが、先程、秋月からここまで歩いてくる間に、思い至ったのでございます。

昔から、人が守るべき徳は、仁義礼智信と申しますが、何よりの根本は仁でございます。仁とは、天地においてはその摂理、人においては慈愛です。久米蔵様には、その仁が満ち満ちている、そこから人を魅了する立ち振舞いがおのずと出て来ている、そう感じたのです。

拙宅におられた際、朝には天を仰いでロザリオの祈りを捧げ、夕にも星を仰いでまたロザリオを繰られる姿を拝見しました。そうやって日々天地の摂理を仰がれることで、その教えを人々の間に広められる慈愛が生まれるのでしょう。

この篤い信仰は、一万田様と御内儀麻様の感化から生まれたのでございましょう。思い返してみれば、私どもは何代も前から商いにいそしんでおりますが、家訓は慈愛でございました。商人は慈愛を忘れ、利益に走りがちですが、はからずも久米蔵様の人となりに接して、先祖代々の家訓を改めて胆《きも》に銘じたのでございます。

この床の間に掲げられている絹布は、三十年前、日本に来られたフランシスコ・ザビエル神父が携えておられたものだと、先程一万田様からうかがいました。ザビエル神父は二年半の滞在ののち、明の広東《カントン》近くの上川島《サンチアン》で亡《な》くなられました。

そのザビエル神父と一緒に日本に来て、ザビエル神父が去られたあとも、日本に残られたのがコスメ・デ・トレス神父でした。そのトレス神父も、八年前、天草の志岐《しき》で最期《さいご》を迎えられました。私の洗礼名コスメは、トレス神父から授かっています。今こうやってザビエル神父の遺品に向かい合うことができたのも、トマス久米蔵様とクララとよ様の婚姻の席にはべらせていただけたからで、我が身の幸せをかみしめております。

ザビエル神父もトレス神父も、天に召された今、この筑後の地で、デウス・イエズスの教えがかくも広くいきわたっています。天からどんな喜びをもって見守っておられるか、私には容易に想像できます。

デウス・イエズスにこうして言祝《ことほ》がれて船出していく二人でございますが、世の浮き沈みは避け難く、これから先、あるいは艱難《かんなん》が待っているやもしれません。しかしこれも世の習いであり、その節はどうぞ、十字架を背負われて、人々から罵声《ばせい》を浴びせられ、石を投げられながらゴルゴタの丘を登り、十字架上で血を流されたイエズスの苦難を思い起こし、耐えて下さい。

どんなときでも、どんなところでも、デウス・イエズスはあなた方二人の中におられ、あなたたち二人はデウス・イエズスの中にあるのです。

これから先の長い航海の船出にあたって、祝言を述べさせていただきました。改めて、本日はおめでとうございます」

コスメ興善が言い終えるまで、咳払《せきばら》いひとつ聞こえなかった。聞きながら右馬助は、すべてがコスメ興善の祝辞の中に言い尽くされていると思った。

婚姻の翌日、右馬助は書面をしたため、嘉助に持たせて、日田の代官屋敷に行かせた。書状の宛先《あてさき》は大殿であり、久米蔵が秋月の商家の娘と無事、イエズス教の習いに従って夫婦の契《ちぎ》りを結んだ旨《むね》を知らせた。

その返書は、思いがけずひと月後に、日田からの使者によって、もたらされた。懐《なつ》かしい大殿の筆づかいに、右馬助は心躍らせて文面を読んだ。

右馬助の書状、床敷臼杵《ゆかしくうすき》にて掌中《しょうちゅう》にせし候《そうろう》。平田久米蔵の婚儀相成りの件、心中深く感じ入り恐悦《きょうえつ》の至りに候。末永く琴瑟相和《きんしつそうわ》を願い候。私事、この七月、奈多《なだ》を離縁し、カブラル神父の手にて、受洗せし候。毎事、御心安かるべく候。委細津田文之進《ぶんのしん》が申すべく候。恐々謹言《きょうきょうきんげん》。

天正六年八月廿日《はつか》　宗麟

大庄屋一万田右馬助殿

雄渾《ゆうこん》な筆跡を二度読んで確かめ、大きく弧を描いた花押《かおう》を眺めた。かつての旧臣を忘れず、妻との離縁と受洗を、短い書状の中で伝えた大殿の心情に涙する思いがした。

大殿はとうとうデウス・イエズスの王国の樹立に、死ぬ気で乗り出されたのだと思った。

しかし使者としてわざわざ早馬で駆けつけてくれた若い家臣、津田文之進の忌憚《きたん》ない話は、その前途が容易でないことを物語っていた。

「奈多殿は、離縁されて黙っているようなお方ではないでしょうが」

右馬助は何よりもそれが懸念された。

「その通りです。ことに、新夫人が、奈多様に仕えていた侍女のひとりですから、もう怒り心頭《しんとう》に発せられています」

文之進が頷く。「奈多様はもうひとつの件でも憤慨《ふんがい》しておられるのです。奈多様の兄、田原紹忍《しょうにん》殿に継嗣《けいし》がなかったので、京都の柳原家から親虎《ちかとら》様を養子に迎えてあります」

「知っています。秀《すぐ》れた人とも聞いています」

「はい、宗麟様の信頼も篤いものがあります。その親虎さまも昨年四月、カブラル神父から洗礼を受けてドン・シモンの教名をもらわれたのです。それで田原様は親虎様を軟禁して、棄教を迫ったのです」

「棄教をか」

「はい。同時に、受洗させたカブラル神父とフロイス神父の殺害も、家来に命じました。それで私どもは、臼杵の教会に集まり、祭具一式を府内《ふない》の教会に移して、襲撃に備えたのです」

「大殿もそれは頭を悩まされたはず」

お家騒動そのものの様相に、右馬助は眉《まゆ》をひそめる。

「宗麟様は、信仰は強制もできない、恣意《しい》に任せる旨の達示《たっし》を出され、親虎様も軟禁を解かれました。信仰を捨てないとして、田原様は養子縁組を解かれました。まだ奈多様と田原様の怒りはくすぶっています」

文之進の顔は曇ったままだ。

「大殿の書状には、万事安泰だから安心せよとあったが、本当はそうではないのだな」

右馬助は声を低めて訊く。文之進なら包み隠さず言ってくれるような気がした。

「領内では、仏教とイエズス教との確執があり、領外でも憂《うれ》いがあります。一万田様は、日向《ひゅうが》の伊《い》東義祐《とうよしすけ》様はご存知でしょう？」

「伊東殿が一度府内まで来られたとき、お見かけしたことはある。大殿にとっては、日向の守りとして大事なお方ではなかったか」

日向こそは、薩摩の島津の北上を防ぐ楯《たて》であり、大殿も伊東氏を頼りにしていた。義祐殿の長子が幼くして亡くなり、次男の義益《よします》殿が嗣子《しし》になった際、大殿は姪《めい》の阿喜《あき》多《た》様を嫁がせていた。ところが、その義益殿も二十半ばで八、九年前に早逝《そうせい》されたと聞いている。

「義祐様は嗣子を亡くした落胆《らくたん》からか、領民の暮らし向きに頓着《とんちゃく》されなくなりました。都から能楽師を招いたり、奢侈《しゃし》に走ったりで、ついに昨年末、領民や土豪《どごう》が蜂起《ほうき》、配下の部将も島津に寝返ったのです。飫肥《おび》城、佐土原《さどはら》城と陥《お》ち、義祐様は親しい郎等《ろうどう》のみを連れて、今年一月、臼杵に辿《たど》り着かれたのです」

「それは火急《かきゅう》の事態だ」右馬助も眉をひそめる。

「そこで、宗麟様の意を受けて、義統《よしむね》様が出陣、三万の軍勢をもって、日向の北部までの出城はすべて奪回しました。それがほんの四ヵ月前です。ともかく今は、耳川《みみかわ》以北は義統様の領地となっております」

「となると、耳川以南には、島津の軍勢が陣を張っているのか」

「はい。再度、島津の軍勢が耳川を渡って豊後を窺《うかが》う容易ならざる事態が続いています」

「なるほど」

右馬助は溜息《ためいき》をつく。危機が迫るなかで大殿が受洗されたのには、理由があるような気がした。

現在の国主義統様は、大殿ほどの器量を備えられていない。これは右馬助も遠くから接しているので知っている。島津の軍勢を迎えるには、荷が重過ぎる。

大殿はそこで、デウス・イエズスの加護《かご》のもと、後顧《こうこ》の憂いを断つために、最後の戦《いくさ》に賭《か》けられるのではないか。

もちろんそんな憶測を文之進に話せるはずがない。

文之進には充分な土産を持たせて送り出した。

十　巡察師Ｉ　天正八年（一五八〇）九月

久米蔵ととよの仲は、大殿《おおとの》が願ったとおりに相睦《むつ》まじく、ふた月後には子を妊《みごも》った。孫ができるのを最も喜んだのは麻で、腹が大きくなってからは、家事一切をさせずに、まるで客人のように嫁を遇した。あたかも自分が実子を産めなかった無念さを、ここで一気に吹き晴らさんばかりのかしずきようだった。

出産にあたっては、田中村のたつ婆《ばあ》さんが来てくれた。たつ婆さんは、若い頃から近在の産婆役《さんばやく》を務めて、取り上げた赤子の数は百を超えるという。

右馬助《うまのすけ》と久米蔵は、産屋《うぶや》にした離れ座敷の外で、赤子の第一声を聞いた。二人は顔を見合わせて頷きあった。程なく麻が出て来て、「男の子です」と知らせてくれた。その涙にくれた顔を見て、右馬助は胸を衝《つ》かれた。久米蔵の嗣子を得たのは、全く麻の手柄といってよかった。麻が、捨子だった久米蔵を快くわが子として育《はぐく》み、嫁を貰うまでに育て上げたのだ。そのうえ、とよもまるでわが娘のように可愛《かわ》いがってくれていた。

木箱に入れた後産《あとざん》を、産屋の北側に埋めるように指示したのは、たつ婆さんだった。

右馬助と久米蔵は、鍬《くわ》で地面を掘って入れ、土をかぶせた。

「たつ婆さんによると、これで産後の肥立ちもよく、赤子にとっては魔除《まよ》けになるそうです」

嬉《うれ》しそうに久米蔵が言った。

その日のうちに嘉助を秋月に行かせ、男子出産を原田《はるた》善左衛門に知らせた。折り返し、祝いの反物が届いた。

名前は生まれる前から決まっていた。久米蔵や善左衛門と相談して、名付け親をコスメ興善に依頼した。快く引き受けてくれ、届いた書状には「幼名は命助《めいすけ》、元服後は音蔵《おとぞう》」と記されていた。

その意味を教えてくれたのは、仲介の労をとってくれた善左衛門だった。

「デウス・イエズスから命を預かった感謝をこめて命助、長じてからの音蔵は、いつもデウス・イエズスの足音を耳に感じるようにとの願いがこめられているようです」

いかにもコスメ興善らしい命名に、右馬助と久米蔵も大満足だった。

とよが産屋にはいってひと月、右馬助と久米蔵は母親と赤子に会えなかった。しかしとよと命助の健《すこ》やかぶりは、麻から逐一伝えられた。

その間、庄屋を集めての寄り合いがあった。七月、庄屋たちは盆前の出銀の準備をしておかねばならない。同時に、村中の道を掃き清め、村人たちも家の内外の大掃除をする。刈り草を集めて、牛糞《ぎゅうふん》や馬糞、敷藁《しきわら》を加えた作り肥を、畑の隅に積み上げる。庄屋たちからは、口々に出産の祝いを言われて、右馬助はようやく孫を持った喜びを実感した。

とよが赤子を抱いて初めて産屋を出たのは、盆休みの初日の十四日だった。ちょうど赤飯を用意していて、とよの肥立ち祝いになった。とよはやつれは感じさせず、乳の出もよいとの返事に右馬助は胸を撫《な》でおろす。

屋敷の前の空地には、盆踊りの櫓《やぐら》が組まれており、夕刻から村人たちが集まってきた。嘉助と荒使子たちは、赤飯の握り飯作りに精を出し、大笊《おおざる》に盛って、村人たちに配った。

太鼓や笛の音に乗って、村人たちの踊りが始まる。近在の村々でも、それぞれ盆踊りを行っていて、浮き立った音は、そこここから聞こえてきた。

麻と久米蔵は、赤子を抱いたとよと共に、櫓の近くまで行き、村人たちから口々に祝いを言われた。盆踊りが、期せずして赤子のお披露目になっていた。

赤子が疲れる前に家に戻って、あとは屋敷で笛や太鼓の音を聞いた。

高橋組の村々の安らかな日々、身辺の慶事《けいじ》が心を和《なご》ませてくれたこの一年、時々もたらされる大殿の消息は、逆に暗いもの続きだった。

島津一族の支配する薩摩に対する防禦楯《ぼうぎょだて》は、これまで伊東氏が担《にな》っていた。ところが当主伊東義祐《よしすけ》殿が敗走して以後、日向《ひゅうが》北部の城主土持親成《つちもちちかしげ》までも島津方に寝返ってしまった。こうなると、島津の軍勢が一気に豊後に攻め入る公算が強い。

大殿はさっそく家督《かとく》をついでいる義統《よしむね》殿に計らい、土持親成を三万の軍勢で攻めた。親成の長男は自害、親成自身は生捕りにされ、豊後に引き連れて来て自刃《じじん》させられた。大殿は、土持所有の領地にあった寺と神社はすべて焼き払うよう命じた。これによって豊後と薩摩の境は、耳川になった。とはいえ、耳川以南の伊東氏による旧領地は、薩摩の手に渡ったままなので、大殿が黙っているはずはない。

天正六年九月、大殿は陣頭指揮を執るため、臼杵から船団を組んで南下する。陸路の軍勢と合わせて四万の将兵が従った。大殿の乗る船には大砲三門と手勢の兵を乗せ、舳先《へさき》には金の縁取りのある赤十字架の旗を掲げた。もちろん新夫人のジュリア様も一緒であり、養父の田原紹忍《しょうにん》から離縁された親虎《ちかとら》殿も同乗していた。

そして別船にはカブラル神父と四名の修道士が乗った。その中に、アルメイダ修道士が含まれていたと聞いて、右馬助は懐かしさとともに安堵《あんど》を覚えた。アルメイダ修道士は天正五年の秋、カブラル神父の指示で薩摩に派遣され、布教を開始していた。

しかし薩摩の地は仏僧らの力が強く、布教はままならないまま、翌年病気の身になる。そこでカブラル神父の命令を受けて、豊後に呼び戻されていたのだ。

船団は好天候のもと日向灘《なだ》にはいり、土持の旧領に上陸、さっそく本陣を構えた。ジュリア夫人とともに住む館《やかた》と、カブラル神父たちのための司祭館と教会も造る。用材となったのは、取り壊された神社仏閣の廃材だった。

府内に残って守りを固めていたのは義統殿だ。ところが、義統殿は、四万の将兵がいる前線への物資補給などの兵站《へいたん》に心を砕く代わりに、祈りに熱中した。豊後の布教長であるフロイス神父を、府内から兵站地に招いて、家臣や近在の村人たちに布教させた。自らも好んで説教に耳を傾けた。

この態度が、心ある家臣たちの反感を買う。島津との雌雄を決するこの時期に必要なのは、布教よりも物資調達ではないかというのが理由だ。

他方の島津の総大将島津義久《よしひさ》は、三人の弟、義弘《よしひろ》、歳久《としひさ》、家久《いえひさ》にそれぞれの役目を与え、五万の軍勢を整えた。

大殿側の総大将は、因縁の深い田原紹忍だった。離縁した奈多夫人の兄であり、デウス・イエズスを嫌うあまり、養子の親虎殿を廃嫡《はいちゃく》した張本人である。他の主だった部将が、薩摩討伐に反対したなかで、唯一《ゆいいつ》開戦を主張したのが田原紹忍だったので、大殿も総大将に据えざるを得なかったと思われる。この人選がすべての間違いのもとだったと、右馬助は苦々しく思う。

緒戦こそ、大殿に利があった。大殿の軍は薩摩の小隊を蹴散《けち》らして耳川を越え、伊東氏の所有であった要衝《ようしょう》の地、高城《たかじょう》に向かう。

しかし小高い丘の上にある高城の城攻めに、思いの外手間取る。このときの大殿と島津義久の対応の違いが、そのまま両軍の士気の差になった。島津義久は、弟の家久に命じて三万の軍勢で高城の救援に向かわせるとともに、領民すべてに決起を促した。一方の大殿は、高城を望む台地に集結した大友軍からのたびたびの出陣要請にもかかわらず、務志賀《むしか》の本陣を動かなかった。教会堂で、カブラル神父らとともに、勝利を願う祈禱《きとう》に励んだ。

総大将田原紹忍に全軍を統率する力はなく、各部将は勝手に攻撃を仕掛け、待ち構えていた島津の軍勢に前線を寸断されてしまった。孤立した各部隊は次々と撃破《げきは》され、一日のうちに数千の死傷者を出し、大友家始まって以来の大敗を喫《きっ》した。敗戦の大友軍は散り散りになって耳川まで退却するも、島津軍はそれを追撃、勝利を確かなものにする。

敗戦の報を聞いた大殿は夫人と家族、従者を連れて、本営を捨て豊後に向かう。カブラル神父以下も懸命にあとを追った。はぐれてしまえばイエズス教を嫌う村民たちの襲撃に遭うからだ。

時は十一月半ばで、寒さと食料不足が一行を襲う。竹で編んだ急造の小屋で夜露をしのぎ、青竹に米を入れ、火で焙《あぶ》って、生煮えの米を口にした。ひもじさのなかで、山路《やまみち》を越え、谷川を渡り、また峠を越えて、ようやく豊後に辿りついたのは三日後だったらしい。

戦死と思われた総大将の田原紹忍は、ひと月後に豊後に帰還、敗戦の責任をイエズス教に転嫁《てんか》した。同時に、妹である奈多前夫人もイエズス教を非難し、長男の義統殿にイエズス信仰からの棄教を迫った。以後、生来優柔不断な義統殿は受洗を拒み、イエズス教の布教を妨害しはじめ、大殿とことごとく対立しはじめる。

他方、敗戦にもかかわらず、大殿の信仰はいやが上にも増した。臼杵から三里離れた津久見《つくみ》に隠居所を建て、臼杵まで出向いてミサに参列する。

しかし豊後領内におけるイエズス教信仰は、耳川での敗戦以後、急速にしぼんでしまう。わずかに、大殿の周辺だけが信仰の火を守っていて、神父や修道士はその庇護《ひご》にすがっている状況になった。

この頃、大殿に朗報《ろうほう》がもたらされる。天正七年七月、肥前島原の口之津に、イエズス会総長から派遣された日本巡察師、アレッサンドロ・ヴァリニャーノ神父が着いたという知らせだった。大殿は豊後布教長のフロイス神父に、巡察師の招致《しょうち》を依頼する。大殿としては、下火になっていた領内の信仰に再び活気を取り戻したかったのだ。

その後の巡察師の動向は、博多の教会にいた旧知のモウラ神父が、秋月に逃れて来た折に、直接神父の口から聞かされた。

耳川での大友軍の敗戦を聞いて勢いづいたのは、佐賀を拠点とするイエズス教嫌いの龍造寺隆信だった。そもそも龍造寺は島津と手を結んで、両面からの豊後攻略を目《もく》論《ろ》んでいたのだ。その手始めが博多への侵攻であり、モウラ神父以下の宣教師は、秋月に避難する。その手はずを整えたのが、秋月にも邸宅を構えていたコスメ興善殿だった。

ヴァリニャーノ巡察師は、来日するとすぐに、全国に散らばっている宣教師たちを招集、口之津で会議を開いた。豊後に滞在していた日本布教長のカブラル神父も、フロイス神父とともに口之津に赴く。

ヴァリニャーノ神父は、イエズス会の神父と修道士は赴任した土地の風習に従って生活し、特にその国の言葉を習得しなければならないという信念の持主だった。この点で、日本での布教を統轄《とうかつ》していたカブラル神父とは意見が対立した。ヴァリニャーノ神父はもうひとつ、カブラル神父に不満があった。カブラル神父が日本人を修道士や神父にすることを頑《かたくな》に拒んでいたからだ。それでは布教にいずれ支障が出る。巡察師は、一刻も早く日本人の司祭を養成しなければならないと強硬に主張、カブラル神父を辞任させ、代わりにガスパル・コエリョ神父を日本布教長にした。

同時に、日本を三教区に分ける。まず豊後が中心であり、都を上《かみ》、そして豊後以外の九州各地を総称して下《しも》とした。その各教区に、日本人神父養成の教育施設の設立を決めた。これには三種あった。それまでの同宿《どうじゅく》たちを教育して修道士に昇格させる修練院のノビシアド、幼い子供たちをイエズス会の方針で八年間教育して育てるセミナリヨ、さらにその上の高等教育を三年間授けるコレジョだ。

秋月のモウラ神父が高橋村まで足を伸ばしてくれたとき、右馬助はアルメイダ修道士の消息を訊《き》いた。

「イルマン・アルメイダさまは、マカオにいきました。そこでパードレになります。パードレ・ヴァリニャーノさまのねがいです」

「そうなると、もう日本には戻って来ないのですか」落胆して右馬助は問い質《ただ》す。

「いいえ、パードレになって、かえってきます。あのひとは、にっぽんがすきです。にっぽんでしぬつもりです」

モウラ神父の口調には、尊敬の念が込められていた。

日本に骨を埋《うず》める——。いかにもアルメイダ修道士らしい生き方だ。神父になって戻った暁には、ぜひこの高橋村を訪れて欲しかった。

今、高橋組の村々には、新しい暦、日繰《ひぐ》りが取り入れられていた。その暦に従って祭をとりおこない、七日毎《ごと》に巡ってくるドミンゴには、農作業もやめて休息をとる。その他にも、イエズス復活の日のパスクワ、降誕祭のナタル、マリアにイエズスが宿ったコンゼンサンなど、手書きの日繰りは久米蔵が書き、各庄屋が写しとって、村人たちに配っていた。

七日毎のドミンゴの休息日は、村人たちにはとくに歓迎された。田畑に出向くのをやめ、一日を家の中で暮らすのだから、これまでとは全く違った暮らしぶりになる。

もちろん、田畑に作業が残っていれば、早朝に出かけて早めに仕事をすませる。納屋《なや》での藁仕事も、夜なべしてでも片づけておく。そうすると、ドミンゴの日には、昼前からゆっくりくつろげる。たいていの村人たちは一家が集まって、ロザリオを繰ってコンタツをし、祈りを捧《ささ》げている。

この習慣を知ったモウラ神父は大いに喜び、いずれヴァリニャーノ神父にも報告すると言ってくれた。

巡察師のヴァリニャーノ神父が、こんな片田舎に足を運んでくれるなど、右馬助にとっては夢のまた夢だ。しかし全くの絵空事ではない余地も、残されているような気がする。そのときこそ、もう自分は、天に召されてもいい。掛け値なく、心の底からそう思う。

大庄屋の家督も、そろそろ久米蔵に譲る時期に来ていた。庄屋たちの人望も集めていたし、何より多くの村人たちに慕われていた。

大庄屋の仕事も大方、覚えている。一月の御用始め、二月の溝《みぞ》さらえと往還の整備、三月の総人口調べ、四月の畑作物の上納、五月の田植えと水管理というように、休む間もなく仕事がついてまわる。

六月には村落ちした者、病気で臥《ふ》している者を庄屋が報告に来る。幸い、右馬助の赴任以来、高橋組から逃散《ちょうさん》の者はひとりも出ていない。病気が出るのは仕方がなかった。久米蔵は、病臥《びょうが》の者が出るとその村まで足を運び、煎《せん》じ薬を届け、ロザリオの祈りを枕許《まくらもと》で唱えて元気づけた。

久米蔵の煎じ薬といっても、久留米や日田で買い求めた漢籍から、見よう見真似《みまね》で作ったものに過ぎない。それでも病人は、大庄屋からの見舞いの薬とあって、ありがたくのんでくれる。

夏が終わる頃、田中村のたつ婆さんが畑で倒れ、そのまま寝ついて三日後に死んだ。葬式には、近在の村からも人が集まり、野辺送りの人数は二百人を超えた。赤子を取り上げてもらったよしみから、右馬助は麻、久米蔵、乳《ち》のみ児《ご》を背負ったとよとともに葬列に連なった。

たつ婆さんの洗礼名は、とよと同じクララだった。倅《せがれ》の友八によると、もう墓石は生前から用意していたという。縦三寸横二寸の平べったい石に、花十字紋を刻み、その下に〈くらたつ〉と彫らせたらしい。

「婆さんは、自分の教名が大庄屋様のところのとよ様と同じなのを、たいそう喜んどりました」

友八は泣きはらした顔を向けて、右馬助に言った。「こげな立派な名前をもらって、生まれてきてよかったとまで言っとりました」

「これから寂しくなるのう」

右馬助は慰めの言葉もない。アルメイダ修道士が屋敷に来て説教をした際、一番前で熱心に耳を傾けたのは、たつ婆さんだった。ロザリオを絣《かすり》の布でいち早く作ったのも、たつ婆さんで、死ぬまで布のロザリオを手放さなかったらしい。

たつ婆さんはそのロザリオを胸に抱いて棺《ひつぎ》に入れられ、埋葬された。

村々の産婆の役は、友八の嫁であるさといが、これから務めていくらしい。たつ婆さんに連れられて出産を手伝いながら、要領を覚えたのだ。

翌天正八年の秋、秋月に滞在してもう一年になるモウラ神父を伴って、原田善左衛門が右馬助の屋敷を訪れた。善左衛門は、外孫である命助のよちよち歩きを眼にして、相好《そうごう》をくずした。

このときもモウラ神父は、高橋組の村人たちを前にして説教をし、ロザリオの祈りを捧げてくれた。

その夜、モウラ神父から博多の惨状を聞かされた。龍造寺隆信の軍勢は、毎年博多を襲撃、ついにすべてを焼き尽くしたという。

「しんじゃのいえも、やけました。きょうかいもやけました」

モウラ神父が悲しむ。

「多くの信者は、長崎に逃れたようです。もちろん、世話をしたのはコスメ興善殿です。興善殿は、以前から長崎にも大きな屋敷と店を持っておられます」

「せっかくイエズス教が盛んになっとったのに残念です」

久米蔵も歯ぎしりする思いだ。それを元気づけたのはモウラ神父だった。

「しかし、豊後にはパードレ・ヴァリニャーノがいきました」

「巡察師は、今、豊後におられるのですか」

まさしく朗報だった。口之津を発《た》った巡察師の一行は、肥後の高瀬に渡り、そこから陸路を豊後に向かったという。

「臼杵でさっそく宣教師会議を開かれたようです。そこに日本人修道士を養成するノビシアド、修練院を設立したそうです」

善左衛門が補足してくれる。

「はい。臼杵にノビシアド、府内にはコレジョをつくることにしました。パードレ・ラモンがノビシアドにいます」

「修練長がラモン神父です。まだ三十代の若さらしいですが、学識豊かな人のようです」

また善左衛門がつけ加える。

「となれば、宗麟《そうりん》様も、さぞかしご満悦ではないでしょうか」

あくまでも気になるのは、大殿の消息であり、右馬助は訊かずにはおれない。

「ドン・フランシスコさまは、パードレ・ヴァリニャーノさまを、まっていました。なぜなら、十がつ四かが、サント・フランシスコのしゅくじつでした。そのひ、パードレ・ヴァリニャーノ、パードレ・カブラル、パードレ・メシヤ、パードレ・ラモン、それにイルマンたち、みんながおしろにいき、ミサをあげました」

モウラ神父が訥々《とつとつ》と語る。それをまた補足してくれたのが善左衛門だった。

「その聖フランシスコの祝日には、宗麟様の臼杵の城館は盛大な飾りつけがなされ、オルガンの奏楽のなかで、ミサの聖祭が行われたそうです」

「それは大殿も喜ばれたでしょう」

右馬助は、飾りつけられた城内の様子や、きらびやかなミサを思い浮かべて胸が熱くなる。大殿にとっては、人生最大の喜びだったかもしれない。

「ところで、修練院やコレジョを城内に建てるにあたって、宗麟様は、秘蔵していた茶入れを、堺で売りに出されたようです。台所事情が不如意《ふにょい》だったからでしょう」

善左衛門が言う。

領内の財政が以前ほど豊かでないのは、耳川での大敗以後、領地が削られ、残された領地でも家臣の謀反《むほん》が続いているからに違いない。右馬助は心が痛む。

大殿秘蔵の茶入れは、一度見たことがあった。こぶしほどの大きさで、〈小壺茄子《つくしなす》〉という銘があり、茶人の間では天下一の逸品だともてはやされていた。大殿がそれを買ったのも堺だったはずで、三千貫の代金を払ったと聞いている。優に、館一軒分の値段だった。

「それで、うまく買い手はついたのでしょうか」

「値は六千貫だったそうですが、買い取ったのは、羽柴秀吉《はしばひでよし》殿です」

「織田信長《おだのぶなが》殿の信頼が篤いあのお方ですか」

織田殿と羽柴殿が天下統一を進めていることは、つとに伝わっていた。

「はい。その代金を銀で払うため、府内に向けて山口までは馬を仕立てて陸路、そこから先は海路で府内入りさせたそうです」

「わざわざ、毛利の領地を通らせたのですか」

「自らの権勢と、宗麟様との交誼《こうぎ》を顕示《けんじ》するためでしょう。修練院はそれで無事に完成、十二人の修練生を受け入れています。十二人のうち六人は日本人だといいます」

「そうなると、いずれ、日本人の修道士や神父が出ますね」

「間違いないです」

善左衛門が答える。「コレジョのほうは、これから建設が始まると聞いています」

「そうです」モウラ神父が笑顔で頷《うなず》く。

豊後に、修練院とコレジョができれば、もう豊後は、大殿が望まれたとおり、デウス・イエズスの教えにのっとった国になるのは間違いない。右馬助は久米蔵と顔を見合わせて頷き合った。

「パードレ・ヴァリニャーノさまは、ドン・フランシスコさまと、こっそりはなしあいました。ドン・フランシスコさまは、パードレもイルマンも、にほんのことばをならいなさいといいました。わたくしもそうおもいます」

「ヴァリニャーノ巡察師は布教のあり方について、宗麟様に助言を求めたのです。そのとき、カブラル神父のやり方を暗に非難されたようです。日本の風習を見下し、言葉も学ぼうとしない、日本人をいくら教育しても、宣教師にはなれないと決めつける態度を、宗麟様は気に入らなかったのでしょう。巡察師は大いに同意されたと聞いています」

「そうでしたか」

右馬助は久米蔵とともに納得する。どこか尊大過ぎると右馬助たちが感じていたことを、大殿はちゃんと眼にとめ、気にかけておられたのだ。

「ヴァリニャーノ巡察師は、しばらく府内に滞在されるのですね」

久米蔵がモウラ神父に訊く。

「はい。そのあと、みやこにのぼります。さっきはなしにでた、おだのぶながさまにあいにいきます」

「都へ？　そして信長殿と会われる？」

右馬助は思わず膝《ひざ》を叩く。京には既にデウス・イエズスの教えが広まっていると聞いている。ここで信長殿、そして羽柴秀吉殿がイエズス教に帰依《きえ》すれば、豊後の大殿と手を結ぶことができる。九州の西には、大村氏の肥前、有馬氏の島原、そして天草というように、イエズス教が盛んな国々が控えている。

大殿が十年以上も前から夢見ていた、デウス・イエズスの王国に、日本中がなる日も近いのかもしれなかった。

第二章 禁教

一 秋月教会 天正十年(一五八二)十月

天正十年の七月、天下統一を目ざしていた織田信長殿の横死《おうし》の報が、日田の代官屋敷からもたらされた。信長殿が家臣の明智光秀《あけちみつひで》の謀反《むほん》で、京都本能寺にいたところを急襲されたという。信長殿も、四十九歳での死は、腹わたの煮えくり返る口惜しさであったに違いない。

「幸い反逆の光秀は、羽柴秀吉殿の手ですぐに追討されました」

年貢《ねんぐ》徴収のために何度も来ている旧知の向《むかい》平蔵は言った。とすれば、信長殿はヴァリニャーノ巡察師と会ったあとに自刃《じじん》したことになる。

「今後は、羽柴秀吉殿が天下統一を進めるものと、大友義統《よしむね》様は見通しを立てておられます」

「それでは義統様は、いずれ羽柴殿と手を組む心づもりでございますか」

「それが宗麟《そうりん》様の意向でもあります。羽柴殿の助勢を得れば、薩摩の島津、肥前佐賀の龍造寺を攻めるのも容易になります」

「なるほど」

大殿《おおとの》の話が出て右馬助《うまのすけ》は懐《なつ》かしさを覚える。「大殿は健やかに過ごされていますか」

「はい。今は新たに津久見《つくみ》に館《やかた》を建てて住まわれています。館の入口には礼拝堂を建てられて、いつでもそこで宣教師がミサをあげられるようになっています」

津久見は臼杵《うすき》にも近く、海も近い。いかにも大殿好みの地だった。

「近辺にある寺にはすべて廃寺を命じて、僧侶《そうりょ》もイエズス教に改宗させられました」

「そこまでも」

寺を潰《つぶ》したうえに、坊主《ぼうず》にも受洗させるなど、右馬助には行き過ぎのように感じる。

「それだけでなく、昨年は、宗麟様の意を受けて、親家《ちかいえ》様が、宇佐八幡宮に放火、神殿はみな灰燼《かいじん》に帰しました」

「まさか」右馬助は息をのむ。いくら何でもそれは行き過ぎに思えた。

宇佐八幡宮は、全国の八幡宮の総社であり、古来、天皇家から奉幣使《ほうへいし》が派遣される。

八幡宮への敬神《けいしん》の念は、領民に広く行き渡っていた。

火を放った親家殿は大殿の次男で、弟の親盛《ちかもり》殿と同様、イエズス教に帰依《きえ》していた。

「それだけでなく、親家様の軍勢は彦山《ひこさん》にも攻撃を仕掛けています。彦山の僧兵がこれに対抗、しかし山中の講堂と坊舎は焼け落ちました」

「彦山は豊前の修験衆《しゅげんしゅう》の本山ではないか」

「はい。悪いことに、彦山座主《ざす》の娘御は、秋月種実《たねざね》殿の嗣子《しし》種長殿に嫁《とつ》いでいます。これが秋月殿との間に禍根《かこん》を残さないかと懸念《けねん》されます」

平蔵も顔を暗くする。「その少し前には、万寿寺《まんじゅじ》が何者かによって放火され、焼失しました」

「万寿寺といえば大友家代々の菩提寺《ぼだいじ》──」

右馬助は不吉さえ感じた。「そこまでする必要はないのでは」

「どうやら、放火を命じたのは義統様ではなかったかと噂《うわさ》されています。万寿寺が所有する寺領は広大なものがあります。そこを廃寺にすれば、寺領を家臣の知行地《ちぎょうち》として分け与えられるからです」

「義統様がそこまでされましたか」

右馬助は慨嘆《がいたん》する。大殿がデウス・イエズスの王国を築く志を抱かれているのは理解できる。しかし、修験道の本山も攻め、菩提寺まで焼尽させるとは、急ぎすぎではないのか。もう少し信仰を自然の流れに任せるべきではないだろうか。平蔵を送り出したあとも、右馬助は胸騒ぎを抑えきれなかった。

彦山襲撃に対して、秋月種実殿が怨《うら》みを持たれたのではないかという右馬助の懸念は杞憂《きゆう》に終わった。

十月、秋月にイエズス教の教会が建立《こんりゅう》されたという知らせが、原田《はるた》善左衛門からもたらされた。

どうやら博多の町が、龍造寺の軍勢によってたびたび侵入され、もはや教会再建の見込みが立てがたいために、秋月に筑前筑後を統《す》べる教会の地として、白羽の矢が立ったらしかった。

知らせを受けた右馬助は、日を置かずして、秋月に赴きたい信者たちを募った。庄屋に通達を出し、名簿を提出させると、庄屋のうち十人が参加、村々からも総勢二百五十人近い信者が名を連ねた。

秋月行きを、十月下旬のドミンゴの日と定め、その三日前に、久米蔵親子を秋月に行かせた。突然、大勢の百姓が教会に押しかけても物議《ぶつぎ》をかもす。前触れをしておく必要があった。

高橋村から秋月までは、およそ四里、日の出前の出立《しゅったつ》とし、各村の信者たちは三々五々、街道筋で合流することにした。

右馬助は麻と連れ立ち、嘉助を先導として屋敷を出た。後ろには荒使子《あらしこ》も六人従っている。田中村からは、庄屋の弥蔵と妻のいそ、息子の市助と嫁のなつ、そして亡《な》くなったたつ婆《ばあ》さんの倅《せがれ》の友八、さとの夫婦以下、二十人ほどが参加していた。

途中の村々で信者が加わり、秋月に最も近い本郷《ほんごう》村に着く頃には、一行は二百人を優に超えた。本郷村の庄屋竹次郎によると、前の晩になってにわかに参加を決めた村人が五人もいたらしい。かと思えば、前日から腹下しをしている年寄りも、参加を諦《あきら》めずに列に連なっているという。

行列の中には、子供たちが三、四十人混じっているのも右馬助は嬉《うれ》しかった。名簿には二十人ほどしか子供の名はなかったので、みんなにつられて参加したのに違いない。誰もが、村祭のように晴れやかな着物を着、新しい草鞋《わらじ》をはいている。そして笛や太鼓の代わりに、胸に掛けたり手にしたりしているのは、ロザリオだった。十年前のように、もう粗末なつくりではなく、布や木製、中には鹿《しか》の角や猪《いのしし》の牙《きば》で作ったと思われるロザリオを持つ信者もいる。

田に蒔《ま》いた麦種がもう芽を出していた。霜がおりはじめると、麦踏みの時期がやってくる。寒風下での麦踏みは辛《つら》い。動かすのは足だけだから、体も温くならない。そんなとき、麦踏みしながら、覚えたコンタツを唱えると苦にならないらしい。

大豆を収穫したあとの畑には、菜種が発芽している。来月になると、麦とともに菜種の中耕と土寄せ、下肥やりが始まる。一方で、塵芥《ちりあくた》、溝《みぞ》さらいした土、藁《わら》くずを集めて土肥《つちごえ》を作る作業も控えている。

田畑仕事の合い間や夜なべには、納屋《なや》や土間で縄ないや莚《むしろ》編みもしておかねばならない。そんな忙しさのなかでの休日だから、村人たちがお祭り気分でいるのも分かる。

やがて道は本郷村から甘木を過ぎて、小石原《こいしわら》川を左に見てのゆるやかな上り坂になる。澄みきった青空の下、正面に古処山《こしょさん》、その右側に屏山《へいざん》、馬見山《うまみやま》と連なる連峰が望めた。

それらの山々を見て進むと、道は谷あいにはいる。右側に大平山と高倉山、左は形の整った小富士と目配山《めくばりやま》、その奥が三箇山《さんかやま》だ。

周囲を眺めると、この地が天然の要塞《ようさい》になっているのが改めて理解できる。三方を山に囲まれているからといって、秋月が行き止まりの雪隠《せっちん》詰めになる恐れもなかった。秋月の背後には、つづら折りの八丁峠越えの往還があり、その先に飯塚あるいは香春《かわら》を経て、最後は小倉に行き着く。

背後の八丁峠を封鎖し、正面から攻め上る敵を谷あいの道におびき入れ、左右の山々の砦《とりで》から鉄砲玉を撃ち込み、弓矢を雨あられと射込めば、迎撃はやさしい。万が一、正面からの往来を塞《ふさ》がれて兵糧《ひょうろう》攻めにあっても、山中や山腹にある糧秣《りょうまつ》倉の貯《たくわ》えのおかげで、一年や二年は持ちこたえられる。秋月氏が古来三百余年、この地の揺ぎない雄でおられるのも、地形の利がもたらしたものだ。

山々の所々に黄色く色づいているのは、銀杏《いちょう》だろう。紅葉もちらほら眼にはいる。行列を作る村人たちは、小休止をしながら竹筒の中の水を飲む。なかには腹ごしらえに、焼き米を口にしている者もいた。

秋月の城下を貫くのは小石原川にそそぐ野鳥《のとり》川で、坂道は八丁峠まで川沿いに続く。下秋月にはいって、白坂峠越えの道と三奈木《みなぎ》や彦山に向かう道が交叉《こうさ》する。三奈木に下る道の東側にあるのが上秋月だ。

野鳥川にかかる石橋のむこうで、久米蔵が待っていた。

「まるで、秋月に攻め入る軍勢のようでした」

それが久米蔵の第一声だった。軍勢でも、手にしているのは鉄砲や刀ではなくロザリオだった。

「コスメ興善《こうぜん》殿も善左衛門殿も、教会で待っておられます。しかし、これだけの人数、教会にはいるかどうか」

「子供やわしたちも入れて、総勢二百八十一人だ」

右馬助は誇らしく伝える。考えてみれば、これは確かにデウス・イエズス教の軍勢に違いない。高橋村に来て十二年、ここまでの軍勢を持てるようになっていた。しかもこの軍勢は、まだ全部ではないのだ。

秋月の領民たちも、道筋に出て行列を眺めている。手許《てもと》や胸元のロザリオを確かめて、「ようこそ」というように笑顔を向けてくれる住民もいた。

新しい教会は、野鳥川の近く、前々から知っているコスメ興善の屋敷に隣接して建てられていた。堂々とした造りで、一見すると寺の講堂並の大きさで、府内《ふない》の教会と比べても遜色《そんしょく》がない。屋根に十字架が輝いている。

教会の前で迎えてくれたのは、善左衛門一家で、命助《めいすけ》の手をひいたとよもその中にいた。

「これほどの信者に集まってもらい、文字どおり教会のこけらおとしになります。モウラ神父も中で待っておられます」

善左衛門も喜色満面だ。

その脇《わき》にいたコスメ興善とは久しぶりの再会だった。

「息子のヤコベです。こっちが嫁のジュリア、家内のカタリナです」

家族を紹介するのに、洗礼名だけを言うのも、コスメ興善らしかった。器量よしの嫁の後ろには三人の子供が恥ずかしそうに隠れている。

さっそく教会の中に案内されて、右馬助は中の広さに驚く。府内の教会と違って、板張りではなく、土間の上に二間はある長い腰掛けが並んでいた。前方と側方の蔀《しとみ》がすべて引き上げられて、光が射《さ》し込んでいる。

祭壇に向かう通路は真ん中と左右に三本あって、村人たちは連れ立って前に進み、思い思いに席を取る。お互い長椅子《ながいす》に並んで坐《すわ》るのは初めてのはずで、顔を見合わせては坐り心地を確かめていた。

正面の壁に掲げられているのは、十字架にかかるイエズスの木像だった。右側にも、木像があり、近寄らなくても、幼な子イエズスを抱いたマリア像だと察しがつく。

コスメ興善と善左衛門に案内されて、右馬助たちは前の方に進む。そこで思いがけない人物から挨拶《あいさつ》された。

「ダミアン正吉でございます」

修道士の服を着ていたので分からなかったのだ。「一万田《いちまだ》様とは府内でお会いして以来ですから、十五年ぶりくらいでしょうか」

「お元気でしたか」

右馬助も感激する。ダミアン修道士が府内の教会にいたのは十四、五歳からで、すぐに同宿《どうじゅく》として宣教師の世話係になった。確かダミアンという教名を授けたのは、亡くなったトレス神父だったはずだ。今は四十歳近くになり、いかにも修道士らしい所作を身につけていた。

「博多の教会が秋月に移るにあたって、モウラ神父の補佐をするように、準管区長のコエリョ神父から命じられました」

「ここに来る前はどこに？」

宣教師たちが頻繁に移動するのを知っている右馬助は訊《き》く。

「ここ一年は、島原の有馬にあるセミナリヨにいました。その前は府内のコレジョ、その前年は臼杵にいました」

「臼杵にも？」

「はい、耳川の合戦のあとです。フロイス神父のお供をして、城内に招かれました」

「大殿に会ったのですか」

「はい、宗麟様にお目通りができました」

懐かしさに右馬助は胸が熱くなる。

「大殿にはつつがなく？」

「不如意《ふにょい》に終わった合戦のあとでしたが、信仰はますます篤《あつ》いものがございました」

もっと大殿の様子を聞きたかったが、祭壇に立ったモウラ神父を眼にして、ダミアン修道士は一礼する。

「一万田様、積もる話は後ほど」

右馬助も礼を返して椅子に坐る。ありきたりの長椅子ではなく、背もたれのところに水平に長板が取りつけられていた。そして後方の足元にも土間より少し高い位置に、長板が張られている。礼拝の際、膝《ひざ》をつけるためかもしれなかった。

「みなさん、よくきました」

モウラ神父が笑顔で第一声を発する。蔀が上げられているにもかかわらず、声が通る。

ダミアン修道士は少し離れたところに立ち、場内を見渡している。

「イエズスは、かみのみこ、かみのなかのまことのかみ、まことのにんげんです。イエズスは、にんげんになることをねがい、すべてのにんげんをすくうために、しをうけいれました。あなたがたも、じゅうじかによって、すくわれるのです。あなたたちは、デウス・イエズスのひかりのこです。いつもひかりのなかを、あるきなさい。あなたたちがいくところ、いつもひかりがさします」

モウラ神父の言葉は、以前より明らかに聞きやすくなっていた。「あなたがたは光の子」という言葉が、すんなりと右馬助の耳にはいる。信仰がある限り、自分たちは、高橋組の村々は光の中にあるのだ。たとえこの先、どんな艱難辛苦《かんなんしんく》が待っていようとも、光の子であり続けるのは間違いない。

「あなたがたのくるしみは、イエズスのものです。あなたがたにくるしみがあるとしても、そのくるしみによって、すくわれます」

モウラ神父はそう言って、おごそかに黒革の表紙の聖書を開いた。

「イエズスのなかにいるものは、つみをおかさず、つみをおかすものは、イエズスをしりません、ヨハネのてがみの一の三の六。イエズスのなかにとどまっていたいものは、イエズスのようにふるまわねばなりません、ヨハネのてがみ一の二の六。もしわたくしたちがイエズスとともにあるといいながら、くらやみのなかをあるいているとすれば、わたくしたちはうそをいっています。まことをつくしていません。でも、イエズスがひかりのなかにあるように、わたくしたちもひかりのなかをあるくのなら、イエズスはわたくしたちとともにあります、ヨハネのてがみ一の一の六と七。アーメン」

言い終えると、モウラ神父は瞑想《めいそう》を促した。前の椅子の下に突き出た板に膝をのせ、背もたれの後ろの板に肘《ひじ》をつき、合掌をして目を閉じるのだ。

右馬助にとって、そんな姿勢をとるのは初めてだった。いや麻にしても、久米蔵にしてもとよにしても、村人にしても初めての姿勢であるのは間違いない。

正面の十字架を眺めたあと、合掌をして瞑目する。今、一斉に信者たちが瞑想している。それぞれの日々の行いを反省し、点検しているはずだった。咳払《せきばら》いひとつせず、子供たちがむずかる声もしない。

「すべては、いのりからはじまります。蔀と蔀の間を、一陣の微風が通り抜けていく。いのりは、よろこびです。よろこびは、すぐにつたわります。アーメン」

風に乗って、モウラ神父の独特の抑揚をもつ言葉が、響きわたる。ダミアン修道士の「なおれ」の声で、再び椅子に腰をおろした。

ミサを終えたモウラ神父にダミアン修道士が近づき、何かを伝えると、モウラ神父が頷《うなず》いた。ダミアン修道士がこちらに向き直る。

「ただいま、モウラ神父の祝福を受けることができました。本当にありがたく、尊いことです」

修道士の声がゆっくり響き渡る。「みなさんがひとりひとりロザリオを持参しておられるので、ロザリオのコンタツをしたいと、今モウラ神父にお願いし、許しを得ました」

願ってもない申し出だった。右馬助と久米蔵はそれぞれアルメイダ修道士から貰《もら》ったロザリオを懐《ふところ》から取り出す。

ダミアン修道士の先導でコンタツが始まる。

――父と子と聖霊の御名《みな》によって。アーメン。

十字架に触れて、まず使徒信経を口にする。

――我は天地の創造主、全能の父なる天主を信じ、またそのひとり子、我らの主イエズス、すなわち――。

村人たちの声がひとつになり、新しい教会堂を満たした。

眼をあげると、幼な子イエズスを抱くマリア像がやさしくこちらを向いていた。

ロザリオの祈りが終わるとき、教会の内部は、声だけでなく、村人の熱気で充満した。

全員が満ち足りた顔をしている。教会から出るのを惜しむように、祭壇に近づいて十字架に手を合わせたり、マリア像をじっと眺めたりしていた。

「一万田様、本当に驚きました」

祭壇から降りてきて、ダミアン修道士が言った。「私も都や豊後、肥前の教会をまわってきましたが、ロザリオの祈りを完璧《かんぺき》に唱えた信徒を見たのは、初めてです。しかもひとり、二人ではなく、信徒全員がそうですから、びっくりしました」

修道士の後ろで、モウラ神父も同感だというように頷いた。

「倅の久米蔵のおかげです」

右馬助は息子を称《たた》える。「村人の中には、一日の農作業を終えたとき、たんぼでコンタツをする者もいます。夕日を受けながら、頭《こうべ》を垂れて祈りを捧《ささ》げるのです」

右馬助はそんな光景を何度も眼にしていた。稲刈りを終えた夫婦と年寄りが、薄暮のなかで祈っている姿は、いかにも神々《こうごう》しく感じられた。

祈りを終えた村人たちが、名残惜しそうに三々五々帰り仕度をしていた。

「少し寄っていかれませんか」

誘ってくれたのは、コスメ興善だった。「ダミアン修道士と積もる話もありましょうから」

確かに今帰るのは後髪をひかれる思いだった。右馬助は村人たちと一緒に久米蔵親子と麻を帰らせ、自分だけ残った。教会を出るとき、モウラ神父は十字架のイエズスに向かって、まだ祈りを捧げていた。

コスメ興善の屋敷は教会から半町しか離れていなかった。修道士と原田善左衛門とともに座敷に通される。畳といい襖《ふすま》といい、天井までも上質な作りだった。眼をひかれたのは襖絵で、宣教師の姿が描かれている。

「これはザビエル神父を描かせたものです」

コスメ興善が説明する。「一番右が、ザビエル神父が故郷を出るとき、二番目はイエズス会の設立で、一緒に描かれているのが、イエズス会の総帥《そうすい》、ロヨラ神父です」

初めて聞くイエズス会の総帥は、ザビエルよりも年長で、頭が禿《は》げ上がっている。ザビエル神父の故郷の館は石造りで、荒野の中に建てられ、ひとり道を歩く青年が小さく描かれていた。

「そして三枚目が、ローマ法王の謁見《えっけん》です。法王の前にひざまずいて、布教の許可を得たところです。最後の四枚目は、山口での布教です。脇にいるのがフェルナンデス修道士です。みんな、話で聞いたものを絵師に描かせただけで、どこまでが本当か、私にも分かりません」

「いえ、ザビエル神父はこのとおりでした」

右馬助は懐かしい思いにかられる。遠目にしか眼にしたことがないが、描かれた風《ふう》貌《ぼう》にそっくりだった。自分が預かっている絹布《けんぷ》は、もとはといえば、このザビエル神父が西洋から持参した品だった。

「こちらは、トレス神父ではないですか」

右馬助は床の間の掛軸に眼を移して訊く。

何度も会ったので、柔和な目と突き出た顎《あご》はよく覚えている。

「はい、洗礼名をさずけていただいたトレス神父で、平戸で布教している様子を描かせました」

トレス神父の横にいるのは、フェルナンデス修道士だろう。神父と修道士の前で、十数人の町人や武家が説教を聞いている縦長の絵だった。

「このお二人の姿、本当に懐かしいです」

ダミアン修道士も掛軸に見入って言う。「今では、ザビエル神父を含めて、お三方とも天に召されているだけに」

コスメ興善の内儀《ないぎ》が茶を持って来たので、四人で円座になった。ヤコベ興善は父親の後方に控え目に坐った。

「アルメイダ修道士は、今どうされていますか」

一番先に訊いておきたかったことを右馬助は口にする。「三年前、巡察師ヴァリニャーノ神父の意向でマカオに派遣されたと聞いていますが」

「そのとおりです。マカオで神父に叙階《じょかい》されて、一昨年長崎に戻られ、天草の上長に任命されました。上長というのはその地域の伝道責任者です。今は天草の河内浦《こうちのうら》のコレジョにおられます」

「よかった」

右馬助は胸を撫《な》でおろす。「とうとう神父になられたのですね」

「もっと以前に叙階されるべき方でした」

修道士が当然という表情で応じる。「天草は、アルメイダ神父のおかげで信徒は増えるばかりです。肥前ではイエズス教を敵視する龍造寺氏の勢力が伸びていますが、受洗されたドン・バルトロメウ大村純忠《すみただ》様と、その長子ドン・サンチョ大村喜前《よしあき》様は、龍造寺隆信様に講和を申し出られて領地は安泰です。イエズス会に寄進《きしん》された長崎と茂木《もぎ》には、大きな教会が建てられています。

ドン・バルトロメウ様の甥《おい》である有馬晴信様は、一昨年、ヴァリニャーノ神父の手で受洗され、ドン・プロタジオの教名を与えられております。居城のある日野《ひの》江城下には、日本で最初のセミナリヨが建てられています」

「それもみな、ヴァリニャーノ巡察師の手腕でしょうな」コスメ興善が感心する。

「私もそう思います。数多くの神父にお仕えしましたが、あの方の人を見る眼、物事の理《ことわり》を見分ける眼は人智《じんち》を超えています。アルメイダ様を司祭にするためにマカオに送られたのも、ヴァリニャーノ神父ですし」

ダミアン修道士が右馬助たち四人の顔をじっと見る。「そして今年の一月、使節団をローマに送るべく、一緒に長崎を出港されました」

「ローマへ」

コスメ興善がのけぞって驚く。「イエズス教の総本山のある所ではないですか」

ひと口にローマと言われても、右馬助には見当もつかない。善左衛門もどこか解《げ》せない顔のままだ。

「使節は四人から成っています。正使は伊東《いとう》マンショといい、宗麟様の血縁にあたります。日向《ひゅうが》の領主だった伊東家の出です。まだ十一歳です」

「そんな年端《としは》のいかない者が正使ですか」今度は右馬助が驚く。

「はい。もうひとりの正使の千々石《ちぢわ》ミゲルもまだ十四歳、島原の千々石の生まれで、大村純忠様の甥にあたります。純忠様と有馬晴信様は叔父、甥の関係ですから、有馬の血も引いています。副使に大村領波佐見《はさみ》出身の原マルチノ、十四歳がいます。そして四人目が中浦ジュリアンで十二歳、大村領の出です。従って四人は、宗麟様、純忠様、晴信様ゆかりの少年たちと言えます。四人とも、二年前に有馬に創設されたセミナリヨで学んでいます」

「巡察師が若い信徒を使節にしたのは、分かるような気がします」

右馬助が言ったのは、久米蔵の例が頭をよぎったからだ。久米蔵が誰よりも信仰に篤いのは、幼い頃からイエズス教に親しんでいるおかげだろう。

「ヴァリニャーノ様は、この四人を初穂《はつほ》だと言っておられました。最初にこの国に実った稲穂だと考えておられます」

「確かに初穂です」

コスメ興善が納得する。「ザビエル神父が鹿児島に着かれて三十年余、ようやくローマに使節を送れるまでになったという意味で、初穂です」

「その初穂、ローマに行くのに何年かかりますか」善左衛門が訊く。

「正確には、私も分かりません。長崎を出た船はまずマカオに向かいます。そこで風待ちをして、インドのゴアに着くはずです。ちょうど今頃は、ゴアに着いているのではないでしょうか。そのあとは、長い長い航海になるはずです。ヴァリニャーノ様の話では、ローマに着くのはおよそ三年後らしいです」

「三年後」

右馬助たちは顔を見合わせる。考えてみれば、ザビエル神父がはるばる日本にやって来るのにも、それだけの歳月を要したのだ。他の神父や修道士も同様だろう。今更《いまさら》ながら頭の下がる思いがする。

「となると、帰国するのは五、六年先」

コスメ興善が天井を仰ぐ。「考えれば考えるほど、壮大な企てです。ヴァリニャーノ神父以外には思いつかない」

「全くです」

修道士が同意する。「あの方の活力には本当に驚かされます。島原の口之津に着かれたのは三年前ですが、まずされたのは、領主の有馬晴信様への挨拶です。その頃、晴信様は龍造寺の軍勢から攻められて籠城《ろうじょう》に近い状態にありました。周辺の諸城は焼け落ち糧食も窮乏《きゅうぼう》していました。ヴァリニャーノ神父はそこに金子と糧食、さらには鉄砲の玉と火薬を喜捨《きしゃ》されたのです。これで有馬の臣民は大いに勇気づけられ、龍造寺何するものぞ、というように士気があがりました。手ごわいと見てとった龍造寺は、晴信様に休戦の申し出をしました。

他方で、大村純忠様にも表敬《ひょうけい》され、長崎と茂木の両港を受領されました。これには訳があります。敵対する龍造寺が大村領に攻め込んだ場合、真先に狙《ねら》うのは長崎だと思われたからです。そこを失えば、碇泊《ていはく》する船からの税がとれなくなります。それならば、イエズス会に寄進したほうが得策です。南蛮船は他の港に行く必要がなくなり、長崎のみに寄港してくれます。仮に龍造寺から長崎が攻められても、イエズス会が守ってくれるという計算があったのです。

ヴァリニャーノ神父のほうでも、長崎がイエズス会の所有になれば、碇泊する船から受けとる税は、貴重な収入になります。それを三分して、第一に純忠様への贈物、第二に港の改修費、第三に大村領にあるレジデンシア、司祭館の生計に当てられるのです」

「なるほど。双方の思惑が一致したわけですな」

コスメ興善が大いに納得する。

「とはいえ、イエズス会が領土を所有するのは前例のない事態です。そこでヴァリニャーノ神父は、イエズス会の総長と、ローマ法王の許可を得るべく、書簡を送られました。その返書が着くのはまだ先のことです。ですから今、長崎はイエズス会の仮の領土になっています。

このあと、ヴァリニャーノ神父は、口之津から高瀬に渡り、豊後に向かわれました。豊後では、もちろん大友宗麟様に会われ、盛大なミサが行われたと聞いています」

「ミサが盛大だったことは、ここにおられる善左衛門殿から聞きました。大殿は心から喜ばれたはずです」

右馬助は言う。

「そのあと、ヴァリニャーノ神父は、宗麟様の船に乗って日出《ひじ》を出港されました。幸い私も同行することを許されたのです。着いたのは堺で、そこから高槻《たかつき》に向かいました。途中、河内《かわち》の信者が多数出迎えてくれました。安土《あづち》に住んでおられる、都の教区長オルガンティノ神父が、同宿、それに安土のセミナリヨの生徒たち六人を伴って、会いに来られました。かの地に多くの信者がいるのも、オルガンティノ神父のおかげです」

修道士の話を聞きながら、布教が実を結んでいるのは、九州の地だけではないと知って右馬助は勇気づけられる。

「都に上る途中の高槻には、熱心なイエズス教の信者、高山右近《うこん》様が領主としておられます。ここで盛大な復活祭を祝うことができました。そのあと都に着き、織田信長様に謁見の許可を願い出られたのです。それがかない、本能寺で信長様と会われました。私も同席を許されました」

「信長殿に会ったのですか」

善左衛門が驚いた顔で訊く。「いったいどういうお方でしたか」

「何事にも臆《おく》さない、何事にも興味を示す方でした。普通、どんな方でも、異人を前にすると、ことさらへり下ったり、傲慢《ごうまん》な態度をとりがちですが、信長様はそのどちらでもなかったです。南蛮のことについて、次々とヴァリニャーノ神父に尋ねられました。

そのときの通詞はフロイス神父が務めたので、私は後ろに控えているのみでした。謁見のあと、ヴァリニャーノ神父は信長様について、非常に頭の切れる人だと評しておられました。

謁見の三日後には、信長様は巡察師一行を大馬揃《おおうまぞろ》えの式に招かれたのです。この式典には正親町《おおぎまち》天皇も行幸されたほどの盛大なもので、あとでヴァリニャーノ神父は、ローマの貴人でもここまでの祝典は行えないと評されました」

「ヴァリニャーノ神父は、天皇にはお目通りできなかったのですか」

コスメ興善が質問する。

「それはもう信長様に会うたびに、仲介の労をとっていただけないかと頼まれました。しかしいつも信長様の返事は、そんな必要はない、この国の一番上にいるのは自分である、というものでした。ヴァリニャーノ神父が信長様と会われたのはひと月の間に

ない。

「七回も？」

右馬助は驚く。大殿もそれほどまでに頻繁にヴァリニャーノ神父を遇したとは思え

ない。

「六回目のとき、後方にいる私を手招きして、お前が理解しているイエズス教をひと

言で言うと何か、と下問されました」

「ひと言で言えと？」善左衛門が訊く。

「信長様は、日本人の修道士がイエズス教をどうとらえているか、知りたかったので

しょう」

「それでどう答えたのですか」

今度はコスメ興善が問う。

「慈愛です、人が人を思いやる心です、と申し上げました。信長様は納得したように、

にやりとされました。ヴァリニャーノ神父との対話で、信長様が、イエズスの教えを

気に入られていたのは間違いありません。ヴァリニャーノ神父に、安土に壮麗な教会

を建ててもらいたいと、頼まれたほどです。安土にはセミナリヨはあっても、教会は

なかったのです。土地は信長様が既に寄贈されていたので、あとは建てるだけでした。

　しかし、セミナリヨの建設に多大の費用をつぎ込んでいたので、イエズス会としては資金不足に陥っていました。その窮状を信長様に伝えると、必要なら援助も惜しまないという返事でした」

「それは心強い」コスメ興善が頷く。

「しかしその約束は、今年になって信長様が本能寺で自決されたので、果たされないままになりました。信長様のヴァリニャーノ様に対する最後の贈物は、安土城とその城下を描いた屏風《びょうぶ》でした。城だけでなく町並や家臣の屋敷、河川、道を詳しく描いた、それはそれは美しい屏風でした。

　実を言うと、この屏風は正親町帝もご覧になり、所望《しょもう》されたそうです。信長様はそれを無視して、ヴァリニャーノ神父に土産として贈られたのです。その屏風は、今頃、ヴァリニャーノ神父と四人の使節とともに、ローマに向かっているはずです」

「そうすると巡察師が、都に留まられたのはどのくらいの期間ですか」

　右馬助が確かめる。

「五ヵ月足らずでしたが、大きな成果をあげました。都だけでなく、周辺の地区でも大いに信者が増えました。そのうち最も信者が多いのが高山ジュスト右近様の領地、高槻でした。何しろ、領内にある聖堂は、小さな礼拝堂も含めて、二十五あると聞かされました。領内の住民の七割は信徒であり、その数一万八千人にのぼるそうです」

「領民の七割がイエズス教徒ですか」

右馬助は思わず唸《うな》る。それこそイエズス教の王国ではないか。

「なにしろ城内にある教会は、それはそれは美しく、ヴァリニャーノ神父も驚かれていらっしゃいました。なかでも私がびっくりしたのは、オルガンがあったことです。聖歌を歌うとき、伴奏には欠かせない楽器で、複雑な作りになっています。その教会で、ヴァリニャーノ神父が復活祭のミサを行うと聞きつけて、各地から信徒が集まって来たのです。堺や若江、三箇《さんか》だけでなく、美濃《みの》や尾張からも参集しました。安土のセミナリヨからも生徒が来て、その日はオルガンの演奏で聖歌が朗々と歌い上げられました。オルガンティノ神父によると、ここでの復活祭の聖式は五年ぶりとのことでした。

このジュスト右近様の人となりは、ヴァリニャーノ神父を心の底から感心させたようです。『あの領主は若いのにもかかわらず、その教名ジュストそのものだ』と評していました。ジュストというのは正義の意味です。年齢は確か三十歳そこそこだったと思います」

ダミアン修道士の口ぶりからも、修道士自身が感銘を受けているのが推測された。

「教会の中でも、領主だといった偉ぶったところがなく、他の一般の信徒と同じ席にいて、同じ振舞いをしておられました。もちろん神父や修道士に対する態度は、従順そのもので、まるで家僕のように巡察師を遇されました」

「そういうお方がおられるのですね」

右馬助も感嘆する。だからこそ領民の七割がイエズス教徒になったのだろう。

「私が領民から聞いた話では、教会で信徒である百姓の葬儀が行われたとき、死者の親族と一緒に棺《ひつぎ》を担《かつ》がれたそうです」

「そこまでされますか」今度は善左衛門が驚く。

「それだけではございません。実は、謀反の張本人明智光秀の軍勢を最初に攻めたのは、ジュスト右近様でした。

本能寺の変の前、信長様は武田と毛利に対して軍勢を送っておられました。武田勝《たけだかつ》頼《より》に対しては徳川家康《とくがわいえやす》殿、毛利輝元《てるもと》に対しては羽柴秀吉殿が派遣されていたのです。ジュスト右近様はまず家康殿に従って上諏訪《かみすわ》に出陣、武田勝頼の自刃のあと、すぐに毛利征伐《せいばつ》に転じられました。

その頃秀吉殿は備中の高松城を攻めていたのですが、敵の防禦《ぼうぎょ》は固く、毛利の援軍も後方に迫っていました。そこで信長様は、明智光秀を総大将に、三万の軍勢を援軍として送ることにしたのです。ジュスト右近様は先鋒《せんぽう》として、備中高松に向かっておられました。

この先鋒軍の後方にいた総大将明智光秀が、寝返って本能寺にとって返したという訳です」

「なるほど。そういう成り行きだったのですか」

コスメ興善が頷く。

「信長様横死の報に、最もおののいたのがジュスト右近様の高槻城です。城の守備兵はわずかで、明智光秀が真先に攻める公算が高いのは、本能寺に最も近い高槻城でした。

信長様死去の知らせはまたたく間に、日本各地に広がりました。どの領地でも、城主と家臣は出陣しているので、暴動が起きて掠奪《りゃくだつ》が横行したらしいです。しかし、高槻領では全くそんな暴徒は出なかったのです。日頃の安らかな治政のおかげでしょう。

明智光秀は安土城を乗っ取ったあと、長岡の勝龍寺《しょうりゅうじ》城に本陣を置きました。高槻城とは目と鼻の先です。ジュスト右近様は秀吉殿に先陣を申し出て許されました。敵陣に近い居城の城主から先陣を務めるというならわしがあるようです。

ジュスト右近様の手勢はわずか一千余ながら、明智の軍勢一万五千に向かい、大勝しました。これで明智軍は勝龍寺城に逃げ込み、光秀はその夜、城から逃がれ、都に向かう途中、百姓の手にかかって殺されました。

敗軍の残党は安土と山崎にも残っていましたが、これを攻める秀吉殿の軍勢の先陣を切ったのもジュスト右近様です。残党が坂本城に敗走したとき、真先に追走したのもジュスト右近様でした。最後には、光秀の居城である丹波亀山城を攻める軍勢の先陣も、右近様です。この功によって、右近様は秀吉殿から四千石の加封を得られました」

「加封はたった四千石ですか」

右馬助には意外だった。大殿であれば、いつも先駆けを続けた部将には、封土《ほうど》を倍増させただろう。

「確かに少ないのですが、ジュスト右近様は何ひとつ不満をもらさなかったと聞いています。軍功よりも、ご自身の良心にのっとって行動されたのでしょう。他の部将たちには、加封の多寡《たか》が大きな禍根を残したようです。

現在、高槻にはセミナリヨとともに、大きな教会が建てられています。前の教会は手狭になったうえに、安土にいた神父や修道士が高槻に移らざるをえなくなったからです。安土にあったセミナリヨの生徒たちも高槻のセミナリヨに移籍しています。その数三十二人だそうです。その中には、都の公家《くげ》の子弟数人が含まれています。今や、都におけるイエズス教の中心は高槻です」

ダミアン修道士はどこか羨《うらや》まし気に言った。それもそうだろう。その高槻に比べれば、秋月にはようやく教会が建ったばかりで、セミナリヨなど、夢のまた夢だった。

修道士は続ける。

「巡察師ヴァリニャーノ神父は、堺を出られてひと月後には豊後に着かれています。そこでの短い滞在の間に、それまでの見聞をまとめて『日本のカテキズモ』を書かれました。カテキズモとは要諦《ようてい》の意味です。この中に書かれているのは、日本人の信仰や風習です。これは日本では異人である神父や修道士が、まず日本人を理解したうえで、どのようにデウス・イエズスの教えを広めていくべきかが詳しく書かれています。もちろんご自分の見聞の他、日本人の同宿や修道士からも意見を聞きながらまとめられました。ともかくあの方は稀《まれ》な人です。でなければ、ローマ法王に四人の使節を送るなど思いつきません」

そこで修道士はようやく言いさした。

「私が以前から不思議に感じていたのは、各地に散っている神父や修道士たちが、お互いの活動を互いに知っていることです。普通であれば、長崎にいて、豊後や都の事情を詳しく知るのは容易ではありません」

右馬助は日頃の疑問を口にする。

「それは、神父は必ず、四ヵ月おきに担当する地域の布教状況を、日本の布教長に報告するようになっていたからです。書簡は同宿たちが責任をもって船に託したり、自分が移動する際に荷の中に入れておきました。すべては口之津の本部に集められて、布教長がそれをまとめて、ローマのイエズス会に送っていました。ついでに申しますと、昨年、日本がイエズス会の準管区に昇格しており、初代の準管区長がコエリョ神父です」

「なるほど」

右馬助は深く納得する。各地に散っている神父や修道士は、書簡によって結ばれていたのだ。そう言えば、アルメイダ修道士から会うたびに料紙を請《こ》われ、購《あがな》ったことが一度ならずあった。

「この報告書についても、ヴァリニャーノ神父が新しくやり方を決められました。各地にいる神父は毎日、日記をつけ、それをもとに、毎年要点をまとめて長崎の準管区長に送らねばなりません。マカオ行きの船が長崎を出るのは二月か三月頃ですから、報告書はなるべく年内に着く必要があります。長崎では、準管区長に仕える神父が、各地の報告書の要点をさらにまとめ上げて、日本全体の報告書を作成します。この報告書やその他の書簡はすべて、同じものが三通書かれます」

「三通もですか」善左衛門が確かめる。

「はい。ローマのイエズス会本部に、確実に届けるためです。三通は別々の船に託されます。そうすれば、途中船が難破したり海賊にあっても、どれかはローマに届くはずです」

修道士の話に、右馬助たちは安心する。これから先、イエズス教の布教が日本全体に広まっていくのは確かなように思えた。

「ヴァリニャーノ様の判断で、日本の最高責任者はカブラル神父からコエリョ神父に交代しました。ですから、今後の報告書のまとめ役はコエリョ神父になります。もちろん、この秋月からは、モウラ神父がこの地の状況を、事あるごとに報ずるはずです。もしかすると、今日の盛大なミサのことも書かれるかもしれません」

修道士が四人の顔を見て微笑《ほほえ》んだ。

二　伴天連《ばてれん》追放令　天正十五年（一五八七）六月

天正十五年の初めから、一万田右馬助《いちまだうまのすけ》は病床にあった。秋月に教会が建ったあとの五年間で、胸を痛める事態があいついで起きた。

秋月教会建立《こんりゅう》の一年後、アルメイダ神父死去の報がもたらされた。

神父は、巡察師ヴァリニャーノ神父が四人の少年使節を伴って長崎を出港する前、天草全島の信仰を統轄《とうかつ》する上長に任じられていた。

天草は豊後に優《まさ》るとも劣らない信仰の地であり、領主の天草鎮尚《しげひさ》殿と嫡男久種《ちゃくなんひさたね》殿は、既にカブラル神父によって受洗し、それぞれドン・ミゲル、ジョアンの教名を持っていた。

アルメイダ神父が住むレジデンシアは、河内浦の山麓《さんろく》にある貧相な藁葺《わらぶ》き小屋だった。その頃、領主ドン・ミゲル鎮尚殿は病床にあった。アルメイダ神父のつきっきりの看病にもかかわらず、鎮尚殿は昇天する。

その直後コエリョ神父の命を受け、五年前に続き再び薩摩への布教に赴く。領主島津義久《よしひさ》殿と会見して、布教の許可を得たものの、またしても仏僧たちの抵抗は激しかった。わずか二ヵ月で布教を断念し、河内浦に戻って来たとき、アルメイダ神父は自身の衰弱にもう気がついていた。

レジデンシアに身を横たえ、静かに死を待った。思えば、初めて日本に来たときから三十一年が経《た》っていた。イエズス会に入会してからも二十八年が過ぎ、以来日本を離れたのは、神父への叙階《じょかい》のため一年足らずマカオに行ったときのみだ。

その間、最初はトレス神父、トレス神父死去後はカブラル神父、ついでヴァリニャーノ神父の命令を受けて、日本のどこへでも赴いた。戦乱の世だったから、どこへ行くのも道なき道を通るしかなかった。神父や修道士からは、ヴィヴァ・ローダ、〈生ける車輪〉とも言われた。もう車軸がすり減り、たがもはずれかかっている。アルメイダ神父に悔いはなかったろう。

多くの信徒に見守られながら、アルメイダ神父は静かに息を引き取る。享年《きょうねん》五十八だった。

この報を聞いた右馬助は、一時代が終わったと感じた。振り返れば、デウス・イエズスの教えに心がひきつけられたのは、アルメイダ神父が府内《ふない》に作ったミゼリコルディアと病院のおかげだった。前者には孤児や捨子が収容され、後者には癩《らい》や行き倒れの病人が運び込まれた。

住民から忌《い》み嫌われている人々を、アルメイダ神父は富者と貧者の区別なく、手厚く治療し、捨子を養育した。これこそ慈愛だと、右馬助は心打たれたのだ。

養子の久米蔵もそこで命を救われた孤児のひとりだ。久米蔵という名も、アルメイダという名の一部をとったものだった。まさしく自分の後半生は、そこから始まっていた。

アルメイダ神父は、確か自分よりひとつ年下だった。早く命をすりへらしたのは、休む暇もなく国内を駆けずり回ったからに違いない。最後に会ってから、かれこれ十年は経つ。もう一度会って、この高橋組の信仰ぶりを見てもらいたかった。いや、おそらく天空からその魂が見守ってくれているに違いなかった。

その後、日田からもたらされる知らせも、原田《はるた》善左衛門とコスメ興善《こうぜん》、そしてモウラ神父から聞く話も、一喜一憂させる事の成り行きばかりだった。安心するかと思えば、次にはまた別の暗い出来事が待っていて、その繰り返しだったのだ。

五年間で慶事《けいじ》もあった。久米蔵ととよの間に第二子と第三子が年子でできた。第二子には勇助《ゆうすけ》、次の年に生まれた女児にはりせと右馬助が命名した。りせは母親似の愛くるしい顔立ちで、もう歩きはじめている。勇助のほうは、おっとりしている長男の命助《めいすけ》と違って、よく動き回り、溝や井戸に落ちたり、牛小屋にもぐり込んだりしないように、麻が追いかけては制している。

久米蔵に家督《かとく》を譲ったのは、四年前に勇助が生まれたあとだった。今では月毎《つきごと》の庄屋の集まりや、年貢《ねんぐ》納めなども滞りなくやれている。

しかしこれから先、戦乱の世にこの高橋組が巻き込まれれば、ひと方ならぬ苦労が待っているのは確かだ。自分が大庄屋を務めた十四年間とは比べようもないくらいだろう。

その証拠に、〈肥前の熊《くま》〉の異名《いみょう》を持つ龍造寺隆信の軍勢が、筑後の南部まで攻め入ったのは五年前だ。星野や黒木を掌握し、その翌年には久留米にも侵攻、筑後川の南一帯を龍造寺の領地に組み入れるまでになった。軍勢が筑後川を越えれば、この高橋組の地も敵陣に陥《お》ち、年貢その他は〈肥前の熊〉に納めなければならなくなる。

幸い、この地から筑前にかけて、大友家の領地を守っているのは、大殿《おおとの》に忠誠を誓う武将のうちでも、最も勇名を馳《は》せている守護神二人だ。ひとりは博多に近い立花城にある立花道雪《どうせつ》殿、元の名は、大殿に仕える勇将戸次《へつぎ》鑑連《あきつら》殿で、立花家を嗣《つ》いだとき改名された。もうひとりは、やはり、毛利の軍勢が筑前から撤退した十七年前、岩屋・宝満城の城督《じょうとく》に任じられた高橋紹運《じょううん》殿だ。紹運殿は、大友家の四老のひとり吉弘《よし》《ひろ》鑑理《あきただ》殿の次男で、高橋氏を嗣いで高橋鎮種《しげたね》と改名、号を紹運とされた。大殿は、この老若二人の勇将を、博多を中心とした筑前の守り神とされた。

この両武将とも、右馬助は知っている。

道雪殿は若い頃、落雷にあって足を傷つけ、多少の不自由さが残っていた。しかし人を射すくめるような眼光と、破れ鐘《われがね》に等しい力のこもった声で、部下を統率し、他の武将からも畏敬《いけい》されていた。

とはいえ、右馬助が道雪殿の最大の美点として認めているのは、難局にあたっての判断の確かさだ。大殿も、最後は道雪殿の意見を聞いてから事を進めていた。

もうひとりの高橋紹運殿は、道雪殿を敬う気持が強く、その薫陶《くんとう》を一身に受けていた。あとになって、道雪殿は紹運殿の長子統虎《むねとら》殿を、ひとり娘の婿《むこ》養子として迎えた。

これによって二人の武将の絆《きずな》は、いやがうえにも強くなった。

一方で、龍造寺隆信は島原の有馬晴信殿を攻めたて、島原、深江を手中に収め、あと残るのは本城の日野江《ひのえ》城と原城、小浜《おばま》城しかなかった。そこで晴信殿は南から進攻している島津の軍勢の本拠地、八代《やつしろ》まで船で行き、島津義久の弟義弘《よしひろ》に援軍を請う奇策に出た。

晴信殿が島津の傘下《さんか》にはいるのは、島津側にとって、龍造寺を討つのに好都合だった。すぐさま鉄砲隊の精鋭三千を有馬に送ることを約束する。晴信殿はこの言質《げんち》を得て日野江城にとって返し、二千の将兵で籠城を決意、婦女子や病人は避難させた。眼前に海を望む日野江城の陣地には、至る所十字の旗を立てて、部下たちの士気を高めた。一方、有馬救援の総大将に任じられた島津家久《いえひさ》は、軍勢とともに海路有馬に到着、晴信殿と軍議を開いた。

龍造寺軍が島原の地形に疎《うと》い弱点をついて、主力を狭い農道に誘い込み、兵力を封《ふう》殺《さつ》する策がとられた。行く手を阻《はば》まれた龍造寺軍を、海上から砲撃すれば勝利は確実だった。

案の定、海岸線を進んだ龍造寺軍は、島原まで来たとき、既に前方に晴信殿の軍旗と、丸に十の字の島津の旗がひしめいているのを見て狼狽《ろうばい》する。斥候《せっこう》隊に違いないと踏み、銃を放ちながら突撃を続け、ついにおびき寄せの隘路《あいろ》にはまり込む。そこに、海側に待機していた晴信殿と島津軍の船から、半筒砲が撃ち込まれた。龍造寺の軍勢は袋小路《ふくろこうじ》で行き場を失い、右往左往するばかりだ。そこに有馬軍と島津軍が銃撃を仕掛け、死傷者五千を出して龍造寺軍は潰走《かいそう》する。

龍造寺隆信もほうほうの体《てい》で、沖田畷《おきたなわて》の戦場から脱出を図るも、島津兵に発見されて首を取られた。享年五十六だった。

龍造寺滅ぶの報は、ただちに豊後まで届いた。領主大友義統《よしむね》殿は、龍造寺氏に奪われていた筑後の失地回復を決意する。実弟の田原親家《ちかいえ》殿を大将にして、一万の軍勢を託した。

日田から筑後の生葉《いくは》郡、さらに上妻《かみつま》郡に至り、龍造寺傘下にある黒木の猫尾《ねこお》城を攻めた。しかし、黒木家永が守るこの城は、難攻不落の要害《ようがい》だった。そのうえ、大友軍の部将たちはいずれも若く、百戦練磨の将ではなかった。攻撃のたびに敵の反撃にあい、負傷者は増えるばかりで、ひと月が過ぎても落城させられない。

事態がさらに悪化していたのは、大友氏の弱体を見通して、秋月種実《たねざね》殿が反旗を翻《ひるがえ》し、筑紫広門《ひろかど》もっとに龍造寺傘下にはいっていたからだ。

大友軍苦戦の報で、立花道雪殿と高橋紹運殿が出陣を決意、両軍で五千の精兵を進撃させた。行く手を阻止する秋月と筑紫の軍勢を撃破して、黒木に到着する。老将道雪殿は、策もなく士気も衰えている大友の若い部将たちに、激怒しながら活を入れた。

手本を示すとばかりに、時を置かずに猫尾城に襲いかかり、城内に突入、ついに城主黒木家永を自刃《じじん》させた。この勢いを駆って、道雪殿と紹運殿の助力を得た大友軍は、上筑後の諸城を手中にし、久留米と柳川《やながわ》に迫った。

しかし柳川城の守りは固く、容易に陥《お》ちない。この陣中で、道雪殿は病いを得、ついに逝去《せいきょ》、享年七十三だった。

悪いことに、高橋紹運殿の筑後出陣中に、本拠地の宝満城が、筑紫広門の軍勢によって奪われた。幸い支城の岩屋城だけは、守兵によって守りぬかれる。これ以後、大友氏の筑前の守護神は、高橋紹運殿と、その息子で道雪殿の入婿になった立花統虎殿のみになった。

しかしこの間にも、豊後でのイエズス教の教えは、府内や臼杵《うすき》の周辺にも増えつつあった。モウラ神父の話を聞いた原田善左衛門からの又聞きでは、由布で信者二千人、玖珠《くす》で千人にのぼるらしかった。

「豊後国全体の入信者は、三万五千人を超えるとのことです」

右馬助の見舞いに訪れた善左衛門は、励ますように言った。

「三万五千といえば、戦《いくさ》で言えば大軍ですな」

右馬助は応じる。花十字紋のはいった軍旗を掲げた大軍が眼に見えるようだった。しかもその大軍の大半は、武家ではなく百姓たちだった。

「最近、宣教師たちを喜ばせているのは、竹田の岡城の城主、志賀親次《ちかつぐ》殿がイエズス教に帰依《きえ》されたことです」

「岡城の志賀氏は代々大友家の加判衆《かはんしゅう》で、大殿に対する忠誠には並々ならぬものがありました」

懐《なつ》かしい名前を聞いて、右馬助は眼を閉じる。若い頃一度だけ訪れた岡城は、一種の山城で、天を衝《つ》くような高さで美しくそびえる石垣の上に、大天守や小天守、櫓《やぐら》や長塀が造られていた。

「親次殿が家督を継がれたのは弱冠《じゃっかん》十九歳のときで、黒木の猫尾城を攻めたときに、早くも武将として手柄をたてられたと聞いています。母君は宗麟様の娘ですから、宗麟様にとっては外孫《そとまご》にあたります」

「そうであれば、あのイエズス教嫌いの奈多《なだ》前夫人の孫とも言えます」

「なるほど」

善左衛門が頷《うなず》く。「志賀氏はもともとイエズス教嫌いで、あの地は神仏の信仰が篤《あつ》かったそうです。それなのに親次殿は十歳を過ぎた頃、叔父夫婦や侍女の熱心なイエズス教信仰を見て、感化されたといいます。猛烈な反対をしたのが祖父と父で、最後に仲裁に乗り出されたのが宗麟様です。家督を継ぐまで、入信を延期させることで結着を見ていました。

志賀家の跡継ぎになった翌年、府内の教会で洗礼を受け、教名はドン・パウロ、その奥方も受洗してマグダレナとなられました。今では家臣のみならず、領民も多くが洗礼を受けており、岡城下はデウス・イエズス教の町になっているそうです。宗麟様の喜びようも、ひとしおだとモウラ神父は言っていました」

あの雄大な城にイエズス教の旗が翻っていると思うと、右馬助は感無量だった。

「しかし、秋月種実殿は、とうとう島津の配下にはいられました。幸い今のところ、教会への影響はありません」

それでも善左衛門の顔には一抹《いちまつ》の不安が感じられた。「同じように筑紫広門も島津に降《くだ》っています」

「島津はもうそこまで迫っていますか」

実際に島津の軍勢が、このあたりで筑後川を渡ったことはないので、情勢をつかみようがなかったのだ。しかし、筑紫広門の勝尾《かつのお》城は鳥栖《とす》にあるので、軍勢が迫っているのは確かだ。

「となると、島津軍を迎え撃つのは、岩屋城の高橋紹運殿と立花城の立花統虎殿ですね」

「右馬助殿はご存知ないのですか。高橋紹運殿は、岩屋城で壮絶な最期《さいご》を遂げられました。昨年の夏です」

右馬助は啞然《あぜん》とする。

「太宰府に至った島津の軍勢は、まず岩屋城の攻略に取りかかりました。その直前、統虎殿は父の紹運殿に対して、立花城に退避を勧められたそうです。しかし、紹運殿は不退転の意向を伝えられ、統虎殿は数十人の援兵を送りました。紹運殿は島津の降伏勧告もはねつけ、ついに四王寺山一帯が戦場になりました。

岩屋城の兵たちは、敵が攻め上がってくるたびに防ぎ、反撃したそうです。島津軍は二の丸を陥落させるまでに十日を要しています。そして態勢を整えて、いよいよ本丸に突入、死闘になりました。しかし、いかんせん、多勢に無勢です。ついに、紹運殿以下、七百六十人が全員討ち死にとあいなりました。

島津軍の死者は三千、手負い千五百と聞いています。七百六十の手勢で、四千五百の死傷者を出させたのですから、紹運殿の統率ぶり、城兵の士気の高さが分かります。紹運殿は享年三十九でした」

善左衛門の言葉に、右馬助は目頭が熱くなる。先に亡《な》くなった立花道雪殿といい、この高橋紹運殿といい、大友家部将の鑑《かがみ》だった。

「そうなりますと、残るのは立花統虎殿がおられる立花城だけになります」

右馬助は岩屋城の二の舞いになっているのを覚悟して、おそるおそる訊《き》く。

「ところがです。岩屋城に懲《こ》りて、島津軍はすぐには攻め上がらず、使者を出して降伏を促すのみでした。城としては、立花城のほうが規模も大きく、城兵の数も多いので、総攻撃すれば、岩屋城攻略のときより、数倍の手負いを覚悟せねばならなかったからでしょう。

統虎殿が降伏勧告を突っぱねておられるうちに、羽柴秀吉殿の命を受けた毛利の大軍が、海を渡って援助のために急進しているとの報が伝わります。島津軍は深入りは裏目に出ると判断したのか、陣を引き払い、宝満城と岩屋城の守りを秋月種実殿の兵に任せたのです」

「秀吉殿が動かれたのですか」

思いもかけない事態だった。善左衛門が頷く。

「秀吉殿を動かしたのは、宗麟様です」

「大殿が？」

それから先を聞く話は、右馬助が予想もしなかった事の成り行きだった。

日向《ひゅうが》国境まで攻め上がり、肥後を征圧して筑後の一部も手にした島津軍に対して、もはや太刀打ちできないと覚《さと》った大殿は、起死回生の策に出た。全国統一の旗印を掲げた関白、豊臣《とよとみ》秀吉の配下につく意志を固める。

天正十四年三月、臼杵を出帆して堺に到着、大坂城で関白に拝謁《はいえつ》した。この直訴に感激したのは秀吉のほうで、大殿を手厚くもてなし、島津征伐を約束する。そのうえで、仇敵《きゅうてき》同士だった毛利と大友に和睦《わぼく》を勧め、改めて島津に対しても大友との和平を勧告した。しかし九州制覇寸前まで迫っている島津は、これを拒否した。

秀吉は豊後に向かう援軍として、毛利輝元《てるもと》、小早川隆景《たかかげ》らの毛利一門、四国の長宗《ちょうそ》我部《かべ》元親《もとちか》、直属配下からは黒田官兵衛《かんべえ》孝高《よしたか》を指名した。

この間、島津義弘と弟の家久の軍は、破竹《はちく》の勢いで、豊後征圧に向かった。戦闘に不慣れな若い部将の多い豊後勢はなすすべもなく、次々と降伏して城砦《じょうさい》を開け渡した。この総崩れのなかで、島津の攻撃をしのいだのは、岡城主のドン・パウロ志賀親次殿と、栂牟礼《とがむれ》城主の佐伯惟定《さえきこれさだ》殿だった。志賀親次殿は、島津軍の主力一万五千の総攻撃を受けるも怯《ひる》まず、これを撃退した。島津義弘は岡城の攻略を断念、玖珠のみを征圧して、佐伯に向かった。しかしこの城主佐伯惟定殿も、二千の軍勢をはね返して撃退する。

この間、島津軍の主力はついに臼杵も占領し、丹生島《にうじま》に籠城している大殿に対峙《たいじ》した。大殿には、新たに購入していた大砲の備えがあり、威力を発揮した。大殿は、島津が陣を敷く臼杵に火を放つように命じる。

やむなく島津軍は丹生島を放置して、府内に進攻を開始、到着するなり、掠奪を重ねて蹂躙《じゅうりん》をほしいままにした。

こうして府内のコレジョも、臼杵のノビシアドも破壊され、貴重な聖具も奪われた。これに先立って、大殿は神父や修道士に対して、山口の教会に退避するように勧告していた。しかしいかんせん、船がない。

この頃、下関にいたフロイス神父は、府内と臼杵の神父たちから救援を請う書状を受け取っていた。そこでフロイス神父は、常日頃イエズス教に理解を示していた黒田官兵衛孝高殿に使者を送り、豊後脱出のための船を所望する。秀吉の軍監《ぐんかん》である黒田殿はさっそく船の手配をするも、冬の逆風で出帆はままならなかった。

神父たちは、ちょうど日出《ひじ》の港にいた船を貸し切り、家財を積み込み山口に向けて出航する。

この間、秀吉の先軍を務める毛利の軍勢は、十月から十二月にかけて、小倉に上陸、島津に協力する秋月氏の勢力を削《そ》ぎ落としはじめた。

明けて天正十五年三月、関白秀吉は二十五万の大軍を率いて九州に向かった。下旬に小倉に到着、秋月の出城である添田《そえだ》の岩石《がんじゃく》城をわずか一日で陥落させた。このとき大殿ははるばる臼杵から岩石城に赴き、秀吉に拝謁した。

ここから秀吉麾下《きか》の諸軍は二手に分かれて、島津追討に取りかかる。西回りの本軍は、筑前、筑後、肥後に向かい、豊臣秀長《ひでなが》を大将とする東軍は、豊前、豊後、日向を経て薩摩を目ざした。

秋月城の秋月種実殿と、息のかかった彦山座主《ざす》は、早くも降伏を申し出、関白の先陣を務めた。筑前立花城を死守していた立花統虎殿も、西軍に合流する。

一方東では、大友義統《よしむね》殿が秀長軍に加わって南下する。この時、義統殿はついに、黒田官兵衛殿の勧めによって、ゴメス神父から洗礼を受けた。教名はコンスタンチノであり、夫人や子供、家臣たちも受洗する。大殿の喜びはひとしおだった。

大軍を前にして、島津側には次々と離反者が出、今や薩摩は風前の灯同様の窮地に立たされる。

五月、万策尽きたのを悟って、島津義久は剃髪《ていはつ》し、川内《せんだい》にあった秀吉の本営に降伏を申し出た。

一方の大殿は、島津軍が撤退したあと、臼杵の南の津久見《つくみ》で静養すべく、ジュリア夫人と娘たちを先に行かせた。

不幸にも、この時期、臼杵ではやっていた疫病《えきびょう》に、大殿も罹患《りかん》する。大殿の前妻、奈多夫人も感染して病死、豊後には仏僧が少なく、ようやく探し当てた僧のもとで、質素な葬儀が営まれた。

病身のまま大殿は津久見に着き、五月下旬ついに絶命する。臨終に立ち合ったのは、神父の他、ジュリア夫人と次男のドン・セバスチャン田原親家殿たちだった。

その報をもたらしてくれたのは、善左衛門とコスメ興善だった。

「大殿の享年は五十八ですね」

右馬助は天井を仰ぎながら嘆息する。「私よりも五歳も若かったのに」

「お棺の中で、フランシスコ宗麟様は象牙《ぞうげ》のロザリオと十字架を胸にされていたそうです」

コスメ興善が沈痛な顔で言う。

興善によると、関白秀吉が博多についた折、秀吉以下二百人に及ぶ武将たちを招いて宴を催したという。

「この祝意を秀吉様は大いに喜ばれ、私の名興善を興膳に改めるよう命じられました」

「それは名誉なことでした」

右馬助はコスメ興善を祝福し、目を閉じる。

大殿が昇天した今、右馬助はもう思い残すことはなかった。大殿の霊魂と天上で会えるのは間違いない。

「いかに小さくとも、デウス・イエズスの王国を築いてくれ」

今を去る十八年前、大殿から命じられた宿題は、はたして成就《じょうじゅ》しただろうか。

少なくとも、この高橋組ではほとんどが信徒になっている。秋月の教会から時折巡回してくれる神父や修道士のおかげだ。あとは久米蔵と、その子命助や勇助、りせがイエズスの教えを守り継いでくれるだろう。

自分に残された日々が少ないことを悟った右馬助は、枕許《まくらもと》に麻と久米蔵、その妻子を呼んだ。

「葬儀はなるべくささやかに、秋月教会の神父や修道士にも、ただ祈りを捧《ささ》げてもらうだけでいい。墓も小さく、そこに例の絹布《けんぷ》にある文字を刻んでもらえればいい。そして原田善左衛門殿、コスメ興善殿には、長い間の友誼《ゆうぎ》を謝してくれ」

それだけを、やっとの思いで口にする。麻も久米蔵もよも泣いている。

「泣く必要などない。自分はお前たちと暮せて幸せだった」

言おうとして、最後のほうは言葉にならなかった。

久米蔵は苦し気に息をつく養父を見つめながら、つい数日前、秋月の教会に行った際、モウラ神父と原田善左衛門から聞かされた悲報を思い出していた。

「関白殿は、博多で伴天連《ばてれん》追放令を出されたそうです」

善左衛門が暗い顔を向け、モウラ神父も悲痛な表情で続けた。

「パードレもイルマンも、日本からでていけというめいれいです。めいれいがだされたのは、わたくしたちのこよみで、七がつ二十四かです」

「日本の暦では六月十九日の夜です」

善左衛門が補足する。わずか十日前だった。久米蔵は、大庄屋として二つの暦を使っていた。信仰にはイエズス教の暦が欠かせず、農作業の段取りには昔からの暦が必要だった。

「イエズス教の信徒は、どうなりましょうか」久米蔵が確かめる。

「信徒までも追放すれば、この九州はたちゆかなくなります。今のところ信徒までの追放令は出されていません」

「でも、パードレやイルマンがいなくなれば、デウス・イエズスのおしえは、きえます」

モウラ神父がロザリオの十字架を握りしめた。

「モウラ神父も国外追放でしょうか」

「はい、たぶん」

「この教会は、どうなりますか」

「さあ」寂し気にモウラ神父が首を捻《ひね》り、善左衛門と顔を見合わせる。

「私たちが守り通すしかありません」善左衛門がきっぱりと言う。

「そうですね、そうするしかないです」

久米蔵は言い切ったものの、どうやってこの建物を守りぬけるのか、策が思い浮かばない。

「一万田様の容態はいかがですか」

暗い話を切り上げるように善左衛門が訊いた。

「小康を保っています」

今さら暗い話を重ねたくなくて久米蔵は答える。

「それはよかった。近いうちにまた御見舞いに参ります」

そう言う善左衛門に謝して教会を後にした。

考えてみれば、伴天連追放令が出された日は、大友宗麟様が死去された日から数えて、わずか二十六日しか経っていない。

命令は、その死を待つようにして発布されたのだ。宗麟様の手前、関白は追放令を口にできなかったのに違いない。それを知らずに昇天された宗麟様は幸せだったと言うしかない。

この知らせは、病床の父にも言うまい。久米蔵は心に決める。父が知れば命を縮める結果になるのは眼に見えていたからだ。

「久米蔵」

右馬助は苦しい息の下で養子の名を呼ぶ。「お前を息子に持てて、幸せだった」

涙にくれる久米蔵を見据えたあと、妻の麻にも眼を向ける。妻も泣いていた。

「お前にも感謝する。よくぞ、私について来てくれた。田舎暮らしにも不平ひとつ言わず、耐えてくれた。ありがとう」

麻がたまらず嗚咽《おえつ》をあげた。次は嫁のとよだった。

「とよ、これから何かと苦労が続くはずだ。どうか、耐えて、久米蔵と村人たちを支えてくれ」

頷いて、とよは袖《そで》を目に当てた。

「久米蔵、大殿からいただいたあの絹布を」

久米蔵が床の間の箱を開いて、絹布を右馬助に示した。そこに刺繡《ししゅう》された文字に、指を触れる。

「これを、デウス・イエズスの教えを日本に初めてもたらしたザビエル神父、そして私をここ高橋組の大庄屋に推挙してくれた大殿と思い、子々《しし》孫々《そんそん》に伝えてくれ。頼む。そしてアルメイダ神父からいただいたロザリオは、棺の中に入れてくれ」

そこまで言うと、もう残る命はわずかだった。右馬助は目を閉じ、府内の教会、そして秋月の教会の十字架を思い浮かべた。十字架にかかったデウス・イエズスが待っておられる天空がもうすぐそこまできている。思わず微笑した。

っ右馬助《うまのすけ》の葬儀のあとも、久米蔵は村人たちに伴天連追放令については何も言わなかった。それはあくまで神父や修道士の国外追放であって、デウス・イエズスの教えの禁止ではなかったからだ。

三 追悼ミサ 天正十七年（一五八九）五月

幸い、秋月の教会にいるモウラ神父にも、表向き動揺の色は見えなかった。

とはいえ、島津側についていた秋月領主の秋月種実《たねざね》殿は、関白の命によって日向《ひゅうが》の高鍋《たかなべ》にわずか三万石の身分で転封《てんぽう》になった。代わりに筑前と筑後の領主として移封して来たのが、関白の寵臣《ちょうしん》で、毛利元就《もとなり》の三男である小早川隆景《たかかげ》殿だった。熱心な仏教徒であるうえ、毛利家の出なので、関白の追放令を守り、イエズス教には冷淡な態度を示していた。

幸運だったのは、筑後の久留米領を、弟で毛利元就九男の小早川秀包《ひでかね》殿に譲り、自分は立花城を嫌って、多々良《たたら》川河口の名島《なじま》城を改修して居城にしたことだ。

新たに久留米の領主になった秀包殿は弱冠二十三歳でありながら、苦労人だった。父元就の政略に従って、最初は備後《びんご》の大田英綱の養子にはいり、次に、竹原の小早川家の養子になっていた兄隆景の養子になった。同時に関白秀吉からは、近習《きんじゅう》として可《か》愛《わい》がられた。

関白の九州平定の際、兄とともに従軍、その間に黒田官兵衛孝高《よしたか》殿の仲立ちによって、宗麟《そうりん》様の娘、引地《ひきち》マセンシア様を正妻に迎え、自らも受洗した。教名も、官兵衛殿と同じシメオンをいただいた。

この引地マセンシア様こそは、丹生島《にうじま》城に籠《こも》る宗麟様を島津軍が攻めて来た際、島を守る家臣や島民を激励し、敵を撤退に追い込んだ方だった。

このため、筑後国にあるこの高橋組の村々も、隣接する筑前領の秋月も、イエズス教にとっては安泰といえた。

逆に博多は、関白の命で町自体は復興されたものの、名島城にある小早川隆景殿の目が光っているため、教会の再建は、いかにコスメ興膳《こうぜん》殿の力をしても不可能だった。

関白による移封では、イエズス教にとってもうひとつ幸運がもたらされた。肥後が二分され、北部が加藤清正に与えられる。南肥後に天草を加えた領地には、小西行長《ゆきなが》殿が封じられた。この行長殿も、黒田官兵衛殿に感化されて、イエズス教の信仰を深めておられた。

もともと行長殿の父、立佐《りゅうさ》殿はイエズス教の信徒であり、南蛮貿易で財を成し、堺の豪商たちのまとめ役だった。いきおい廻船事業に長《た》け、織田信長殿、ついで関白に重用された。行長殿もその才を受け継ぎ、関白からまず博多の復興を担《にな》う町割《まちわり》奉行に任じられていた。父の影響で、行長殿も幼少時に受洗してアグスチノの教名を授けられていた。

行長殿が居城として築いた宇土《うど》城は、本丸近くまで水路が通され、船での往来が容易だった。八代《やつしろ》湾に臨む麦島城も、球磨《くま》川の河口に面し、所領である天草への渡海に至便だった。

他方、長崎をイエズス会に譲ったドン・バルトロメウ大村純忠《すみただ》殿は、関白の九州平定の際には病床にあり、従軍したのは家督《かとく》を継いでいたドン・サンチョ喜前《よしあき》殿だった。純忠殿は島津降伏の報を聞く前に、マグダレナ夫人や娘たちに看取《みと》られながら死去する。享年五十五で、多くの神父や修道士、セミナリヨの生徒たちによって盛大な葬儀が挙行された。

九州平定を終えた関白は、伴天連追放令を出したあと、長崎が教会領となっていることを知って激怒する。大村領から長崎だけを没収、直轄地にした。これによって大村喜前殿は、重要な収入源を失う結果になった。思えば、純忠殿が南蛮貿易のためにまず開いた横瀬浦は、仏教徒の商人たちによって火を放たれ、一年余で壊滅している。

次に開港させた福田浦は、外海に面して船の出入りに困難が伴《ともな》った。そこで純忠殿が白羽の矢を立てたのが、福田浦の南にある長崎だった。南蛮船に測量させ、良港の見込みがあると知ると入津《にゅうしん》を許した。同時に町割りも作り、またたく間に人家千軒と言われるまでの繁栄を呈するようになった。そこがイエズス会の領地になるや、教会やレジデンシア、セミナリヨが相次いで建てられた。

その長崎が関白の直轄になった今、前途に暗雲がたちこめていた。

大村領と隣接する地にあったドン・プロタジオ有馬晴信殿も、関白の九州平定に際しては、重大な決断を迫られた。龍造寺隆信の侵攻に抗すべく、島津に援軍を頼み、敵を死に追いやった手前、薩摩には忠誠を誓う必要があった。

しかし領内の多くのイエズス教徒、神父や修道士たちを守り抜くためには、大勢につく他ない。神父たちの報告を聞いても、もはや島津勢には万が一にも勝ち目はなかった。

晴信殿は、久留米の高良山《こうらさん》に陣を構えた関白の前に参陣して臣従《しんじゅう》の意を告げる。これによって九州平定後、晴信殿は島原四万石を安堵《あんど》された。

しかし、純忠殿のイエズス会への長崎寄進と同時に、晴信殿が同様に寄進していた浦上の地も、追放令のあと直轄の公領になった。

とはいえ、今やイエズス教を支える大黒柱になったドン・シメオン黒田官兵衛殿が、九州平定後、関白から豊前六郡の領主として封じられたのは、一大慶事といえた。

一方、関白による伴天連追放令の威力をまともに受けたのが、高槻《たかつき》から明石に転封になっていた高山右近《うこん》殿だった。

特に右近殿が、新任地明石でも、高槻と同様に領民をイエズス教に導き、社寺を破《は》却《きゃく》したことが、関白の怒りを買った。関白は使者を送り、以後臣下として務めるつもりであれば、宗門を棄《す》てるべきであると下命《かめい》する。

右近殿は信徒として、志は曲げられないと宗旨《しゅうし》変えを拒否された。右近殿の文武両道における才と人柄を知悉《ちしつ》している関白は、千利休《せんのりきゅう》を遣わして、右近殿に翻意を促した。右近殿は茶の道にも造詣《ぞうけい》が深く、千利休はその道における師であった。千利休は右近殿の決意の深さに感じ入り、あえて説諭しなかった。

関白はついに右近殿の領地を没収、追放に処した。翌朝、右近殿は家臣を集めて、関白とのやりとりの一切と、自らの決意を語った。これが訣別《けつべつ》の辞になった。長く苦楽を共にした家臣に、即刻糊口《ここう》の道を求めるように勧め、妻子を路頭《ろとう》に迷わせないように言い聞かせた。

ジュスト右近殿は、四、五人の従者のみを伴って、夜に小舟で明石を離れる。主だった家臣やジュスタ右近夫人たちには、淡路島に逃れるように促した。明石や五畿内《ごきない》にいた神父や修道士たちも、一部の潜伏者を残して船に分乗して九州をめざした。

こうした信徒たちの窮地を救ったのが、ジュスト右近殿とはイエズス教徒同士の小西行長殿だった。難局を救うべく、島津征伐《せいばつ》のために出陣していた九州から、自領の播磨《はりま》の室津《むろつ》に急行する。やはり自領である小豆島《しょうどしま》に隠れ家を準備し、移住するように勧めた。

ジュスト右近殿を淡路島から小豆島に案内したのは、小西行長殿の代官、三箇《さんか》マンショ殿だった。三箇一族は、もともと河内国飯盛山を背にした三箇城主である。ジュスト右近殿の父、高山飛騨守《ひだのかみ》の勧めで、一族こぞってイエズス教徒になっており、三箇の城下町には教会も建てられていた。

こうしてジュスタ右近夫人は小西領の某所に、ジュスト右近殿は小豆島に仮の宿を得た。同時に、二十年来五畿内に留まって布教に務めていたオルガンティノ神父も、ジュスト右近殿とは二里ほど離れた隠れ家に移り住んだ。

オルガンティノ神父の気がかりは、五畿内に散り散りになって残されている信者たちの安否だった。そのため神父は日本人になりすまして潜行、駕籠《かご》で五畿内をまわって信者たちに教えを説き、時には婚姻の儀であるサクラメントを授けた。

しかし行長殿のイエズス教徒擁護策は、ほどなく関白の耳にはいった。呼び出されて詰問《きつもん》された行長殿は、ジュスト右近殿を堂々と弁護する一方で、武士の鑑《かがみ》ともいうべき忠誠の士、右近殿を成敗した関白の浅慮を責めた。

必死の覚悟をもって、行長殿が成した意見具申が功を奏する。関白の心情もやわらぎ、逆にジュスト右近殿の身を案じる弱音も側近に漏らすようになった。

結局、ジュスト右近殿以外のイエズス教徒大名に対して、関白はいかなる措置も講じず、教会に対する弾圧もゆるいままに終わった。

そして天正十六年閏《うるう》五月、小西行長殿は、肥後南半分と天草諸島三十二万石に移封されるという栄転を得た。その後、ジュスト右近殿やジュスタ右近夫人たちも密《ひそ》かに肥後に下る。

行長殿は、ジュスト右近殿の旧臣たちも家臣として迎え入れた。イエズス教徒苦難の時期、行長殿の取った態度は、信徒にとってまさしく旱天《かんてん》の慈雨になった。

ジュスト右近殿は、肥後に滞在中に、有馬領に隠れ住んでいる準管区長コエリョ神父を訪ねた。

実を言えば、コエリョ神父はその二年前、長崎を出て関白に表敬訪問していた。落成したばかりの大坂城で、関白はコエリョ神父、フロイス神父、オルガンティノ神父の他、ジュスト右近殿も身近に迎えて、歓待した。当時、ジュスト右近殿は大坂城の外濠《そとぼり》工事にあたっていた。

関白は、並いる諸侯の前で、朝鮮と明の征討《せいとう》の秘策を初めて公《おおやけ》にし、コエリョ神父に対して、朝鮮と明にも教会を建てようと持ちかける。

通詞を務めたのは、かねてから関白に謁見したことのあるオルガンティノ神父ではなく、フロイス神父だった。関白の申し出に対してコエリョ神父は、外征の折には南蛮船を世話すると答える。喜んだのは関白で、会見のあと、右近殿と神父たちを自ら案内して、黄金の茶室を見せ、天守閣にも上がって大坂城下を眺望させた。

このコエリョ神父とフロイス神父の安請合いは、実は巡察師ヴァリニャーノ神父の厳命に反していた。

ヴァリニャーノ神父は少年使節を連れて長崎を発《た》つ前に、日本の内乱には断じて関与してはならないと神父や修道士たちに忠告していたのだ。オルガンティノ神父もこの点は胆《きも》に銘じており、コエリョ神父とフロイス神父の軽率さには驚くほかなかった。しかし準管区長として上司であるコエリョ神父は、面識の薄いオルガンティノ神父よりも、ずっと付き添っているフロイス神父のほうに信を置いていた。

コエリョ神父の安請合いを、別な面から懸念《けねん》したのはジュスト右近殿だった。関白の絶対支配欲を知悉している右近殿は、コエリョ神父に対して、差し出がましいことをすれば、いつか災禍《さいか》が降りかかると注意した。

関白の島津征討の際、ジュスト右近殿も明石の家臣七百名を率いて、関白の本隊の前衛を務める。このとき全員がロザリオを身につけ、旗と指物《さしもの》には十字架をつけた。途中、山口では、黒田官兵衛孝高殿の庇護《ひご》で避難していた神父たちを訪問した。このときの水軍の総司令は小西行長殿であり、どの船にも十字架を印した旗がはためいていたという。

この勢いに乗じるかのように、コエリョ神父は教会が所有していた武装南蛮船で博多に乗り込んで来る。島津降伏ののち、関白は博多に戻り、コエリョ神父の南蛮船を訪問し、砲門を備えた威力を知り、他の南蛮船が平戸にいるなら、博多まで廻航させるように神父に要請した。

この下命を知ったジュスト右近殿と小西行長殿は、驚いてコエリョ神父に助言する。この砲門つきの南蛮船こそは、イエズス会が関白のために注文、製造したのであり、日本平定を祝賀する贈答品だと告げるように説得した。

しかしコエリョ神父は二人の忠告に耳をかさず、あまつさえ、平戸からの南蛮船の廻航にも従わなかった。この態度が関白には、神父たちが二枚舌であるとの疑惑を抱かせ、直後の伴天連追放令に結びついたと解せられる。

こうしたいきさつも、領地召し上げ追放の身となった今では、ジュスト右近殿にとってはどうでもよく、コエリョ神父や他の神父たちと難局打破について話し合った。肥後にジュスト右近殿がいるとの噂《うわさ》は、大坂の関白の耳にはいり、いつまた大坂出頭の命が下るかは分からない情勢になってきた。このまま南肥後に留まれば、関白の叱責《しっせき》を受けるのは小西行長殿であり、迷惑はかけられない。行長殿が引きとめるのを振り切って、ジュスト右近殿は、東上を決める。ありのままの姿を関白にさらす覚悟だった。

同時期、ジュスト右近殿に対する関白の態度が軟化したのを見てとって、取り成しを図ったのは前田利家《としいえ》殿である。利家殿はジュスト右近殿とは茶人仲間であり、関白に、右近殿は武勇のみならず茶の湯、連歌、俳諧《はいかい》にも造詣の深い傑物であると、奏《そう》上《じょう》する。そのうえで、武功の士として前田領で召し抱えたいと申し出た。思いがけず関白の許可がおり、ジュスト右近殿は客将として前田氏預けとなり、金沢に赴いた。

以上の経緯のあらましを平田久米蔵が聞いたのは、天正十六年九月、イエズス教の暦に従えば十月だった。ペドロ・ラモン神父は医師に変装し、日本人の修道士を従者にしていた。新たに筑後の領主になった小早川秀包《ひでかね》殿とその正妻である引地マセンシア夫人を久留米に訪れ、その足で秋月の教会に向かう途中、高橋村に立ち寄ったのだ。夜のうちに秋月に着かねばならないとの由《よし》で、わずかな時間しかなく、久米蔵は家人を走らせて、村々に通達させた。そのおかげで、甘木に至るまで道端に出て、ロザリオを手に神父と修道士を迎える村人たちの列は途切れなかった。当然、久米蔵は田中村の庄屋藤田市助とともに、秋月まで同行した。

ラモン神父の供をしている日本人の修道士はトレス何某《なにがし》という名で、もう五十歳は超えていた。ラモン神父は、久米蔵よりは五、六歳年上で、四十歳前後と思われた。もう日本に十年以上いると言い、日本の言葉も上手だった。

「ダミアンという修道士がこの村にも何回か来られましたが、今はどうされとりますか」

気になって久米蔵は修道士に尋ねる。

「あの方は昨年の暮、下関に新しくできたレジデンシアで亡くなられました」

「そうでしたか」久米蔵は胸を打たれる。

「イルマン・ダミアンはイエズス会にはいって、二十三ねんずっとはたらきました。たいていはパードレ・コエリョ、パードレ・フロイスといっしょでした。にねんまえにふねで平戸をでて、下関、塩飽《しわく》、室津、明石、堺にいきました。大坂で、ひでよしどのにあいました。そのあと四国の伊予にいって道後で、こばやかわたかかげさまにあいました。そのあと、豊後にいって、府内、臼杵、津久見にいきます。さいごが下関です」

ラモン神父の口から日本の地名が澱《よど》みなく出るのに、久米蔵は感心する。考えてみればこれは当然で、宣教師がまず覚えなければならないのは、日本の言葉と地図のはずだった。

ラモン神父によると、日本での最初の任務は、臼杵に置かれたノビシアド、つまり修道士を養成する修練院の修練長だったらしい。このとき府内には、イエズス会の本式の教育を施すコレジョも同時に開設され、ラモン神父はそこの責任者も兼ねた。

ところが六年後の一昨年二月、島津の軍勢が豊後に侵入したために、修練者を引率して山口に逃げる。そこで関白の伴天連追放令を聞き、さらに平戸に移動、しばらく生月島《いきつきしま》の山田という村に避難したという。

「ことしになって長崎にいって、また天草の河内浦《こうちのうら》にうつりました」

「それからすぐこちらに来られたのですか」

久米蔵は驚く他ない。ラモン神父の顔に疲労の翳《かげ》りがあるのも、度重なる逃避行のためだろう。ラモン神父に連れられて、移動に移動を重ねた修練者たちの苦労もしのばれた。

「久留米にきたのは、パードレ・コエリョのめいれいです。マセンシアさまとドン・シメオンさまにあいにきました」

「久留米の新しい領主様は、伴天連追放令に平気なのでしょうか」

「だいじょうぶです。ドン・シメオンさまのあに、こばやかわたかかげさまとはちがいます。たかかげさまは、ひでよしどののめいれいにびくびくしています」

「びくびくですか」

久米蔵は思わず苦笑する。関白の采配《さいはい》で筑前と筑後は小早川隆景殿に与えられたものの、筑後は実弟のシメオン秀包殿に譲られた。これから赴く秋月は筑前に属していても、博多からは遠く、伴天連追放令も厳密には守られていなかった。モウラ神父が博多の代わりに、秋月の教会に身を隠しておられるのもそのおかげだろう。

「らいねんは、ドン・フランシスコさまがしんで、にねんになります」

「大友宗麟様の没後二年です」修道士が言い添えた。

「マセンシアさまは、そのためのミサをあげたいといいました」

「追悼ミサですか」

「そうです、そうです。うれしいです。パードレ・コエリョにつたえます」

「また来年、こちらに来られるのですね」

「それはわかりません。でもだれかパードレとイルマンがきます。かならずです」

神父は大きな目を見開いて久米蔵に言う。さらに、道の両側に並ぶ村人たちに顔を向け、ロザリオを握った手を上げた。

「ここにこんなにしんじゃがおおいとは、しりませんでした。おどろきました」

神父の表情がなごむ。

「これも秋月にモウラ神父がおられるからです。来年、宗麟様の没後二年のミサには、私どもは行けません。でもそのあと、この村に神父様に来ていただけるでしょうか」

「それはかならずです。パードレ・コエリョに、わたくしがいいます」

「ありがとうございます」

久米蔵は感謝する。「そのときは、ぜひ私の家に一日でもよいので泊まっていただけると、ありがたいです。近在の村々から信者が集まります」

「わかりました」

ラモン神父が笑顔で答えた。

ラモン神父が約束したとおり、翌年の天正十七年（一五八九）の五月、フロイス神父と日本人修道士が久留米に来ているとの報が、久米蔵の許に届いた。神父が高橋村、さらには秋月まで足を延ばす余裕はないので、よければ久留米の城下まで来てくれないかという通知だった。

久米蔵はさっそく家人を秋月まで送り、舅《しゅうと》の原田《はるた》善左衛門にその旨《むね》を知らせた。神父が久留米にいるとの報は既に善左衛門にも届いており、折り返し久留米城下で落ち合う先の指示があった。

高橋組の主だった信者十二人を引き連れて久留米城下の宿、田鍋屋に着いたのは、五月二十一日の昼過ぎだった。夕刻には善左衛門一行八人も到着する。その日はイエズス教の暦では七月三日に当たっていた。

翌朝、城から使いが来て、神父の祝福を受けたい者は、某所に集まるようにと告げた。その家臣の屋敷は、宿からも離れていない亀屋町の先にあった。大きな屋敷の脇《わき》に町屋とさして変わらない小さな屋敷があり、そこの庭に久米蔵たちは案内された。既に二十四、五人の信者がロザリオを手にして集まっていた。家の中の板敷きにも武家が十五、六人控えている。

聞くと神父と修道士は、この家の二階に寝起きしているらしい。領主の招きで訪れたのであれば、本来は城の中に寝所を提供するのだろうが、伴天連追放令が関白から出されているだけに、城の外に宿泊させる措置がとられているのに違いなかった。

宗麟様の没後二年の追悼ミサは、既に五日前に城内で取り行われたという。そして昨日七月二日のドミンゴの日、領主シメオン秀包殿の継嗣《けいし》元鎮《もとしげ》殿が、フロイス神父によって洗礼を授けられたと聞かされた。教名は祖父である宗麟様と同じフランシスコだった。

祭壇は縁側に設けられていた。祭服に身を包んだフロイス神父については、名前は既に知っていたものの、実見するのは初めてだった。六十歳前後と思われ、長身細面で、眼光に鋭いものがあり、日本の言葉に不自由はなさそうだった。

そのフロイス神父は、まず没後二年になる宗麟様の思い出を語った。

「ドン・フランシスコさまのしんこうは、ほんものでした。わたくしがもっともおどろいたのは、ジシピリナ、むちうちのぎょうを、じぶんにかしたことです。かわのむちで、じぶんのせなかをなんどもなんどもうって、ちがにじんでいました」

久米蔵は驚く。鞭《むち》打ちの苦行は小さい頃、府内の孤児院にいたとき、アルメイダ修道士が自分の背を打っているのを目撃したことがあった。あの時の鞭は革ではなく、細く裂いた女竹《めだけ》だった。あとでそれが自らが犯した罪を告白して自罰を加える儀式だと聞いて、子供心ながらにびっくりしたのだ。

それを豊後のみならず九州の半分近くを手に入れられていた宗麟様ともあろうお方が、鞭打ちの苦行をされていたとは驚きだった。

「そのドン・フランシスコさまが、てんにめされて二ねんがたちました。むすめであるマセンシアさまが、おっとのドン・シメオンさまとともに、ミサをささげたのはおおきなガラサ、おんちょうです。このマセンシアさまとドン・シメオンさまをむすびつけたのは、いま豊前におられるくろだかんべえよしたか、ドン・シメオンさまです。ですからかんべえさまは、ふたりのパーテルです。このように、ゼンチョ、いきょうとの、かんぱくがだしたついほうれいにもかかわらず、デウス・イエズスのカテキズモ、きょうりは、ひろくふかくたもたれています。

そしてきょう、ここ久留米だけでなく、あたりのむらむらから、これだけおおくのしんとが、ベンサン、しゅくふくをうけるために、あつまっています。これはあなたがたのしんこう、ヒイデスのあらわれです」

わずかに訛《なま》りのあるフロイス神父の言葉が、何の抵抗もなく耳にはいってくる。久米蔵も、ここまで日本の言葉に長けた異人の神父を見るのは初めてだった。

フロイス神父は台の上に置いていた聖書を手に取って、頁《ページ》をめくる。脇にはべっていた修道士を呼び、聖書の中味を指さした。

「マタイによる福音書、五の十から十二を、パードレ・フロイス様が読まれます。私が通詞をします」

修道士が言うと、フロイス神父が朗々とした声で聖句を読んだ。もちろん異国の言葉であり、誰にも理解できない。しかし今が貴重な体験であるのは間違いない。修道士はその聖句を暗記しているようで、同じように大きく声を響き渡らせた。

「正義のために迫害を受ける者は幸いである。なぜなら天の国は、その人のものだからである。私のためにあなたたちがののしられ、迫害され、悪魔の虚言の犠牲になるとき、あなたたちは幸いである。喜びなさい。大いに喜びなさい。なぜなら天において、あなたがたへの報酬は多い。悪魔たちは、かつて預言者たちをも、あなたたちと同じように迫害したのだから」

そうかと、久米蔵は胸が熱くなるのを覚える。横にいた村人たちは呆気《あっけ》にとられたように、神父と修道士を見つめていた。迫害を受ける者こそ幸いだと聞いて、耳を疑ったのだろう。

神父は再び修道士に章句を示し、異国の言葉を口にする。

「同じくマタイによる福音書十の二十二から二十三です。あなたたちは、私の名のためにすべての人に憎まれるであろう。しかし最後まで耐え忍ぶ者は救われる。そして、ひとつの町で迫害されれば、他の町に逃げなさい」

そうかと久米蔵はまた思う。デウス・イエズスは信徒の苦難を初めから見通されていたのだ。

しかし逃げられる者はいい。百姓は逃げられない。田畑にしがみつく他、生きる道はないのだ。そこに留まるしかない。樹木と同じだ。

「逃げればいいのか」

隣に並んで立っていた善左衛門が呟《つぶや》く。「それができれば、苦労はせんが」

久米蔵と善左衛門は顔を見合わせるしかない。

「それでは、みなさんとおいのりをしましょう」

フロイス神父が静かに聖書を閉じて言った。「しとしんきょうです」

使徒信経なら村人のたいていが暗唱している。しかしフロイス神父は、異国の言葉ではなく、修道士とともに唱和した。

「われは、てんちのそうぞうしゅ、ぜんのうのちちなるてんしゅをしんじ、またそのひとりご、われらのしゅイエズス、すなわちせいれいによりてやどり、マリアからうまれ、ポンシオ・ピラトのかんかにてくるしみをうけ、じゅうじかにつけられ、ししてほうむられ、こせいしょにくだりて、みっかめにししゃのうちよりよみがえり、てんにのぼりて、ぜんのうのちちなるてんしゅのみぎにざし、かしこより、いけるひとと、しせるひととを、さばかんためにきたりたもうしゅを、しんじたてまつる。われはせいれい、せいなるこうきょうかい、しょせいじんのつうこう、つみのゆるし、にくしんのよみがえり、おわりなきいのちを、しんじたてまつる。アーメン」

そこでフロイス神父は、手にした十字架を高々と上げ、庭中に集った信者たちを祝福した。

来てよかったと久米蔵はしみじみと思う。気持が洗われていた。まるで暑い夏に井戸水をかぶったようなすがすがしさだった。

こぞって屋敷を出ようとして、善左衛門が使用人から呼びとめられた。

「修道士が用があるそうです。ちょっと待ってもらえんでっしょか」

久米蔵たちも一緒に待っていると、出て来たのは先程の日本人修道士だった。

「私のみ今から秋月の教会に行くつもりです。案内していただけないでしょうか」

「それは願ってもないこと」

善左衛門が答え、久米蔵は村人たちと顔を見合わせる。

「今日のうちに秋月に着くのは無理です。どうか途中、高橋村の拙宅に泊まって下さい」

久米蔵が勧めると修道士は顔をほころばせた。

「秋月のあと、豊前に向かわねばなりません」

「豊前ですか」

「はい。黒田シメオン様の嫡男《ちゃくなん》、黒田長政《ながまさ》様が小倉におられ、来てくれとの要請がありました。フロイス神父は、しばらく久留米に残られます」

小倉まで赴くにしては、荷物は肩にかける粗末な麻袋のみだった。足につけている草鞋《わらじ》もちびている。高橋村に着いたら、新しい草鞋を何足か提供しようと久米蔵は思った。

修道士は近江《おうみ》ジョアンだと名乗った。年齢は久米蔵と大して変わらない三十五歳と言われたものの、老成した顔はそれより十歳も上に見えた。

近江の問屋に生まれ、まず安土のセミナリヨにはいり、本能寺で信長殿が横死《おうし》されたあと、高槻のセミナリヨに移ったという。しかしまた三年後、高山右近殿が明石に転封されたので、セミナリヨもそこに移され、修道士も移動する。そして二年前の伴天連追放令でセミナリヨは閉鎖、修道士はついに長崎に移り、イルマンに叙《じょ》された。

「本当に流浪《るろう》の七年間でした」

修道士は笑いながら述懐《じゅっかい》した。その口から語られる高山右近殿は、身近に接していただけに賞讃《しょうさん》しきりだった。

「現在、高山右近殿は、加賀の前田利家様の客人として招かれています。私が思うに、あの方は聖人と同じで、行かれる所、赴かれる土地土地で、イエズス教の信徒が増えます。今度行かれた加賀でも、信徒ができ、教会が設立されるのではないでしょうか」

「伴天連追放令が出ている今でもですか」

久米蔵は訊《き》いておかざるをえない。

「フロイス神父が説教されたとおりです。『正義のために迫害を受ける者は幸いである。なぜなら天の国は、その人のものだからである』『あなたたちは、私の名のためにすべての人に憎まれるであろう。しかし最後まで耐え忍ぶ者は救われる』。もうこれらは、既に聖書の中で語られています」

修道士の返事に迷いはなかった。

「あのぶ厚い聖書を、私たちが読むこつはできんのでしょうか」

久米蔵はまた確かめる。あれを全部読めなくても、一部だけでも、例えばフロイス神父が言及した、マタイによる福音書の部分だけでも書物としてあれば、心の拠《よ》り処《どころ》になる。

「残念ながらまだできません。それこそ私たち日本人修道士の任務なのでしょうが、そこまでの技量は持ちあわせていないのです」

近江ジョアン修道士は口惜しそうに言った。

夕刻高橋村の久米蔵宅に着いた修道士は、急遽《きゅうきょ》集まった村々の主だった信者たちにも、マタイによる福音書のあの部分を説いてきかせた。そのあとロザリオを手にして共にコンタツを唱えた。

追放令にもかかわらず、多くの村人たちがそれぞれのロザリオを所有し、高らかにコンタツを唱えることができるのを知って、修道士は驚いた。

「久留米からも秋月からも遠いこんな所に、イエズス教の教えが根づいているとは、心底感心しました。小倉に行ったあと長崎に戻ったら、コエリョ神父やフロイス神父にも伝えます」

修道士はまた、久米蔵が高橋組の庄屋たちに配布しているイエズス教の暦にも目を見張った。

「久米蔵様、残念ながらこれは古い暦です。イエズス会でも四年前から新しい暦に変えています」

修道士の発言は久米蔵にとって意外だった。

「暦が変わったのですか」

「はい。もともと古くから使われていたのはユリウス暦です。一年を三百六十五日として、四年ごとに一日の閏《うるう》を置いています。これだと何百年もすると狂いが生じるらしいのです。そこで六、七年前に、法王グレゴリウス十三世様が改められました。グレゴリウス暦と言われています。ユリウス暦では四百年に百回の閏年がやってきますが、グレゴリウス暦では、四百年に九十七回の閏年しかこないようになっています」

「四百年間にたった三日の違いですか」

久米蔵はびっくりする。人が一生生きている間には、さして影響はないような気がする。しかしイエズス教が千年も二千年も続くうちには、確かに大きな差にはなる。

「私にも詳しいことは分かりません。でも、準管区長のコエリョ神父に会ったとき、新しい暦を配るように上申《じょうしん》しておきます。どうせまだ大きな違いはないので、今はこのまま使われていて下さい」

修道士は言った。

翌朝、修道士には新しい草鞋をはかせ、四足を別に持たせた。善左衛門と共に、久米蔵も修道士に付き添って秋月まで行った。

数十人の信徒たちは修道士の来訪をことの外喜んだ。筑前の新しい領主は熱心な仏教徒で、いつ追放のための追手が迫るか知れたものではない。モウラ神父は人知れず姿をくらましていた。

司祭がいなくなっていた教会でのミサに、久米蔵は出席した。

その席で、善左衛門に紹介されたのが、板井源四郎親子だった。父親の源四郎は六十代半ばで、次男新平は四十歳前後で、ともに古くからのイエズス教徒だという。

「板井様は、日向からここに戻って来られました。百姓になる覚悟でおられます」

「百姓にでございますか」

今こそ腰に刀を帯びていなくても、身なりはまさしく武士のままだった。

「これまでは秋月の殿についていたのですが、暇《いとま》を願い出て、許しを得ました。一家揃《そろ》っての長旅は辛《つろ》うございました」

父親の源四郎が言い、息子の新平が続けた。

「秋月種実様が転封になった日向から船で府内まで行き、そこから日田、久留米に出て、郡奉行《こおりぶぎょう》の陣内《じんない》という方に、殿からの書状をさし上げました」

「陣内五郎兵衛殿でございますか。存じ上げております。このあたりの御原郡を統べる奉行様でございます」

「小郡という町の近くに荒地があり、そこを開墾してもらいたいという許可が出ました。これから、そのあたりの大庄屋に挨拶に行くつもりでいます」

新平が言った。

「あそこの大庄屋とは同じ郡のよしみで面識はあります。何かの役に立つやもしれません」

久米蔵は善左衛門から筆と墨を借りて書状をしたためる。これで保証人ができたのと同じになる。

「何というご厚誼。感謝申し上げる」

親子ともども頭を下げる。しかし久米蔵には別の懸念が頭をもたげる。

「しかし、鍬や鎌を手にされたことはございますか」

「ありません。刀と槍をそれらに替えるつもりでいます」源四郎が言う。

「ついて来た郎等の中には、多少の心得がある者もいます」

新平が言い添える。

「しかしもう殿の命に従って、あちこちの戦いに赴き、今度のように他の土地へ移るのには、もう倦《あ》きました。先祖代々の習いを、わしの代でやめられるのは、幸せです」

源四郎が笑う。久米蔵には決して強がりとは感じられず、心の底からそう思っているようだった。

「これから先は、もう開墾した土地を離れません。後々の代までそこに住み続ける覚悟です」

新平も言う。

「ともあれ、何か不案内なことがあれば、教えを乞《こ》いに上がります」

源四郎が再度頭を下げるのを久米蔵が制する。

「どうぞどうぞ。荒使子《あらしこ》の中には万事に渡って詳しい者がおります」

「もうひとつ、お願いがございます。これは善左衛門殿にもお願いしております」

「何でしょうか」久米蔵は訊く。

「神父や修道士がこの近くに見えたとき、わしたちに一報してもらえないでしょうか。祝福を授かりに参上致します」

「そうでございますか。確かに承《うけたまわ》っておきます」

久米蔵は胸を打たれる。伴天連《ばてれん》追放令が出ているこの時期、イエズス教を捨てる者がいるのは当然として、逆に祝福を受けたいなど、心中の決意は並々ならぬものがあるのに違いない。

「以前から善左衛門殿とは交誼を結んでいながら、そしてここ秋月にて多くの領民がイエズス教徒になるのを見てきていながら、殿について日向まで行ったのが悔やまれます」

「いいえ、これからでも遅きに失することはないと存じます」

久米蔵は敬意をもって答えた。

四 巡察師Ⅱ 天正十八年(一五九〇)十一月

翌年の春、板井源四郎から使いが来て、無事に百姓を始めた旨を聞かされた。使いの男はその土地の者で、食いあぐねていたのを板井親子に拾われたのだという。

「あのあたりは、食い詰めた草臥《くたびれ》百姓が多かとです。痩《や》せた土地ば捨てて、どこぞ行ってしもうた者が多かけ、田畑も荒れたままになっとります」

男はつっかえつっかえ言った。「板井様はそげな土地を全部引受けて、新たに開墾するおつもりでおらっしゃります。大庄屋様も喜んどられます」

「それはよかった。しかし、もう田植えは間に合わんじゃろ」

「今年は間に合いまっせん」

男は首を振る。「ばってん、来年には間に合わせるごつ、あっしのような手の空《す》いた者ば集めて、田ば作り直されとります」

男の口振りからして、当座の貯《たくわ》えは充分にあるのに違いなかった。それでも農具や食い物は、あって迷惑になるものではない。久米蔵は荒使子に荷車を用意させた。そこに米俵と味噌《みそ》桶《おけ》を積み、唐鍬《とうぐわ》、四つ鍬、二つ鍬、玄翁《げんのう》などの他に鋸《のこぎり》、鉈《なた》、斧《おの》、鎌、石突、縄も添えて、荒使子二人を伴わせて送り出す。

「みんな不自由しとる物ばかりです。板井様がどげん喜ばっしゃるか」

使いの男も、涙を流さんばかりの喜びようだった。

この時期、田植えがかなわないならば、大豆や小豆を蒔《ま》いておけば、七月には収穫できる。新たに開墾したか、荒れ畑を打ち起こした所には、大根を播種《はしゅ》しておけばいい。そのかたわらで、しっかり田を掘り起こし、赤土を敷いて来年に備えておく。そのあたりの手順は、地元の者が心得て板井殿に教えているはずだった。

翌日、戻って来た荒使子二人が引く荷車には、二十羽ほどの鴨《かも》が小山みたいに積まれていた。

「獲《と》れたばかりの鴨のごたるです。二、三日寝かしたほうがうまかと言われました」

荒使子が報告する。

「まさか、板井様たちが鉄砲打ちばされとるとではなかろう?」

「滅相《めっそう》もなかです」

荒使子がかぶりを振る。「あの辺は沼が多くて、そこに来る鴨ば、麦でおびき寄せ、仕掛けた網で獲るち聞きました」

「なるほど。沼が多かとじゃね」

沼地は耕作に難儀する。板井親子の辛酸がしのばれた。

「その沼も、人手を集めて開墾されるち聞きました。水を涸《か》らせば田畑にも変えられますけん」

荒使子の話から、久米蔵は板井親子の意気込みを感じた。これなら、あの土地の大庄屋も、郡奉行も喜ぶはずだった。

「言い忘れとりました。今回の贈物は当然として、大庄屋様が書かれた書付《かきつけ》は、よう け役にたったと感謝されとりました」

荒使子が言った。

その板井親子が待ち受けていた神父の来訪の通知は、十一月中旬に届いた。使者は昨年会った近江ジョアン修道士だった。

「三、四日のうちに、巡察師のヴァリニャーノ神父様と少年使節の四人、そして随行の神父様たちが着かれます」

修道士は告げた。

「巡察師というと、十年前でしたか、豊後で大友宗麟《そうりん》様に会われた方ですか」

確かそのときの神父もヴァリニャーノという名だったのを、養父から聞いたような気がした。

「それは同じヴァリニャーノ神父様でしょう。豊後から都に上られ、信長様に会われたはずです」

修道士が言う。

「亡《な》くなった父は、いつかこの地を巡察師が訪れるのを夢見ておりました。それが現実のものになるとは」

言いかけて久米蔵は絶句する。伴天連追放令が出ているなかで、何という僥倖《ぎょうこう》なのか。

「ローマに送った少年使節を伴って、関白殿に謁見《えっけん》されるのが目的です」

「それは危険ではないのですか」

「危険を承知での行動だと聞いています。虎穴《こけつ》に入らずんば虎子《こじ》を得ず、の心境だと思われます。従順の意思を示して、追放令を解いてもらおうと考えておられるのかもしれません」

修道士が顔を曇らせる。「ともかく、ご自分が日本を留守にしている間に追放令が出たのは、準管区長のコエリョ神父の振舞いが悪かったのだと、神父を諫《いさ》められました。コエリョ神父を補佐するべき他の神父も、その勇み足をなぜ制しなかったのかと、叱責されました」

「勇み足ですか」

詳しい事情を知らない久米蔵は質問する。

「戦国の世で、教会は決して戦いの片方に組してはならず、どこまでも中立を保つべしという教えを残して、ヴァリニャーノ神父様は日本を発たれたのです。その教えを破ってコエリョ神父は、関白に肩入れする態度を取られました。

今回の巡察師と少年使節の帰国についても、神父の間で意見が分かれました。昨年の初め、コエリョ神父が他の六人の神父を有馬領の高来《たかく》に集められました。教会の土地だった長崎が関白によって没収されたので、そこを出るしかなかったのです。集まった神父は、ゴメス神父、オルガンティノ神父、フロイス神父、レベロ神父、ラグーナ神父、そしてモウラ神父です」

「モウラ神父は、今、有馬領におられるのですか。つい数年前までは秋月の教会におられました」

「そう聞いております。ですから、この土地の事情を知っておられるので、今回も巡察師の一行に従い、小倉まで行かれるはずです」

「それは懐《なつ》かしい」

久米蔵は、小柄で人なつっこいモウラ神父の風貌《ふうぼう》を思い出す。

「ともかくその高来での話し合いは、まず追放令下で巡察師が帰国すべきかどうかの問題でした。第二に、苦難に陥っている宣教師や信者を救うため、ルソンにいるスペインの軍隊に援助を請《こ》うべきかどうかでした」

「砲門を備えた南蛮船の派遣ですね。火に油をそそぐ結果にはなりませんか」

「はい。その方針をコエリョ神父以下六人が支持して、反対したのはオルガンティノ神父ただひとりでした。それで結局、そうした意見をコエリョ神父はルソンとゴアに送ったのです。それをゴアで受け取ったのが巡察師のヴァリニャーノ神父でした。八年前に神父と一緒に長崎を出帆した少年使節は、三年後にローマに着き、三ヵ月滞在後に帰途について、インドのゴアに到着したのが三年前です」

近江ジョアン修道士が説明する。

「その間、ヴァリニャーノ神父はずっと少年使節と一緒だったのですね」

「いいえ、長崎を出たヴァリニャーノ神父はゴアに着いたとき、インド管区長に任命されたので、ずっとインドに滞在されていました」

インドのゴアがどのあたりにあるのか、久米蔵には不確かで、明やルソンのずっと先にあるくらいしか分からない。

「ですから、使節に付き添ったのはメスキータ神父です。ともかく、ゴアでコエリョ神父の書簡を受け取ったヴァリニャーノ神父は大いに驚かれて、事態を収拾するためには使節とともに、関白に直接謁見するしかないと決心されたのです」

「伴天連追放令の下ですから、巡察師は決死の覚悟ですね」

「そう思います」

修道士が口を一文字にして顎《あご》を引く。「今回の上洛《じょうらく》に、コエリョ神父やフロイス神父はお供からはずされています。これも関白の怒りを再度かきたてないためです」

「この高橋組の道を通られるのは、巡察師と神父様たち、そして四人の使節ですね」

久米蔵が確認する。少なくとも一行の人数くらいは知っておかないと接待のしようがない。

「それに九人の異人が付き添っています」

「南蛮の異人もですか」

久米蔵はのけぞる。僧衣の神父や修道士は見たことがあっても、そうでない異人を眼にするのは、村人たちにとっては初めてだろう。

「ちょうど長崎に南蛮船が着いていて、異人たちがぜひとも巡察師に同行したいと申し出たのです。その数、三十人を超えていたので、巡察師は十五人だけを選ばれました。そのうち陸路に従ったのが九人です。あとの六人は、南蛮船で直接下関に向かい、そこで合流する手はずになっています」

どうせ小倉に赴くのなら、海路を長崎から下関に直行したほうが楽なはずだった。この寒い時期、巡察師がわざわざ陸路を選ばれたのは、土地土地の信徒に接したいという望みがあるからだろう。久米蔵はその決断に手を合わせたかった。

「船には、関白への贈物が山と積まれています。航海図や南蛮の地図、地球儀に天球儀、時計、絵入りの書物、南蛮の衣服、何種類もの楽器などです」

修道士が指を折りながら言ってはくれるものの、久米蔵には天球儀や地球儀がどういうものか、想像もつかない。

「それだけではありません。南蛮の大きな馬、甲冑《かっちゅう》や太刀、そして何種類もの鉄砲も船には積まれています。これらは、インド副王からの贈物です」

修道士は、自分が見たときの興奮そのままに久米蔵に伝える。「しかし私が見たなかで、一番感心したのは、印刷機です。機《はた》のような形をしていて、一度版を組むと、何百何千と同じ物を刷れます」

「木に彫った版木を使うのですか」

もしそうなら、これまで日本で使われているものと大差ない。

「いいえ、鉛でできた文字を並べて文を作るのです。鉛ですから何千枚刷ろうと、版はすり減りません。便利極まりありません。この印刷機だけは贈物にされていません」

「その機械で、日本の言葉での聖書が作れますか」

「はい、近々そういう時が来るはずです。実は、四人の使節と一緒に、ヴァリニャーノ神父はドラードという日本人の少年も同行させたのです。この人は諫早《いさはや》生まれで、有馬のセミナリヨで学んでいました。あの地で印刷の技術を学び、鉛の文字の作り方も習得して帰国しています。今、印刷機は南島原の加津佐《かづさ》のコレジョに据えられています」

修道士が嬉《うれ》しそうに説明する。

そうなれば、と久米蔵は思う。たとえ伴天連追放令で、神父や修道士が追放されたとしても、聖書があればその不在をいくらかでも補ってくれるのだ。

長居したとばかり修道士が帰ろうとしたとき、久米蔵は問いかける。

「修道士様は小倉で一行と別れる予定なのですね」

「そうですが、何か」

「小倉から先の通詞はどなたが務められるのですか」

この近江ジョアン修道士なら立派な通詞になるはずだった。

「二人おられます。ロドリゲス神父とオルガンティノ神父です。お二人とも日本が長いので、もう言葉に不自由はありません。オルガンティノ神父は、現在、都近くに潜伏され、巡察師の一行の到着を待っておられます」

「潜伏ですか」

久米蔵は胸を打たれた。

修道士を見送った翌日、久米蔵は巡察師が通過する旨を、家人を使って板井親子に知らせた。二人がやって来たのはその翌日だった。

二人は以前の武士の恰好《かっこう》ではなく、百姓の身なりになっていた。二人とも木綿の格子《こうし》の単衣《ひとえ》に、源四郎殿は萌黄色《もえぎいろ》の帯、新平殿は紺の帯をし、似たような立縞《たてじま》木綿の綿入れを着ている。

「さあどうぞ、どうぞ」

久米蔵は二人を座敷に案内して、茶を出させた。

「案内をいただいて、押っ取り刀で駆けつけました」

源四郎殿が感謝する。身なりは百姓でも、言葉遣いは武家のものだった。

「うちの荒使子から、田畑のなりも順調な様子と聞いて安心しました。さぞかし苦労が多かったのではなかですか」

久米蔵は親しみをこめて訊く。板井親子が入植してもう一年になる。年貢《ねんぐ》を納められたかどうかも、気になった。

「大庄屋殿からは大目に見てもらい、今年初めての年貢はほんの形だけでした」

新平殿が言う。「来年も通常の定免《じょうめん》の半分でよいと言われています。さ来年からは規定どおりの年貢になります」

大庄屋も郡奉行の許可を得ての措置をとったのに違いない。

「一年を思い返すと、あっという間でした」

そういう源四郎殿の顔は、心なしか皺《しわ》が増え、手もささくれだっている。「元旦《がんたん》を祝うとすぐに、麦に下肥、二月は麦に追肥して中打ち、三月は草取りに大豆や瓜《うり》の種まき、同時に苗代《なわしろ》すきに種籾《たねもみ》浸し、畦《あぜ》塗りもしなければなりません。四月は茶摘みに大豆の施肥《せひ》、そうそう菜種も作っていましたから、その収穫もありました。五月は麦刈りに脱穀、胡麻《ごま》の種まき、その一方で田植えです」

源四郎殿が一年を思い起こしながら言うのを、久米蔵はじっと聞く。まさしく他人を田畑で働かせた者の話ではなく、自分が田畑で汗水たらした百姓の言葉だった。

「七月は大豆の収穫、瓜の種取り、田では除草のあと水干しをして、八月にはいると、田干しをして稲刈りになります。九月も稲刈りと稲扱《こ》き、そして年貢納めの準備です。十月は麦蒔《ま》きをして、ちょっとつまみ肥をして、十一月にはいって今、二番つまみ肥を終えたばかりです」

「ようそこまでされましたなあ」

久米蔵は心底感心する。庄屋か近在の百姓に教えを請いながらの一年だったのに違いない。

「田畑の脇で、莚《むしろ》編みや厩肥《うまやごえ》積み、柴草《しばくさ》刈り、干草刈り、縄ない、麦穀の俵入れ、薪《たきぎ》刈りもあります」

今度は新平殿が言い添える。「これからは味噌つきや醤油《しょうゆ》の仕込みが待っています」

「そこまでやらっしゃるですか」

「みんな見よう見真似《みまね》です」

源四郎殿が目を細めた。「村の百姓たちが入れ代わり立ち代わりして、教えに来てくれます。意見が違うときもあって、どっちに従っていいか迷うこともあります」

「そうでっしょな」

思わず久米蔵も笑う。「ともかく、巡察師の一行がここを通られるまでは、ゆっくり骨休めをして下さい。巡察師の到着は、前以《まえもっ》て久留米から使いが来ることになっとります。私のほうでも、宮地の渡しに、見張りの荒使子を走らせとります」

「一行はいったい何人ですか」

　新平殿が訊く。

「巡察師のヴァリニャーノ神父と、メスキータ神父、モウラ神父、そして四人の少年使節、異人が十名足らず、それに日本人の修道士がついています。二十人は超えないと考えて、接待の準備をしとります」

「巡察師というと、偉い神父さんになりますか」

　源四郎殿が尋ねる。

「ローマにあるイエズス会の本部が任命した位の高い神父です。インドやルソン、明、日本などを巡回して、布教のあり方を指導する神父だと聞いています」

「その方が、ここを通られるのですか」

　源四郎殿が目を輝かせる。「そして四人の少年使節というのは？」

「私も詳しくは知りませんが、八年前に巡察師と一緒に長崎を発《た》ち、三年かけてイエズス教の総本山で法王に拝謁し、それから五年かけてまた長崎に帰って来た使節だと聞いております。もちろん日本人です」

「足掛け九年の旅ですか。よくもまあ無事で」

傍で聞いていた新平殿も感心する。

「そして今からどこへ」

源四郎殿が尋ねた。

「この秋月街道を通って小倉に行き、そこから船で大坂に向かわれます。先日こちらに見えた修道士からは、関白殿に会うのが目的だと聞いております」

「あの伴天連追放令を出された関白にですか」

源四郎殿がのけぞって驚く。「火に油を注ぐ結果になりませんか。揃って打ち首とか」

真剣な顔で、左手で首を斬《き》る仕草をした。

「決死の覚悟で、関白殿に翻意を迫られるのかもしれません」

「かないますかな」

「巡察師という責任において、そうするより他に手立てはないと、肚《はら》を決めておられるのではないでしょうか」

「追放令がなくなれば、この筑後もイエズス教の栄える国になりましょうが」

新平殿が言う。「領主の小早川秀包《ひでかね》様もイエズス教に帰依《きえ》しておられますし、夫人も熱心な信徒ですし」

「夫人があの大友宗麟殿の娘御だとは知りませんでした。道理で筋金入りのイエズス教徒のはずです」

源四郎殿が納得する。

「領主の秀包様の教名は、確かシメオンで、夫人はマセンシアです。巡察師が、長崎、佐賀から田代、原田《はるだ》と向かわず、久留米に寄られたのも、領主夫妻の熱心な誘いがあったからだと聞いとります。それならと、秋月から小倉に向かう道を選ばれたのではなかでしょうか。高橋組の村々も、そのおこぼれをいただけるわけです」

久米蔵は口許《くちもと》をゆるめた。

翌朝、日が高くなりかけたとき、宮地の渡しに張りつけさせていた荒使子が息を切らせて戻って来た。

「旦那《だんな》様、異人の一行が来とります。渡しの向こう側に勢揃いしました」

「そうか、よかった。で、何人くらいおる？」

「五十人くらいはおります」

「二十人ではないのか」

「いえ、お侍や供の者もいれると、五十人はおりました」

なるほどと、久米蔵は自分の迂闊《うかつ》さを反省する。領主のシメオン様が、秋月まで向から一行に護衛や供の者をつけるのは当然だった。

久米蔵は荒使子たちを近在の村々に走らせ、庄屋は往還筋に待機するように伝達させた。同時に庭のあちこちに縁台を置かせ、真新しい茣蓙《ござ》を上がり框《かまち》から座敷に向けて敷いた。

板井親子にはその座敷に待機してもらうことにした。

巡察師一行の先導役として、真先にやって来たのが近江ジョアン修道士だった。

「ヴァリニャーノ様には、ここで一服できると伝えています。それにお供頭は下奉行の寺崎様です」

「寺崎様なら存じ上げています。郡奉行の代理として、高橋組の年貢取り立てその他を統《す》べておられますから」

「それは好都合です」

修道士が目を細める。

「巡察師様には、是非見てもらいたいものがあります。父から預かった家宝です」

「何でしょうか」

修道士が訊く。

「ザビエル神父が大友宗麟様に託されたものを、父が譲り受けたと聞いています」

「それは貴重な品。分かりました。ヴァリニャーノ様も興味をもたれるはずです。確かに伝えておきます」

修道士が約束する。「あっそれから、忘れないうちに渡しておきます。これが今、イエズス会が使っているグレゴリウス暦です。日本の暦では、今日は天正十八年十一月二十二日ですが、グレゴリウス暦では千五百九十年十二月十八日です」

「やはり今までの暦とは、少しずれとります」

久米蔵が今朝確かめた暦では、年号と月はあっているものの、日数が違っていた。

「そうでしょう、そのはずです。これからはこのグレゴリウス暦を使って下さい。言うなれば、巡察師ヴァリニャーノ神父様がここ高橋村を通過される今日が基点になります」

修道士が厳粛な表情で言う。「大切なのは今後です。年号の十の位以下が四で割り切れる年は、閏年《うるうどし》になり、二月が二十八日ではなく、二十九日になります。ですから、今年千五百九十年は、下二桁《けた》が四で割り切れないので、二月は二十八日までしかありません」

「はい、分かります」

久米蔵は頭に刻みつける。

「しかし問題は、年号が百の倍数、下二桁の端数《はすう》がなくなったときです。例えば、あと十年後の千六百年です。そのときは閏年を設けるか、二月を二十八日のままにするかは分かりません。これは、千七百年、千八百年、千九百年、二千年になっても同様です」

「二千年」

久米蔵は天を仰ぐ。千六百年はもうすぐだから生きていられる。しかし千七百年は、息子の命助《めいすけ》や勇助、娘のりせももちろん鬼籍《きせき》にはいっている。

とはいえ、その子は生きているかもしれないし、孫に至っては生きているに違いない。しかし二千年となるともう想像外だった。

「分かりました。このことは、子孫代々に伝えます」

久米蔵もまた厳粛な気持で答える。考えてみれば、この暦を伝え守り通すことは、イエズス教を守り続けることにもつながっているのだ。

「それでは、私はすぐにとって返し、巡察師の一行をここにお連れします」

近江ジョアン修道士はきびすを返す。その後姿に現れている健脚ぶりは、千日回峰行をする修行僧にも似ていた。

しばらくすると、見張り役として八丁島近くに待機していた荒使子が、息を切らせて戻って来た。

「異人たちが来よります。お侍もおります。荷物も多かです」

畳みかけられても、内容がはっきりしない。

「異人が何人で、侍が何人で、荷物を担《かつ》ぐ者も何人かを言うてもらわんと、分からん」

「はい、すみまっせん。異人さんは全部で十人ばかり、お侍は七、八人、荷を担いだ人足が十二、三人でっしょか」

「そうすると全部で三十人ちょっとだな」

「そげんです」

朝方に渡しまで送った荒使子は、確か五十人以上と報告したはずだ。しかしあるいは、二十人は渡しまでの見送りだったのかもしれない。

「ご苦労だった。あとは接待のほうば手伝ってくれ」

「はい。それから、往還筋には庄屋以下村人がばさらか出とります。みんな、今か今かと待ち受けとるとです」

「お前が触れ回ったのじゃなかろうね」

「滅相もなかです。走って帰って来る途中、何事かち訊かれたんで、異人さんが来よる、ばさらか来よるち、言うたまでです」

「それが触れ回ったのと同じたい」

久米蔵は苦笑する。

門の外に出て左右の街道筋を見てみると、どちらにも人だかりがしていた。往還から少し離れた鵜木《うのき》村などは、村民こぞって道の脇《わき》に集まっているのだろう。それは田中村も同じで、高橋村を過ぎるあたりで待機しているのに違いない。

久米蔵は家人たちに、接待はあくまで五十人分を用意しておくように命じた。不足するより余るほうがよいに決まっている。準備しているのは、熱い番茶と、これまた、息を吹き吹き飲まないといけないような甘酒だ。これに塩餡《しおあん》の饅頭《まんじゅう》を添えるつもりでいる。

家人たちを采配《さいはい》して用意万端整えるのは、養母の麻と女房のとよだった。養母はもう七十歳近くになり、少し腰は曲がっているものの、催事になるたびに元気さを取り戻してきた。とはいえ今回の巡察師一行の賄《まかな》いを、最後の奉仕と思っているふしがある。後事はすべて嫁のとよに託すつもりか、宴会での一汁五菜《いちじゅうごさい》の作り方、四季に応じて郡奉行や下奉行に届ける音信物《いんしんもの》に何がふさわしいかなど、暇をみては書きつけていた。

荒使子たちにも、今日は洗いたての単衣を着、褞袍《どてら》も見苦しくないものを着るように命じていた。庭の日当たりがよく風当たりの少ない場所に、縁台を配置し、その上には、いくらかでも暖が取れるように火鉢を置いている。

「来ました、来ました」

彼坪《かなつぼ》村の近くまで見張りに出していた荒使子が駈《か》け足で戻ってくる。「先頭はお侍です」

とすれば、下奉行が案内役をかって一行の先駆けを務めているのに違いない。

久米蔵は、縁台ごとに、神父と修道士、少年使節、異人たち、下奉行とその部下、そして供の者たちというように、振り分ける。縁台一脚につき、女の荒使子ひとりを配し、茶や甘酒、饅頭の運び役は男の荒使子にしていた。

門から出て久米蔵は一行を待ち受けた。指呼の距離になったところで、思いがけず下奉行が手を上げたので、久米蔵は深々とお辞儀をした。そんな下奉行の気さくさが久米蔵は好きだった。

「ご苦労、ご苦労」

久米蔵が出迎えると下奉行が顔をほころばせる。「日頃の馬での遠出と違って、徒《かち》はきつい」

「お役目大変でございます」

「ここらで休憩とは、実にお手柄お手柄」

下奉行は言い、さっそく門にはいって行く。供の侍も続く。

後に控えていたのが近江ジョアン修道士で、さっそく久米蔵を巡察師とメスキータ神父に紹介してくれる。

二人とも、久米蔵より頭ひとつ半背が高かった。巡察師のヴァリニャーノ神父は頭巾《ずきん》をとって、日本風に頭を下げた。五十歳くらいの年齢で、額が禿《は》げ上がり、栗色《くりいろ》の髪と髯《ほおひげ》、髭《くちひげ》、鬚《あごひげ》が、いかめしくひと続きになっている。とはいえ大きく見開いた目は、どこか人なつっこさを感じさせた。

一方のメスキータ神父は痩身《そうしん》で、四十歳くらいだろう。頭髪に白いものが混じり、いかにも苦労人という印象を与えていた。

「メスキータです」

自分で名乗る言葉は正確だった。もうひとりのモウラ神父とは再会を喜び合った。

修道士は四人の使節をも久米蔵に紹介してくれた。四人とも、年のころは二十歳そこその若侍だ。伊東マンショ、千々石《ちぢわ》ミゲル、原マルチノ、中浦ジュリアンという名を、久米蔵は即座に胸に刻みつけ、そのまま庭の縁台に案内し、二脚の縁台に腰かけてもらう。

四人はよほど手が冷えていたのか、さっそく火鉢の縁に手を置いて暖をとった。

異人たち九人を案内したのは、改めて盛装したとよだった。二組に分けて縁台に坐《すわ》ってもらう。庭や家のたたずまいが珍しいのだろう、立ち上がって屋根や、庭の奥を眺めている者もいる。

あとは供の者たちで、門近くに敷いた莚の上に荷を置いてもらう。

家人と荒使子総出で配った番茶と甘酒を、異人たちも喜んでくれる。巡察師とメスキータ神父、モウラ神父も、たちまち二杯を飲んでしまう。女の荒使子が火鉢にかけた番茶を新たに注ぎ、男の荒使子が甘酒を運んできた。

少年使節の四人はもう塩饅頭をたいらげていて、荒使子が新たに盆を持って来る。客人の飲みっぷり食べっぷりを眺めて、久米蔵は五十人分を用意していてよかったと思う。

下奉行と話をしていたとき、近江ジョアン修道士が寄って来て、耳うちした。巡察師がザビエル師の遺品を見たいと言ったらしかった。

さっそく久米蔵は巡察師を家の中に案内する。巡察師が四人の使節に、久米蔵の知らない言葉で呼びかけると、そのうちのひとりだけが立ち上がった。

框《かまち》でまず草履《ぞうり》や草鞋《わらじ》を脱いだのは、その中浦ジュリアンと修道士で、巡察師とメスキータ神父、モウラ神父もそれにならった。

「どうぞ、こちらへ」

久米蔵は奥座敷に案内する。庭に臨む廊下を通るとき中浦ジュリアンが足をとめる。坪庭ながら、そこには寒牡丹《かんぼたん》が咲いていた。後ろの南天の実も、目のさめるような赤だった。

「これです。生前、養父が手塩にかけて育てたものだった。

これが父である一万田右馬助《いちまだうまのすけ》が、豊後を離れて、ここ筑後の大庄屋になるとき、大殿《おおとの》である大友宗麟様からいただいた絹布《けんぷ》です」

通詞を務めたのは中浦ジュリアンではなく、メスキータ神父だった。

「ドン・フランシスコ」

頷《うなず》いた巡察師の口から、そんな言葉が漏れた。

「はい。大殿ドン・フランシスコ宗麟様は、この絹布をザビエル師から贈られました」

「ヌンシオ・ザビエル」

メスキータ神父の通詞を聞いて、巡察師がそう言い、近づいて絹布に見入る。久米蔵の解《げ》せない三文字が書かれていた。

「いみは、わかりますか」

メスキータ神父から訊《き》かれ、久米蔵は首を振る。中浦ジュリアンが何か言いたそうな表情になった。教えてくれたのは神父のほうだった。

「これは、おおむかしからつかわれているしるしです。みっつのもじは、イエズスをあらわしています。イエズスかいを、ザビエルさまとつくったイグナチオ・デ・ロヨラさまが、このしるしをイエズスかいのしるしにしました」

メスキータ神父が言い終えるのを待って、巡察師が何か言う。もちろん久米蔵には分からないものの、中浦ジュリアンは何度か頷いた。メスキータ神父が通詞する。

「みっつのもじは、みっつのことばのかしらもじです。それもみっつのかんがえかたがあります」

「三つの考え方ですか」

たった三文字に三通りの考えが凝縮されているとは、驚き以外の何ものでもない。

「はい。ひとつは〈イエズス・ホミニム・サルヴァトール〉で、にんげんのすくいびと、イエズスのいみです。ふたつめは、〈イエズム・ハベムス・ソシウム〉で、わたしたちはともにあるひととしてイエズスをもっているのです。そしてみっつめは、〈イエズス・ホモ・サルヴァトール〉で、イエズス、ひと、すくいびとのいみです」

「イエズス様は人々の救い人で、わたしたちの同行者ですか」

「そうそう、そうです」

久米蔵が自分なりに理解した言葉を、メスキータ神父が認めてくれた。

「このイエズス会の紋章を、ドン・フランシスコ宗麟様は、あなたの父君にどうして下賜《かし》されたのですか」

傍から訊いたのは中浦ジュリアンだった。

「大殿は父の右馬助に、たとえわしがこの九州そして日本を、デウス・イエズスの王国にするのに失敗したとしても、お前がこれから行く村々では、たとえ小さくとも、イエズス教の王国を創《つく》ってくれと、言われたそうです」

答えながら、久米蔵は涙が溢《あふ》れてくるのを抑えきれなかった。大殿の夢は確かに破れ、いまは関白の世になって伴天連追放令が下ってしまった。しかし、ここ高橋組はいかに小さくても、デウス・イエズスの王国になっている。養父は大殿との約束を立派に果たしていた。

久米蔵の返答を通詞してくれたのは中浦ジュリアンだった。巡察師はどこか感動したように久米蔵をしかと見た。

「実は私は、豊後の府内《ふない》で捨子でした。それを収容して育ててくれたのが、ルイス・

デ・アルメイダ様です」

「パードレ・アルメイダ」

驚いたのは巡察師のほうだった。「ヴィヴァ・ローダ（生ける車輪）」

「はい、アルメイダ修道士が運営していた、孤児院や病院の世話をする役目を大殿から命じられたのが養父一万田右馬助でした。養父母は子宝に恵まれなかったので、私を養子に斡旋《あっせん》したのがアルメイダ修道士です。私の名の久米蔵も、アルメイダ様のメイをとって、大殿がつけられたものです」

涙をこらえて久米蔵は一気にしゃべる。また中浦ジュリアンが通詞してくれ、巡察師が深々と頷き、たてつづけに何か言った。

「そのイエズスのおうこくは、さきほどからたしかめることができました。みんな、みんなロザリオをもっていました」

メスキータ神父が巡察師の言葉を通詞した。この機を逃してはならないと思い、久米蔵が願い出る。

「実は、ヴァリニャーノ神父様にお目通りを願っている百姓が二人おります。二人は、秋月種実《たねざね》様の家臣でした。種実様は先般、日向《ひゅうが》に移封され、その板井殿も従って行かれたのです。しかしそこはかつての秋月のような場所ではなく、この筑後に昨年入植され、百姓になったのです。秋月にいるとき、あのアルメイダ修道士から洗礼を授かっています。巡察師様の一行がここを通られると聞き、前日より、ここに泊まっています」

通詞してくれたのは中浦ジュリアンだった。巡察師は大きく頷いて、ひとこと発した。

「あのアルメイダ神父を知る二人と会えるなど、このうえない喜び、と言っておられます」

返事を聞いて久米蔵は襖《ふすま》を開ける。次の間に控えていた板井親子を招き寄せた。

「こちらが板井源四郎殿と新平殿です」

久米蔵に言われて二人は腰をかがめる。久米蔵は成り行きに任せて家族も紹介する。

「養母《はは》のカテリナ麻です。こちらは家内のクララとよです。そして息子の命助と勇助、娘のりせです」

通詞をしてくれたのはメスキータ神父のほうで、巡察師が何か問いかけた。

「じゅせんをおこなったのは、どなたでしたか」

神父が問う。

「私トマス久米蔵を含めて、みんなアルメイダ修道士から教名をいただいております」

通詞をされる前に巡察師はまたしても「パードレ・アルメイダ」と懐かし気に呟《つぶや》き、何か言った。

「さんにんのこどもにも、じゅせんさせましょうか」

「それは願ってもないことです。是非」

久米蔵は言い、三人の子を並ばせる。竹筒を手に取ってくれたのはモウラ神父で、巡察師が絹布の前で竹筒に指を浸す。床の間が仮の祭壇になっていた。

「めいすけ・マチアス、ゆうすけ・アンドレ、りせ・マグダレナ」

巡察師が発した教名をメスキータ神父が通詞する。久米蔵はしかとそれを頭に入れた。

三人の子供は神妙な顔で、額に水滴を受けた。久米蔵は礼を言う。巡察師自らの手で洗礼を受けるなど、無上の喜びだった。

部屋を出かけたとき、中浦ジュリアンから小さな声で呼びとめられた。

「これをザビエル様の絹布と一緒に置いていただけないでしょうか」

手には真白のロザリオが握られていた。「これは私がローマで求めたものです。二つ買ったうちのひとつですので、この絹布の脇に末長く置いて下さい。私自身、ずっとザビエル様の胸に抱かれている思いがします。もちろん使われても構いません。いえむしろ使われるべきです」

「分かりました。ありがとうございます」

久米蔵は、おそらく象牙製《ぞうげ》と思われるロザリオを押しいただく。

家の外に出ると、驚いたことに村の子供たちが門の中にはいって来ていた。異人たちの衣裳《いしょう》が珍しいのか、赤い外套《がいとう》に触れたり、足袋のように足を覆《おお》う履物を撫《な》でたりしている。

異人のほうでも子供を呼び寄せて、頭の被《かぶ》り物を見せたり、槍《やり》とも杖《つえ》ともつかない物を持たせたりしている。親たちは、はらはらしながら門の外で見物しているだけだ。

久米蔵は下奉行に中座を詫《わ》びて、子供たちが受洗した旨《むね》を告げた。

「それは殊勝なこと。殿の家臣にはそれを願っても、言い出せん者がいた。何せこの時勢だから、殿からの押しつけもない。そこへいくと、そなたたちのほうが自由に振る舞える」

下奉行が言い、立ち上がって出発の号令を発した。「よか休養になった。塩饅頭三つも食わせてもらった」

下奉行が笑う。

秋月まで、久米蔵は同行するつもりにしていた。あとを家人に託して近江ジョアン修道士と並んで歩く。子供たちも、わいわいがやがや騒ぎながら異人たちのあとに従う。異人のなかには、両手に女の子と男の子の手を引いて歩く者もいた。

道端はほとんど村人で埋めつくされている。親について来ていた子供は、行列に加わっている遊び仲間を見つけて、自分も加わる。まるで稚児《ちご》行列同然になっていた。

「本当にこの秋月街道を辿《たど》った甲斐《かい》がありました」

近江ジョアン修道士が言う。「見て下さい。全員がロザリオを手にしています。巡察師もメスキータ神父も、モウラ神父も、内心ではびっくりされているはずです。久留米でも、これほどまでの歓迎ぶりはありませんでした」

「ここを通っていただき、ありがたく思っています」

感謝すべきなのはむしろ久米蔵のほうだった。

「しかし本当に感激しているのは、四人の少年使節かもしれません」

修道士は前を行く四人を見やる。「八年前に長崎を出たときは、イエズス教のいわば絶頂期でした。しかし今年戻ってきたときは、世の中に追放令が出されているという変わりようです。巡察師以上に衝撃だったと思います。その心痛のためか、どなたもローマで何があったのか、話そうとはされません。語ってはいけないと、胸に鍵《かぎ》をかけておられるのだと思います。

それが筑後国の久留米、そしてここに来て、このように村人がこぞってロザリオを手にしているのですから、心強く思われているのではないでしょうか」

修道士の口ぶりは熱気を帯びている。確かに前を行く巡察師、メスキータ神父、モウラ神父、四人の使節は、左右の人の列を見やりながら小さく頷き、嬉しそうだ。

「見て下さい。あの年寄りに手を引かれた子供のロザリオは、つしだまの実ですよ」

修道士が言う。「婆《ばあ》さんのロザリオは布でこしらえています。ありがたいです」

小島《おしま》村のその年寄りは、久米蔵も知っている。本名は確かくまだった。それが気に入らなかったのか、洗礼でつけてもらったクララという名をいたく気に入って、今ではみんなにクララと呼ばせていた。そのクララ婆さんと目が合い、久米蔵は笑みを返した。

本郷《ほんごう》村では、思いがけなく原田《はるた》善左衛門が手代《てだい》二人を連れて待ち受けていた。久米蔵を見つけて近寄る。

「まるで祭りのときのように、賑《にぎ》やかな行列ですな」

それが善左衛門の第一声だった。

「異人さんが、こうまで子供好きとは知りませんでした。稚児行列のようになってしまいました」

久米蔵も苦笑いする。子供たちはこの本郷村で解散させた。

「秋月では、コスメ興膳《こうぜん》様とヤコベ興膳様が首を長くして待っておられます」

善左衛門が言う。「巡察師や神父、四人の使節、異人たち、お侍と供の者たちを招いての大宴会になるはずです」

興膳親子の奉仕ぶりは相変わらずだった。

関白が九州平定の際に博多に来たときも、博多の屋敷で心のこもった接待をしたと聞いたことがある。まさしく無私の奉仕のために財を使う鑑《かがみ》ではある。

巡察師、そして四人の使節が心のこもった接待にどんな感慨をいだくのか、楽しみだった。そしてまたあの山峡の地に、小さいながらも教会が立つ光景に、住民たちの信仰の証《あかし》を見てくれるに違いなかった。

実にこの高橋組の村々は、北の秋月、南の久留米に挟まれているからこそ、信仰を続けられているのだ。久米蔵は善左衛門と並んで歩きながら思う。

「あの板井源四郎殿と新平殿も、さきほど巡察師から祝福を受けられました。今年は年貢を納めたと、言っておられました」

久米蔵は報告する。

「それはよかった。本当にあの板井様、昔から存じ上げているだけに、今百姓になられているなど、感無量です」

善左衛門は目を細めた。

五　宗麟夫人ジュリア　文禄二年（一五九三）五月

巡察師が高橋組の村々を通過後の二年間、神父や修道士の訪れはなかった。かつて筑後が大殿の治世下にあったとき、年貢取り立て役だった向平蔵《むかい》の訪問を受けたのは、文禄二年の三月だった。

ほとんど六年ぶりの再会を、久米蔵は手放しで喜んだ。以前の上下関係は既に消え、共に豊後にゆかりを持つ者同士の懐《なつ》かしさがあった。

向から聞く豊後の変わりように、久米蔵は心を痛めた。

九州平定の後、大殿の継嗣《けいし》である大友義統《よしむね》殿は、関白によって豊後一国を安堵《あんど》された。関白の伴天連《ばてれん》追放令が布告されるや、義統殿は手の平を返すように、家臣に棄教を迫り、従わない者は追放の措置をとった。小心《しょうしん》からくる関白への機嫌とりだった。その甲斐あって、関白より秀吉の吉を与えられて、吉統《よしむね》と改名する。

天正十九年秋、関白は朝鮮出兵の命令を下す。翌文禄元年三月、吉統殿は手勢六千人を率いて出陣し、黒田官兵衛孝高《よしたか》殿の嫡子《ちゃくし》黒田長政殿の指揮下にはいった。

朝鮮に上陸し布陣後間もなく、朝鮮救援のため押し寄せた明の大軍を目の前にして、吉統殿は戦わずして退却する。一方、一族である立花統虎《むねとら》殿は、明の大軍を撃破して敗走させた。

武将としての吉統殿の無能ぶりを知った関白は、吉統殿を内地に送還させ、身柄を毛利輝元《てるもと》に預ける。領国豊後は没収されたという。

「家臣の方々はどうされとりますか」

代々続いた大友家の豊後領が消失した報は、青天の霹靂《へきれき》にも等しい驚きだった。

「今のところ、新しい領主の到着を待っています。追放されるか、そのまま家臣に加えてもらえるかは、これから判明します」

向平蔵の顔色は暗かった。「ついては、夫人のジュリア様と、大殿との間に生まれたルジイナ様の今後の処遇です。豊後が大友の領地ではなくなった今、もはや国内に留まってはおられません。どこか、イエズス教の信徒が多い土地に移りたいという希望を口にされました。それで私が久米蔵殿のことを伝えたのです。すると是非ともそこへ行きたいという意向を漏らされました。どこか、ジュリア様母子、侍女三人が隠《いん》遁《とん》できるような場所はないでしょうか」

「大殿の奥方と、お二人の間に生まれた姫さまが」

久米蔵は絶句する。断る理由などあるはずがない。

「どんな陋屋《ろうおく》でもいい。信仰の場の他は何も望まないと、おっしゃっています。私が見るところこの高橋組以外はないと思われます。私からも切にお願いします」

向平蔵が頭を下げる。

「分かりました。さっそく手配します。ひと月もあればお迎えする準備ができているはずです。そうお伝え下さい」

久米蔵は約束し、馬に跨《また》がった向平蔵を見送った。

頭のなかに浮かんだ考えは、すぐ近くにある田中村だった。小さい村ながらも前の庄屋の藤田市助は人徳に優れ、久米蔵も頼りにしていた。それまで庄屋たちをよくまとめ、何かと相談に乗ってくれていた先々代の藤田弥蔵が死んだのは五年前で、市助こそ次のまとめ役だと見込んでいたのに、昨年の冬、急逝《きゅうせい》してしまった。まだ五十をいくつか越えたばかりの年齢だった。

その市助が、生前に建てたばかりの離れは、主《あるじ》を迎えることなく空いたままになっている。新しく庄屋を継いだ市助の子文作も、離れ座敷をもて余しているはずだった。そこに水回りと火の回りを建て増し、侍女たちが寝起きする部屋も土間づたいに増設すればよかった。

田中村は往還筋から離れていて人目にはつきにくい。大殿の奥方が隠棲《いんせい》されるにはもってこいの場所といえる。そのうえ、市助は生前より信仰が篤《あつ》く、それは妻子にも受け継がれている。

翌朝、久米蔵は手土産に粕漬鮎《かすづけあゆ》を持って田中村に赴いた。三月の庄屋の仕事としては、村内の人口調査があり、もう文作は提出していた。新庄屋の文作にとってはそれが初仕事で、近くの彼坪村《かなつぼ》の庄屋に教わりながらやり遂げたはずだ。それによると戸数は四十八、十六歳以上の人口は百六十人余だった。高橋組の村々のなかでは、戸数、人口とも最少だった。

月末には土免《つちめん》が待っている。庄屋を集めて、その年の租率である免を言い渡す必要があった。土地が痩《や》せている田は、いきおい免を少なくしてやらないと、百姓たちの取り分はほとんどなくなる。田中村の場合、痩地が多く、他の村よりも免は低かった。

往還筋の田では、どこも苗代づくりの真最中で、百姓たちがもう精を出していた。久米蔵に気がついて、遠くからぴょこんと頭を下げる者もいた。

水の張られた田が、朝の春光を照り返して美しい。こんな生まれたばかりの、いや田植えを待つ田を見ていると、平穏な年であることを願わずにはいられない。

大庄屋を養父から継いで、この十年、大きな日照りも洪水も、蝗《いなご》の大群にも見舞われていない。デウス・イエズスの護《まも》りのおかげに違いなかった。

田中村の庄屋の家は質素そのもので、門とても皮つきの柱を立てただけだ。茶の木の垣根だけは新芽が目に美しい。

納屋《なや》にいた荒使子《あらしこ》が久米蔵を目ざとく見つけてくれる。来意を告げると、待たされることなく玄関内の土間に案内された。ここは養父が生きていた頃、よく訪れ、ロザリオを繰りながらコンタツをした場所だった。あのときコンタツの文句を一番先に覚えてしまったのが、まだ子供だった文作だ。

「これは大庄屋様、どうぞ、どうぞ」

姿を見せた庄屋が出迎えてくれる。まず床の間に行き、小さなイエズス像に手を合わせて祈った。そのまま振り向き、坐り場所を改めて、大殿夫人の話を口にした。

「大友宗麟様の御内儀《ごないぎ》を、こげな片田舎の百姓家にお迎えしてよかとでしょうか」

文作は滅相《めっそう》もないという顔をした。

「この高橋組がイエズス教徒の地だと聞いての願い事のごたるです。特にこの藤田家は、先々代の頃から熱心な信徒です。迎え入れるのには最適だと考え、このとおりお願いする次第です」

久米蔵は頭を下げ、空いている離れを建て増す費用は、無論大庄屋持ちだとつけ加えた。しかしなかなか文作は頭を縦に振らない。

成り行きが変わったのは、茶を持って来た母親のなつのおかげだった。息子の説明を聞いて、膝《ひざ》を乗り出してくれた。

「ジュリア様とルジイナ様が困っておられるとであれば、ここは迷わず手をさしのべてさしあげるとが、慈愛というものでっしょ」

このひと言で、文作は受け入れを決めてくれた。

帰りがけに見せてもらった離れは、全くの新築ではなかった。古材があちこちに利用されているのも、先代市助の心のあり様を示していた。隠居の離れなど、新しい資材で建てなくていい、古材で充分と思ったのだ。

これに建て増しするのにも、古材を使えばいい。本郷《ほんごう》の棟梁《とうりょう》に頼めば、待ってましたとばかり用立ててくれるはずだ。約束した如《ごと》く、ひと月もあれば何とかなるに違いない。

久米蔵は帰った翌日、知り合いの棟梁を本郷に訪ね、一切を任せた。ひと月後に、完成の報がはいった。行って見分《けんぶん》すると、華美ではなく、かといって貧相でもなく、清楚《せいそ》な仕上げになっていて、いかにも女人の棲家《すみか》にふさわしい出来上がりだった。

数日後、向平蔵の使いが来て、ジュリア夫人一行の到着は、二日後と知らされた。

ことの外喜んだのは、麻だった。曲がりかけた腰を伸ばして、この接待を天の恵みだと心得ていた。

「あの大殿の奥方を迎えることができるなど、天地がひっくり返ったのと同じ。光栄極まりなし。粗相《そそう》のないようにせにゃならん」

そう言って、藁布《わらぶ》団《とん》を新調したり、古いものは日に干したりしていた。

ジュリア夫人の到着は、文禄二年五月一日、グレゴリウス暦では千五百九十三年五月三十一日になった。申《さる》の刻（午後三時）、村はずれまで一行が近づいていると、家人が知らせてくれた。

門をはいって来た向平蔵は徒《かち》姿で、馬には荷を積み、三人の侍女たちも、それぞれ荷を背負っている。

ジュリア夫人は四十代半ばくらいだろうか、銀髪がそれまでの苦労をしのばせていた。十六歳だと聞いていたひとり娘のルジイナは、匂《にお》うような美しさだった。ジュリア夫人と瓜《うり》二つではなく、真直《まっす》ぐ伸びた鼻筋と小ぶりな口元が、久米蔵の記憶にある大殿の風貌《ふうぼう》を想起《そうき》させた。

「長旅ご苦労さまでございました。大庄屋、平田久米蔵でございます」

久米蔵はジュリア夫人と向平蔵に言う。「本日、お迎えできて、本当に光栄至極、誠にデウス・イエズスの配慮でございます」

「このたびのお骨折り、向様よりうかがっております。どこから御礼を申し上げてよいやら、心より感謝申し上げます」

ジュリア夫人はあくまで腰が低く、久米蔵が当惑するほどだ。

「娘のルジイナでございます」

脇にいた娘が愛想良く自分で名乗った。世が世ならば、ひとかどの武将に嫁《とつ》いでもよいほどの位なのに、そのような気取りを微塵《みじん》も感じさせない。

侍女三人たちと一緒に家にはいり、足を洗ったあと、それぞれの部屋でのくつろぎの時間をもった。既に、夕餉《ゆうげ》の匂が屋内にたちこめていて、腹の虫を鳴らした。

座敷に高坏膳《たかつきぜん》を用意して、ジュリア夫人とルジイナ、向平蔵を案内する。膳の数を見て、ジュリア夫人が言った。

「向様からは、久米蔵様には御母堂、御内儀、三人の御子がおられるとうかがっています。どうかご一緒したいと思っております」

「そうでございますか」

久米蔵は平伏《へいふく》する。麻やとよ、そして命助《めいすけ》や勇助、りせにとっても、この上ない機会であり、一生の思い出になるだろう。

退出した久米蔵は麻ととよに伝える。三人の子供にはすぐに着替えをさせた。麻は尻込《しりご》みするどころか喜んだ。

「ほんになんという僥倖《ぎょうこう》か。ジュリア夫人とひとこと口が利《き》けるだけでも、右馬助《うまのすけ》殿への土産話になる」

「食べ物が喉《のど》を通るかどうか」

心配顔のとよも、内心では喜んでいるようだった。

久米蔵が座敷に戻ると、ジュリア夫人は床の間の絹布に見入っていた。

「これは父の一万田《いちまだ》右馬助が大友宗麟様から直接いただいたものです。元はといえば、ザビエル師から宗麟様がいただかれた品です」

久米蔵は説明する。「自分はトレス神父から新しくもらったものがあるから、これはそなたに譲る。仮にわしがデウス・イエズスの王国を打ち立てることに失敗したとしても、そなたはたとえ小さくてもいい、これから行く土地でイエズス教の王国を樹立してはくれまいか、と言われたのです」

答えながら久米蔵は胸が詰まる。

「その一万田様については、フランシスコ宗麟様から聞いたことがございます」

ジュリア夫人が言った。「右馬助が羨《うらや》ましい。いつかその王国を訪ねてみたいものだと言っておりました」

「そうでございましたか」

頷いたのは麻だった。「亡《な》き主人に聞かせてやりとうございました」

「フランシスコ様の遺志《いし》が、こうやってわたくしをここに導いて来たのかもしれません」

ジュリア夫人が麻に微笑《ほほえ》む。「途中、粘土で作ったロザリオを胸にかけた百姓を見かけました」

「それは小島《おしま》村の百姓でしょう。あの村には早七《そうしち》という手先の器用な男がいて、頼まれると村人に粘土のロザリオを作ってやっています。他にも柘植《つげ》の木で作ったり、布玉で作ったり、ズズコの数珠玉《じゅずだま》や、木の実で作ったりしている百姓もいます。我が家にも由緒《ゆいしょ》あるロザリオがあります」

久米蔵は懐《ふところ》からロザリオをひとつ取り出して見せる。「これはアルメイダ神父から貰《もら》ったものです。もうひとつ同じ物は、養父が天に召される折、棺《ひつぎ》の中に入れました」

「アルメイダ様からですか。何とお懐かしいお名前でしょうか」

ジュリア夫人が胸に手をやる。「まだ修道士であられた頃、お目にかかりました。天草で亡くなられたとか」

「はい。もう十年になります」

「ここにも足を運ばれたのですか」

「はい。実に稀有《けう》な方でした。あの方がおられなければ、捨子の私はこの世にはおりません。アルメイダ様に拾われ、亡き父とこの母に育てられました」

「それは向殿から、来る道筋で聞きました。これこそ神の恵みです」

夫人が麻の手を取った。「わたくしからも礼を述べさせて下さい。ほんに、ありがとうございました」

間近で言われて、麻は涙ぐんでいた。

「もうひとつ、家宝にしているロザリオがあります」

桐箱《きりばこ》を開けて、まだ新しいロザリオを出してジュリア夫人に手渡す。

「これは象牙でしょうね」

「たぶん。ローマまで行かれた中浦ジュリアン様が、ザビエル様の絹布の脇に置いてくれと言い、残された品です。ローマで購《あがな》われたと聞いています」

「そうですか。あの少年使節の――」

ジュリア夫人が感激した面持《おもも》ちでロザリオに見入った。「フランシスコ宗麟様は、とうとう使節とは会わず仕舞いでした。生きて会えておれば、ローマの様子を根掘り葉掘り訊かれたでしょうに。今、その中浦ジュリアン様はどこにおられますか」

「さあ」

久米蔵は首をひねるしかない。他の三人の使節も現在どうなっているのか、いやそもそも、使節を関白殿に引見《いんけん》させた巡察師のヴァリニャーノ神父が、まだこの日本におられるかどうかも、知る由《よし》がなかった。

「ともかくこんな立派な遺品があり、こんなに信仰が行き渡っている所に、身を寄せることができて、幸せです」

ジュリア夫人は娘のルジイナと顔を見合わせる。

「この絹布と同じ文字は、父が用いていた印章にもありましたし、墓の上に建てられた礼拝堂にも刻まれていました」

ルジイナが眼を伏せがちに小さな声で言った。

「その礼拝堂も、百ヵ日の忌日《きにち》には壊されてしまいました」

ジュリア夫人がつけ加える。「フランシスコ様の死去後二十六日に出された関白殿の伴天連追放令に、吉統様が怯《おび》えたからです。あの方は、本当に可哀相《かわいそう》な方で、所詮《しょせん》、フランシスコ様の後継にはなり難い器《うつわ》です。信念が定まらず、フランシスコ様はいつも悔やんでおられました。国を譲るのであれば、次男のセバスチャン親家《ちかいえ》様、あるいは三男のパンタレオン親盛《ちかもり》様がよかったと、わたくしに漏らしていました。それでも吉統様が毛利殿にお預けの身になった今では、またイエズス教への帰依《きえ》を取り戻されたようです。豊後の国を背負うのが、あまりに肩に重かったのでしょう」

「親家様、親盛様の他、家臣の方々は、これからどうされるのでしょうか」

思い余って久米蔵が訊く。

「わたくしたちと同じです。それぞれ、落ち行く先を決めなければなりません。四百年続いた大友家は、これで消滅しました」

「教会もレジデンシアもコレジョもでしょうか」

「はい、すべてです」

答えるジュリア夫人の表情は静謐《せいひつ》そのものだった。「フランシスコ様は、そんな豊後の終焉《しゅうえん》を自分の眼で見ることなく逝《ゆ》かれ、ある意味では幸せだったのではないでしょうか。今は、天上から、この筑後国の一角を目を細めて見つめておられると思います」

「天上から？」

久米蔵にとっては思いがけない言葉だった。もしかすると、養父の右馬助も天上で大殿と出会い、手に手をとり合って再会を喜んでいるのかもしれなかった。そして二人でこの高橋組の村々を眺めているとすれば、背筋が伸びる。

「これはうるかでしょうか」

ジュリア夫人が箸《はし》をつけて問う。「そしてこちらはしじみ汁。子籠鮎《こごもりあゆ》の煮つけ、つがにの醤漬《ひしおづけ》。おいしゅうございます」

「ありがとうございます。田舎料理ばかりでございます」

麻が恐縮する。ジュリア夫人が料理に詳しいのも、かつて侍女頭として奈多《なだ》夫人に仕えていたからに違いなかった。

翌朝の朝餉も、いたって簡単だった。菜飯《なめし》に大根おろし、もろみ、小茄子《こなす》の糀漬《こうじづけ》、豆腐の味噌汁《みそしる》のみだ。

「この菜飯の色のよいこと。目が覚めるようです」

ジュリア夫人が目を細める。油菜を蒸してやわらかくして刻み、味つけして飯に混ぜただけの粗食だった。

「昨晩はゆっくり眠れましたか」

久米蔵は寡黙《かもく》なルジイナに言葉をかける。

「久しぶりにぐっすり眠りました。聞こえるのは蛙《かわず》の声のみで、本当に静かな所です」

「あれはかまびすしい。叱《しか》ってもまた鳴きますし」

　久米蔵は苦笑する。

「三人のお子さん、これからが楽しみですね。武士の子は武士になって、あちこち戦《いくさ》に出かけなければなりません。でも、大庄屋の子であれば、大地にどっかりと腰を据えて、生きて行けます」

　ジュリア夫人が諭《さと》すように言う。向平蔵も頷きながら聞いている。

「私どもの戦は、あくまで大風、大雨、日照り、そして蝗です。戦場はここですけん」

　久米蔵が答える。

「そこへいくと殿方は、海を渡ってでも、戦を仕掛けます。難儀《なんぎ》な生業《なりわい》です」

　ジュリア夫人は暗に太閤《たいこう》の朝鮮出兵を非難する。「この筑後の小早川秀包《ひでかね》様も、筑前の小早川隆景《たかかげ》様も、豊前の黒田孝高様も、こぞって今は、海の向こうで戦をしておられます」

「それはもう、太閤殿の命令ですから」

　向平蔵が応じる。「北肥後の加藤清正殿、南肥後の小西行長殿、肥前大村の大村喜《よし》前《あき》殿、島原の有馬晴信殿、そして薩摩の島津殿も、みんな朝鮮に出陣されています」

「朝鮮も広く、この九州の比ではないでしょうに」

　ジュリア夫人が問いかける。

「それはもう。日本と同じくらいではないでしょうか」

「そこにも多くの武将と民がいるでしょう。九州平定のときと同じようにはいきますまい」

「九州平定の際は、諸侯が戦う前に降伏を申し出て、速やかに終結しました。朝鮮ではそう簡単に事は運ばないと思われます。異国への侵入ですので」

　向平蔵が率直に答える。

「そうしますと、一年や二年で戦は終わらないでしょう。三、四年でも無理でしょうね」

「はい。お察しのとおりです」

「太閤殿を諫《いさ》める家臣がいないのでしょう。どの殿方も、風になびく麦の穂のように頭を下げておられます。わたくしが思いますに、フランシスコ様が生きておられたら、太閤殿に進言されたと思います」

「宗麟様なら、あるいは」

　久米蔵は聞き耳をたてる。

「ここは力をじっくり貯《たくわ》えるときですと、諫めたと思うのです」

「勢いに乗じてという気持が太閤殿には、あるのでしょう」

平蔵が言う。「あるいは、御自分の年齢、やがて六十を考えてのことかもしれません。六十五になっては遅いし、七十歳ではもう無理でしょうから」

「確かに。フランシスコ様の享年《きょうねん》は五十八でした。太閤殿の六十を目前にしての朝鮮出兵は、自らの齢《よわい》の限界を感じての急ぎ過ぎやもしれません」

ジュリア夫人は自分で納得する。

二人のやりとりを聞きながら、久米蔵は朝鮮の民の逃げ惑う光景を思い描く。朝鮮にも百姓はいるはずで、田畑が戦場になれば、耕地は荒らされ、収穫物は掠奪《りゃくだつ》にあい、婦女子も狼藉《ろうぜき》の限りを尽くされる。いったい何のための戦なのか――。宗麟様が生きておられたら、ジュリア夫人が言うように、命をかけてでも進言されただろう。

朝餉を終えて、ゆっくり仕度を整えて出発する。侍女たちが担《にな》っていた荷は、荒使子たちに持たせた。いきおい一行の姿は眼につき、田植えをしている百姓たちが腰を伸ばしてこちらを見る。子供たちは畔道《あぜみち》を走って来る。

「ほらほら、汚れた手で触《さわ》ったら泥がつく」

侍女の衣に触れようとする女の子を、荒使子が注意する。

「田舎がこれほど美しいとは思いませんでした」

久米蔵の後ろを歩くジュリア夫人が声をかけた。

「はい。百姓は田畑を宝物と思っとります。稲穂が垂れた田も美しいですが、苗田はそれとはまた違った美しさがあります」

「これから四季折々の田を見られると思うと、心が和《なご》みます」

久米蔵が振り返ると、娘のルジイナが、朝の風を顔で受けるように、風上に眼をやっている。その横顔に匂うような可憐《かれん》さが宿っていた。

田中村の庄屋には、荒使子が一足先に到着を知らせに走っていた。丸太を立てただけの門の前に、庄屋夫婦が正装して待っていた。

藤田文作と一緒に、離れに案内する。これまでジュリア夫人たちが住んでいた館《やかた》と比べれば、それこそ小屋同然の住居に違いなかった。

「こんな所でございます」

文作が恐縮する。

「わざわざ造作《ぞうさく》したのですね。面倒をかけました。そしてこれからも面倒をかけます」

ジュリア夫人が言い、文作について中に上がる。縁側の戸が開け放たれていて、田畑が一望できた。

「あの山は？」

ジュリア夫人が遠くの連山を指さす。

「耳納《みのう》の山々です。その手前に筑後川が流れております。いつかお連れ申し上げる機会があるはずです」

「何という広々とした平野でしょう。田の上を撫でてくる風が心地よいです」

ジュリア夫人が田に向かって大きく息を吸う。娘のルジイナも目を細めて、水の張られた田を眺めている。

侍女たちが暮らす部屋にも案内した。三人が一部屋に起居するようにして、離れとの間に厨房《ちゅうぼう》を作っていた。鍋釜《なべかま》、茶碗《ちゃわん》の類《たぐい》は、久米蔵が新しく取り揃《そろ》えてやった。

「入用なものは何なりと申しつけて下さい」

文作が言う。いかに庄屋とはいえ、他の村々と比べれば戸数も少ない。新しい客人を養っていく余裕はさしてないはずで、久米蔵のほうから手助けしてやるつもりだった。

「ここまでしていただき、嬉《うれ》しゅうございます」

ジュリア夫人が丁重に頭を下げた。

「ほんとうに何もございません。あるのは田畑と、私ども百姓のみでございます」

文作もかしこまって応じる。

「本当に、この高橋組、筑後と筑前の国境《くにざかい》にあって、めぼしいものはありません」

久米蔵も言い添える。「小さな礼拝堂くらい建てればよかったのですが」

秋月のような教会は、いくら何でも手にあまる。しかし十坪か二十坪程度の礼拝堂くらいなら何とかなると思った時期もあった。しかし太閤によって伴天連追放令が出された今、礼拝堂とて夢のまた夢になってしまった。

「久米蔵殿」

ジュリア夫人から名を呼ばれて我に返る。夫人がまっすぐこちらを見据えていた。

「礼拝堂は、各人の心の中にあるのです。わざわざ建てなくても、この胸の中に」

ジュリア夫人が胸に手を添えた。

「はっ、仰《おお》せのとおりです」

久米蔵は胸を衝《つ》かれる。そうなのだ。祈りの場は、外に設ける必要はない。心の内にあればいい。そうすれば、いかに禁教の世にあっても、生き延びられるはずだった。追放令が出されたあと、禁教の施策がさして厳しくないのは、太閤の眼が、朝鮮という国外に注がれているからだった。朝鮮出兵が終わり次第、禁教の掟《おきて》は枯野に火を放つような勢いで、国中の教会や礼拝堂は言うに及ばず、レジデンシアやセミナリヨ、コレジョは打ち壊されるに違いなかった。

たとえそうなっても、心の内なる礼拝堂が存在する限り、禁教の世でも、信仰の灯は灯《とも》し続けられる。

我に返った久米蔵に、ジュリア夫人は頷《うなず》きながら微笑した。

ジュリア夫人の暮らしぶりは、あくまでつつましやかで、文作の話では、日々の食糧を入手する際も、侍女たちはちゃんと銭で代価を支払うという。従って久米蔵も、時折油や味噌を届ける程度ですんだ。

ところが半年もすると、近在の村々から女子衆《おなごしゅう》が手作りの漬物や芋や豆を、ジュリア夫人の許《もと》に持って来るようになった。それもジュリア夫人から、イエズス教の説話や教理、聖人たちの話を聞くためだ。

そのうち麻も、とよと一緒に時々ジュリア夫人の居所に出向くようになった。手土産は、麻が作る甘酒や、とよの手になる青梅の粕漬だったりした。

二人とも、ジュリア夫人の知識もさることながら、その人柄に魅了されていた。かつての大名夫人とはいえ、苦労の連続だったはずで、それが生来《せいらい》の資質に深みを与えたのだろう。

久米蔵が麻やとよからのまた聞きで、興味をひかれたのは、サントス、いわゆる聖人たちの話だった。ジュリア夫人が逸話に詳しいのも、豊後で多くの神父や修道士から話を聞いたからに違いなかった。

「イエズス様はこげん言われたそうです」

とよがジュリア夫人から聞いた話を口にする。「この食事の席で、坐《すわ》っている人と給仕をする人では、どちらが偉いか。弟子たちは当然、席に坐って食べる者が偉かと答えたとです。そしたら、イエズス様は自分は給仕する者にすぎないと言うて、席を立って、桶《おけ》と手拭《てぬぐ》いば探して、弟子の足ば洗い始めたとです。この行いで、弟子たちは恥じ入ったそうです」

「イエズス様は、自分の一生はこの洗足《せんそく》だと、弟子たちに言わっしゃったげな」

麻が言い添える。

「生涯が洗足？」

久米蔵が訊《き》き返すと、とよと麻がぐっと顎《あご》を引く。

「こん話ば聞いて、わたしはもうこれで死んで悔いはなかち、思うた。どうしてか知らんけど。不思議に、そんとき亡くなった主人を思い出しました」

なるほどと、久米蔵は今になって思い至る。養父だった一万田右馬助の生涯も、考えてみれば洗足の一生だったのかもしれない。府内では、アルメイダ修道士が運営する病院を裏方として支え、この高橋組に移住してからは、庄屋や百姓たちの便宜を第一と考えて腐心し、生涯を終えていた。まさしく、食事の席に坐って給仕を待つ人ではなく、給仕する側に立つ人だったことが分かる。何よりも、捨子の自分を養子にして育ててくれたのだ。

養父がイエズスの洗足の逸話を知っていたとは思えない。知らず知らずにその行いをなぞっていたのだろう。

村の女子衆がこぞって田中村のジュリア夫人を訪れるのも、イエズスやサントスの話が心に沁《し》みるからに違いなかった。

その年の暮から病床に就《つ》いた麻が亡くなったのは、翌年の暑い盛りだった。病床での麻は、とよがジュリア夫人の許に行って聞いた話を、また聞きするのを最大の楽しみにしていた。

そうした麻の様子をとよがジュリア夫人に伝えたのか、六月の炎天下、侍女をひとり連れてジュリア夫人が見舞いに来た。何の前触れもなかったので、久米蔵は他の村の庄屋の許に出向いていた。荒使子が息せき切って知らせに来て、急ぎ家に戻った。

門まで帰りつくと、ジュリア夫人が帰るのをとよが見送っていた。慌《あわ》てて久米蔵が引きとめるのを、ジュリア夫人はあくまで辞退した。

「久しぶりに麻殿に会うことができて、わたくしの心もなごみました。麻殿は、久米蔵殿の孝行を感謝しておられました」

そう言い残して、侍女を促してすたすたと歩き出す。久米蔵ととよはその後姿に深々と頭を下げ、あとになって土産のひとつもさし上げていないことに気がついた。

「お姑《かあ》様はジュリア夫人を、何かマリア様のように思っておられます」

とよが告げた。

この訪問を境にして、確かに麻の表情が変わった。死を恐れるのではなく、どこか死を待ち受けている様子が見てとれたのだ。

食が喉を通らなくなり、これ以上は痩せられないほどの体になったとき、久米蔵ととよを手招きした。

「わたしが死んでも悲しんではいかん。わたしはデウス・イエズスの許に行くのですけん。ほんに、よか人生でした」

麻は久米蔵の手を握ったまま言う。「久米蔵をデウス・イエズスから授かって、ほんによかった。久米蔵ば授からなかったら、どげな人生になっとったやら。主人の右馬助殿も、どこかの戦場で死んどったやろ。久米蔵がおったけん、二人共ここに来られて、静かな人生ば送るこつができた」

麻はもう目が見えていないのかもしれない。天井に顔を向けたままで言う。久米蔵は溢《あふ》れ出る涙をぬぐった。そうか、右馬助と麻の養父母は、自分を捨子と思って育てたのではなく、デウス・イエズスの贈物として育ててくれたのだ。

「とよ殿」

麻が今度はとよの手をまさぐる。「よう、この高橋村に嫁いで来てくれた。三人の孫も、あんたのおかげで授かった。これまで、わたしの下で暮らして、言うに言われん苦労もあったろう。至らぬ姑《しゅうとめ》だったこつは、許してつかあさい」

「苦労などなかったです。何から何までお姑様に教えてもらいました」

とよも泣いている。

「あ、イエズス様のお迎えが来たごたる」

不規則になった息の下で麻が言う。「これで右馬助殿にも天上で会える。会ったら、お前たち二人と孫のことば話そう。右馬助殿がどげん喜ばれるこつか」

麻は何度か大きな呼吸をし、久米蔵ととよの手を握ったままで息絶える。わずかずつ冷たくなっていく麻の手を感じながら、久米蔵もとよも静かに涙を流す。ようやく手が石のように冷たくなったところで、とよが子供たちを呼びに行く。

「おばあちゃんが、死んで天国に行かっしゃった」

久米蔵が三人の子供たちに告げる。子供たちは立ち尽くしたままだった。

麻の墓は、右馬助の墓の横に、少し小ぶりな石で作った。絹布《けんぷ》にあったのと同じ文字を刻んでもらい、その下に「カテリナ麻」と刻印した。

翌文禄四年（一五九五）五月、ジュリア夫人のもとに神父と日本人修道士が来訪した。神父の名前は長く、久米蔵は何度も訊き返して、コンファロニエリという名をやっと頭に刻んだ。四十くらいで背が高く、どんなに日本人に扮《ふん》しても異人だと見破られる。それを知ってか、黒の通常の司祭服を着ていた。日本に来て九年は経《た》つと言い、言葉も解した。神父に従っている日本人修道士パウロも同じ年頃ではあるものの、背は低く、二人が連れ立って歩くと、まるで大人と子供に見えた。

神父と修道士は長崎からこの筑後に来て、この先筑前と、周防《すおう》に向かうという。伴天連追放令が出る前、神父は堺のレジデンシアで布教にあたっていた。追放令とともに平戸に移動、有馬の教会に配属されていた。

「追放令が出されても、デウス・イエズスの教えは広まっているのですね」

久米蔵はわずかながらも希望を感じて確かめた。

「パードレもイルマンも、大村、天草、有馬、長崎にいます。みんな、デウス・イエズスをしんじているだいみょうのりょうちです」

コンファロニエリ神父が自信たっぷりに答える。「みやこでも、しんじゃがふえています」

その言葉がにわかには信じられず、久米蔵はパウロ修道士に顔を向ける。

「本当です。百姓や町人はもちろん、武家も洗礼を受けているそうです。このまま続くといいのですが」

修道士は神父ほどには、現状を楽観視してはいなかった。

しかし短期間とはいえ、神父と修道士の通過が、信者たちを勇気づけたのは間違いなかった。ジュリア夫人のいる田中村の庄屋宅で行われたミサには、他村からの村人も参集した。

秋月までの道のりも、久米蔵は村人たちとともに神父に同行した。パウロ修道士からは、太閤の朝鮮出兵の様子も聞けた。

「太閤が肥前名護屋に四年前に築いたお城を昨年、眼にしました。それは壮大で、どんな大名の城もあれには及びません。築城を始めてから、秀吉殿は関白の位を世継ぎの秀次《ひでつぐ》殿に譲り、自らは太閤になられています。そしてこれは、大きな朗報ですが、名護屋で高山ジュスト右近《うこん》様が、太閤殿に会われました」

「ジュスト右近様が、太閤殿に会われたのですか」

久米蔵は驚く。「右近様は加賀の前田侯にお預かりの身ではなかったのですか」

「ご存知かもしれませんが、朝鮮と明征伐軍の第一陣先鋒《せんぽう》総大将は、小西アグスチノ行長様でした。第二陣の総大将は加藤清正殿、そして第三陣の総大将は黒田ダミアン長政様です。一方、名護屋城で本営を守護しているのが、前田利家殿と徳川家康殿です。この前田利家殿に、ジュスト右近様も従い、名護屋の陣中で太閤殿にお目通りがかなっています。二日後には、太閤殿から茶会に招かれています。茶会に招待されるのは、太閤殿が気を許した武将だけですので、ジュスト右近様に対する太閤の勘気《かんき》も解けたものと思われます」

「それは、イエズス教全体にとっても大きな朗報ではありませんか。あの伴天連追放令を太閤が撤回される事態もありうるのですね」

「いえ、それは束《つか》の間《ま》の夢に過ぎませんでした」

修道士が暗い表情でかぶりを振る。

「そのあと、たいこうどのは、長崎のチェサやレジデンシア、ノビシアドのはかいをめいじました」

会話を聞いていたコンファロニエリ神父が言い添える。「パードレ・ヴァリニャーノとパードレ・フロイスは、長崎をでて、マカオにかえりました。二ねんはんまえです」

「そうしますと、この禁教は今後益々《ますます》、厳しくなるのでしょうか」

「たぶん」

神父が暗い目をして頷く。「このあと、ここにくるのが、いつになるか、わかりません」

「そうですか」

久米蔵も納得せざるをえない。今回の神父と修道士の来訪も、束の間の僥倖だったのだ。

「久米蔵殿、大丈夫です」

修道士が元気づける。「信者のいる所には、必ずや神父様が訪問して祝福を与えられます。それがたとえ五年に一回、十年に一度になってもです」

十年に一回、久米蔵は胸の内で反芻《はんすう》する。十年に一度と修道士は言ったが、ひょっとすれば、二十年に一度、三十年に一度、もしかしたら百年に一度になるかもしれなかった。

五十年後には、もう自分はこの世に留まっていない。百年後には子供たち三人も、もはやこの世の人ではない。そのとき、信仰の灯は保たれているだろうか。デウス・イエズスの教えは守られているだろうか。

いや、守られているはずだと久米蔵は思う。〈デウス・イエズスは、すべての人の中におられる〉と、亡き養父の右馬助が常々言っていたとおりだ。信仰を守る人間がいる限り、その中にデウス・イエズスも居続けるはずだった。

第三章　殉教

一　二十六人　慶長二年（一五九七）一月

　ジュリア夫人一行が田中村を去ったのは、文禄五年（一五九六）十月半ばだった。落ち着く先として長崎が選ばれた。太閤の命令で一部の教会や住院が破壊されたとはいえ、まだ長崎には神父や修道士が多く潜んでいた。辺鄙《へんぴ》な土地で、宣教師の来訪も稀《まれ》なこの高橋組よりは、必要とあればいつでも神父に祝福を受けられる長崎のほうが、心安らかな日々を送れるのは間違いない。

　わずか三年半とはいえ、ジュリア夫人が村人たちにもたらした信仰の恵みは、はかりしれなかった。

　出立《しゅったつ》の朝、筑後国の国主小早川シメオン秀包《ひでかね》様のマセンシア夫人が遣わした使者が到着し、先導してくれた。道端には近在の村人がずらりと並び、涙ながらに見送った。

「この三年半、夢のような穏やかな日々でした。村人の信仰によって、わたくしが犯した罪が軽くなりました。本当に、ここの村々にはデウス・イエズスの祈りが根づいています」

別れ際《ぎわ》に、ジュリア夫人は久米蔵の手をとって言った。手のぬくもりを感じて久米蔵は胸を衝《つ》かれた。この手が、あの大殿《おおとの》の手を握ったのだ。そう思うと、幼い頃二度だけ御目通りがかなった大殿から激励をされている錯覚がした。

「高橋組の片田舎に三年半も滞在していただき、ありがとうございました」

久米蔵は目を赤くしながら礼を言う。「村々の女子衆《おなごしゅう》がどんなに喜んだことか。おのおの信仰を深くしております」

久米蔵は田中村の庄屋文作とともに、深々と頭を下げた。

翌慶長二年の一月末、秋月の原田《はるた》善左衛門から使いが来て、二日後の招宴を知らせてくれた。善左衛門は二十ほど年上のはずで、もう六十を超えている。足腰が悪くなり、歩くのに難儀していた。これから先、そう頻繁に行き来できなくなるのは必至で、それを見越しての招待かもしれなかった。

久米蔵としては、中旬に高橋組の庄屋たちを集めての会合を終えたばかりで、手が空《す》いていた。集まった席で、庄屋たちが口々に言ったのは、女子衆たちがいまだにジュリア夫人の滞在を懐《なつ》かしがっていることだった。

「あの方のおかげで、村の女子衆の信仰には、一段と熱がはいっとります」

文作が言うと、鵜木《うのき》村の庄屋も相槌《あいづち》をうつ。

「そげんです。今では、男のほうが女に引っ張られとります」

「うちの嬶《かか》など、また戻って来らるるじゃろと言うとります」小島《おしま》村の庄屋も言う。

しかしジュリア夫人が戻ってくることなど、万が一でもない。今頃は長崎で、心ゆくまで神父や修道士たちと語り合っているのに違いなかった。

一月の田畑の仕事は、麦に下肥を施すくらいで、畑に出ている村人は少ない。納屋《なや》にこもっての莚《むしろ》編みや縄ない、もっこの修理などに精を出す時期だった。

年が明けたとは言え、まだ風は冷たい。羽織の袖《そで》に左手は突っ込んでいても、手土産の干柿《ほしがき》をぶらさげた右手はかじかんだ。途中で出会う村人たちから頭を下げられ、久米蔵もひと言ふた言声をかける。

本郷《ほんごう》村を過ぎると坂道になり、足がしんどくなる。若い頃はこれくらいの坂道でも難儀に感じたことはなかった。今ではどこかでひと休みしたくなる。そんな弱気を抑えながら足を運んだ。

興膳《こうぜん》屋敷の一角にある教会が眼にはいる。今では神父や修道士も稀にしか訪れない場所になっていた。これから先、訪れはますます間遠になっていくはずだった。

考えてみると、大坂や長崎、天草、久留米ではなく、こんな山里に教会が建てられたこと自体が、ほとんど奇跡に違いなかった。

原田善左衛門の屋敷も、昔と比べると大分古びて見える。町自体が以前の賑《にぎ》わいをなくしかけていた。

番頭に案内されて座敷に上がると、思いがけなくそこに先客がいた。板井源四郎と新平親子だった。

「あれ以来、挨拶《あいさつ》にも上がらずに、申し訳なかです」

源四郎が言うのをおしとどめ、久米蔵も無音《ぶいん》に打ち過ぎたのを詫《わ》びた。

「それでも実は」

と息子の新平が言う。「おふくろと家内は、三回ばかり、田中村におられた宗麟《そうりん》様の奥方に会いに行っとります。村の女子衆を何人か連れてです」

「ジュリア夫人に会われたとですか。帰りに寄ってもらってもよかったのに」

久米蔵は残念がる。

「いえ、そこは遠慮したごたるです。奥方に会いに行って帰って来るたび、ジュリア様はこげなこつ言われたと語るとです。ほんによか教えば授かったごたるです」

「そげなこつですか。遠か所からも、ジュリア夫人の許《もと》には村人が集まって来たとですね」

久米蔵は改めてジュリア夫人の人柄を思い起こした。夫人の言葉を借りれば、女子衆のひとりひとりの胸の内に、小さな礼拝堂を建てたのに他ならなかった。

中座していた善左衛門が伴ってきたのは、コスメ興膳とヤコベ興膳親子だった。コスメ興膳は既に八十歳を超えた年齢なのに、腰は伸びて、顔の皺《しわ》も少ない。何より声に張りがあった。

「今日、久米蔵殿と板井様親子にはるばる来ていただいたのは、ひとつ大事なこつば、報告せにゃならんからです」

一座に茶が運ばれたとき、善左衛門が言った。そのあとを受けたのはコスメ興膳だった。

「平田久米蔵殿、そして板井源四郎殿と新平殿、お三方には、ほんに久々にお会いすることができ、嬉しゅうございます。私も馬齢を重ねデウス・イエズスのお迎えも間近に感じております」

コスメ興膳が言った。「先日、長崎でイエズス教徒の磔《はりつけ》がありました。このことを是非お伝えしなければと思いまして、ここに来ていただきました」

「磔ですか」

板井源四郎が訊《き》く。

「一体何人が」久米蔵も問う。

「二十六人です。それはむごいものでした」

「二十六人も」唸《うな》ったのは新平だった。

「やはり、伴天連《ばてれん》追放令の掟《おきて》を守らなかった宣教師たちですか」

久米蔵が確かめる。

「宣教師だけでなく、信者たちもです」

コスメ興膳の顔が歪《ゆが》む。

「磔を見たとですね」源四郎が訊く。

「見せしめの磔ですから、始めから終わりまで、何千人という見物人が集まっていました。場所は長崎の西坂という、見晴らしのよい場所にある麦畑でした」

「麦畑で？」

麦畑を処刑の場にするなど、あまりの非道《ひどう》さに、久米蔵は訊き返す。

「はい、まだ種が蒔《ま》かれたばかりの畑に、穴が掘られていました。十字架は、下の方に足をのせる短い横木がついていて、縦の柱の中央に、股《また》で挟む突起がこしらえてありました」

「イエズス様が磔にあったときのように、手の平は、釘《くぎ》で打ちつけられたとですか」

久米蔵は息をつめて問いかける。

「いえ、それはなかったです。上の横木の両端に鉄の輪がついていて、そこに手を入れるようになっていました。全員が下帯だけにされて、一斉に十字架が立てられ、穴は突き固められました」

言葉を続けようとして、コスメ興膳は息を整えた。「右端のほうからひとりずつ殺されていきました。処刑人は四人です。二人がまず左右から、槍《やり》を脇腹《わきばら》から刺し込み、槍先が反対側の肩口に出たのを確かめて、引き抜きます。そのあと別の二人が、同じように左右から脇腹を、肩先に向けて斜に突き上げました。これでたいていは絶命、そうでなくても処刑人が次の十字架に移るときには、がっくりと頭《こうべ》を垂れました。返り血を浴びた処刑人の形相は、人ひとりを殺すたび、鬼のようになっていきました」

コスメ興膳は言いさし、気を鎮《しず》めるためか、番茶を口に含んだ。「三千人以上はいる見物人の中には、泣く者、悲鳴を上げる者、祈りを捧《ささ》げる者、役人をののしる者が大勢いて、阿鼻叫喚《あびきょうかん》とはあれを言うのでしょう」

「殺される神父や信者たちは、どげな具合いでしたか」

目をむくようにして新平が訊く。

「全員が、天を見上げて何かを唱えていました。二十六人の最後は神父でした。天を仰いで何か口ごもり、槍が突き抜けたとき、全身が震えましたが、顔と眼はしっかり天に向けていました。しかしそれも力つき、がっくりと首を垂れました。

そのあとです。見物した信者や異人たちが、十字架の方に駆け寄って、流れ出る血を手で受けたのです。中には、真新しい手拭《てぬぐ》いで血を拭《ふ》き取る者もいました。役人たちが制したり、棒で叩《たた》いても無駄でした。

この有様は、長崎の家々からも眺められたはずです。振り返ると、窓や屋根の上、橋の欄干の上に人だかりがしていました。これが去年の十二月十九日、グレゴリウス暦では千五百九十七年二月五日の水曜日でした」

やっとコスメ興膳が言い終える。

「処刑された人の中に、コスメ殿の知った人はいなかったのですか」

久米蔵の声も震えていた。

「いました。三木パウロ修道士です」

コスメ興膳が答えて、息子の方を向いた。言葉を継いだのはヤコベ興膳だった。

「パウロ修道士は摂津の生まれで、織田信長様が居城を築かれた安土にあったセミナリヨの一期生だと聞いております。安土のセミナリヨがなくなったあとは、有馬そして天草のセミナリヨに移って修道士になりました。布教は、長崎と大坂を行ったり来たりして行っていました。都や大坂で多くのお侍や町人たちに洗礼を授けていました。それが仇《あだ》となって、他の修道士や神父、主だった信徒とともに捕縛《ほばく》されたのです。捕まった二十四人は牢《ろう》に入れられ、都の上京《かみぎょう》一の辻《つじ》で左の耳たぶを切られました。それが長崎に着くひと月前です」

「都で捕えられたのは二十六人ではなく、二十四人ですか」

板井源四郎が訊く。

「そのときは二十四人です。道中を気遣ってずっと世話をしていた信者二人も、途中安芸《あき》の国で罪人にされました」

ヤコベ興膳が答える。

「都での太閤殿の命令は、見せしめのため鼻と耳を削《そ》げ、というものでした。これを左耳たぶだけにするように取り成したのは、石田三成殿と聞いています」

コスメ興膳が言い添える。

「都では、耳たぶから血を流したまま、三人ずつ荷車に乗せられて、市中を引き回されています。そのあとは徒《かち》です。領主から領主へと引き継がれていくうちに、扱いがだんだんひどくなったそうです。全員が後ろ手に縛られ、役人たちに追い立てられながらの旅です」

「二十六人のうち、日本人の信者は何人いたのですか」

胸が苦しくなって久米蔵が問う。

「日本人は二十人です。そのうちイエズス会の修道士が、三木パウロ修道士ともうふたりです」

コスメ興膳が答える。「残り六人が異人で、すべてフランシスコ会の神父と修道士でした」

「フランシスコ会とは何ですか」

板井新平が訊き、ヤコベ興膳が答える。久米蔵も耳にするのは初めてだった。

「イエズス会とは別の宗派で、主に都で布教していました。それも堂々とです。イエズス会と違って清貧を旨《むね》とし、粗末な服をまとって裸足《はだし》です」

「それはあんまりな」

板井親子が驚く。

「それでも、三年前に都に立派な教会と病院を建て、貧民救済をしていました。癩《らい》の病人の足を洗い、そこに口をつけて祝福していたと聞いています」

ヤコベ興膳の話で、久米蔵はアルメイダ修道士を思い出す。修道士が建てた府内《ふない》の病院にも、多くの癩患者が身を寄せ、手当てを受けていた。

「フランシスコ会の指導者がペドロ・バプチスタ神父です。長崎での処刑で、もう信仰の灯は消えたも同然でしょう」

コスメ興膳が言い足し、ヤコベ興膳が続ける。

「話を三木パウロ修道士に戻すと、二十六人が博多に到着したとき、私は捕えられている牢屋にさし入れをしたのです。もちろん、役人にも袖の下をたっぷり渡しました。パウロ修道士から手紙を渡されたのもそのときです。それは肥前国送りされている間、パウロ修道士が異国の言葉で書いたもので、宛先《あてさき》は、長崎におられるイエズス会日本準管区長ペドロ・ゴメス神父でした。手紙を受け取った私は、それをすぐさま早飛脚で長崎にいる父に送ったのです」

「私は受け取るとすぐに、ゴメス神父の許に届けました。大変感謝され、その内容を私に聞かせてくれました。ゴメス神父は日本に来て十年以上経ち、達者に話せます。三木パウロ修道士が望んでいたのは、長崎での処刑の前に告解をし聖体拝受を受けたいということでした。道中一緒にいる六人のフランシスコ会の神父や修道士は、あまり言葉が通じないので告解もできなかったそうです。

それでゴメス神父は、フランチェスコ・パジオ神父とジョアン・ロドリゲス神父を浦上に送ったのです。そのときの長崎奉行の弟、寺沢半三郎殿はいささかイエズス教に理解があって、パウロ修道士とは親しい間柄だったので、信徒たちの最後の願いを聞き届けてくれました。パジオ神父は三人のイエズス教徒、パウロ三木、ヨハネ五島、ディエゴ喜斎の三修道士の最後の告解を聞いたのです。一方のロドリゲス神父はその間に、他の囚《とら》われ人の告解を聞き届けています」

言い終えて、コスメ興膳は深い溜息《ためいき》をついた。

六人とも言葉を継げず黙り込む。ようやく久米蔵が口を開いた。

「これから先、締めつけは厳しくなるとでしょうか」

「今回の事件が、太閤殿による第二の禁教令といっていいでしょう。少なくとも、太閤殿の目の黒いうちは、続くと思われます。その証拠に、二十六人の都からの道中ずっと、先頭に掲げられた杉板にはこう書かれていました」

コスメ興膳が思い起こすように言う。「何人といえども、この者どもを十字架より降ろすことはもとより、イエズス教を信じることも、厳に余は禁ずるものなり。これを犯すにおいては、ただひとりたりとも、血族一同とともに死罪に処すべきこと件《くだん》の如《ごと》し——」

言い終えたコスメ興膳は何かにすがるように視線を宙に浮かした。

「それでも、まだ各地には神父や修道士がおられるとでっしょ」

板井源四郎が訊く。

「少なくともイエズス会については、あちこちにおられます」

ヤコベ興膳が答える。「都にはもう二十五年そこに留まって布教を続けているオルガンティノ神父がおられます。その他、有馬や大村、天草にもおられるはずです」

「今後それはどうなりますか」

ようやく原田善左衛門が口を開く。

「さあ、どうなりますか」

コスメ興膳が首を捻《ひね》り、腕組みしたまま口を一文字に結んだ。

久米蔵は暗然とした気持で、コスメ興膳が話したばかりの磔の光景を思い浮かべる。おそらく長崎に行ったジュリア夫人と娘のルジイナも、磔刑《たっけい》の様子をどこからか見ていたに違いない。どれほど二人は心を痛められたか、宗麟様が生きておられた時代の、府内や臼杵《うすき》での信仰の輝きを知っているだけに、胸潰《つぶ》れる思いをされたのに違いなかった。

そしてこの先同じような十字架があちこちに立てられ、血を流さなければならないとしたら、この筑前、そして筑後はどうなるのか。村中から次々と信者が後手に縛られ、引き立てられて行くのだろうか。

万が一、そういう事態になれば、真先に捕縛されるのは自分だった。十字架に縛りつけられるのも自分だ。覚悟はできているのか。久米蔵は一座の沈黙のなかで自問し続けた。

二　久留米レジデンシア　慶長四年（一五九九）五月

長崎で二十六人が殉教し、これが第二の禁教令に相当するという興膳《こうぜん》親子の報は、帰るなりすぐに、とよに伝えた。

「二十六人の中には、神父様や修道士様だけでなく、ただの信者もいたとですか」

血の気のひいた表情でとよが訊く。

「二十六人のうち神父が三人、修道士が六人じゃったげな。だからあとの十七人は普通の信者」

答えながら久米蔵は、改めて三分の二が信者だったことを思い知る。

「すると、これからはただの信者でも磔《はりつけ》にあうとですね」

「理屈はそげん」久米蔵は頷く。

「こんこつは、村の衆に言わんでよかでしょうか」

「言うても、却《かえ》ってびくつかせるだけじゃろ」

「びくついても、心構えはできるとではなかでしょうか」

「イエズス教を捨てる者も出るぞ」

久米蔵はとよをしかと見返す。

「怯《おび》えて教えば捨てる百姓が出るのは、仕方なかです。それよりは、心構えばしっかりしとって、いざというときの備えにしとったがよかと思います」

とよはあたかも自分の気持を表わすように言った。

とよの意見のほうが理にかなっていると見た久米蔵は、二月の中旬、庄屋が各自役帳と村入用帳を持って集まった日に、告げることを決めた。

村々では、丑《うし》の日の田の神さん祭りが終わったばかりだった。大庄屋の家でも、前年からとっていた稲穂を臼《うす》の上の箕《み》に飾り、ぼた餅《もち》を供えた。田の神が山から降りて来るのを迎えるためだ。このとき、藁《わら》すぼのひと握りに糊《のり》をつけ、そこに籾殻《もみがら》をまぶした。思いがけずびっしりと籾殻がつき、家人も荒使子《あらしこ》も喜んだ。ついた籾殻が多いほど豊年になる兆《きざ》しだった。

この数年凶作はなく、唯一《ゆいいつ》昨年虫害に見舞われたものの、作柄の一割減くらいの被害ですんでいた。

「その処刑があったとは長崎でっしょ？」

庄屋の集まった席で久米蔵の話を聞いたあと、問いかけをしたのは、田中村の庄屋文作だった。「その長崎で、信者狩りがもう始まったとでっしょか」

「いや、そげな話は聞いとりません」

久米蔵は答える。「あくまで見せしめだったとでしょう」

「見せしめちいうと、脅しですな」

本郷《ほんごう》村の庄屋竹次郎が言う。「それは、これ以上信者ば増やさんごつするための措置でっしょ。できれば信心ば捨ててくれちいう願いがこめられとると見てよかとじゃなかでっしょか」

「つまり、今後は静観するちいうお上の態度ですな」

稲数《いなかず》村の庄屋寿助《じゅすけ》が補足する。「さきほどの大庄屋殿の話では、磔ば見とった何千人もの見物人が泣いとったそうじゃなかですか。長崎には信者が多かと聞いとります。それば全部ひっ捕えて処刑にすれば、磔台が足らんようになります。うちの稲数村でも、そげんなれば、百本の十字架じゃきかんでっしょ。この高橋組全体となれば、千本は優に超えます。いくらお上でも、そげなこつはできんでっしょ」

「そうなると、この第二の禁教令は空脅《からおど》しちいうことですか」

小島《おしま》村の庄屋今七が言う。がっしりした胸に、例の粘土で作ったロザリオがかかっていた。

「ここは空模様ば見るしかなかでっしょ」

長老ともいえる春日《かすが》村の庄屋安兵衛が言う。「明日は雨と思ったら照ったり、晴と油断しとったら雨に祟《たた》られたり。ともかく一喜一憂せんで、どんと構えときまっしょ」

「ばってん、もしも大雨続きで洪水になったときの用意はせんでよかでっしょか」

下川《げかわ》村の庄屋早市が心配する。先代の才治が亡《な》くなり跡を継いだばかりだった。

「そりゃする必要がありますばい」

言ったのは田中村の庄屋文作だった。「土手が切れんごと、破《わ》れ目を補修したり、土嚢《どのう》を積み上げたりするごつ、信仰ば固めておけばよかとです」

これがその日の結論になった。

翌慶長三年の九月、太閤死去の報が郡《こおり》奉行の使いによってもたらされた。久米蔵は早々に荒使子を走らせて、各庄屋に翌日集まってもらった。

「次はどなたが天下をとられますか」

各庄屋の問いはそこに集中した。

「そりゃその世嗣《よつぎ》でっしょ。誰かは知りまっせんが」

誰かが言い、一同も頷く。

「しかし、朝鮮から全軍の兵を退《しりぞ》かせることにしたのは、徳川家康というお方のようです」

久米蔵は奉行の使いの話をそのまま口にしたものの、その武将の素姓《すじょう》など知るよしもなかった。

「ともかくも、これで禁教令も立ち消えになったとですな」

「いやそうとも限らん。世嗣が天下を掌握《しょうあく》するのなら、そんまま関白いや太閤の策を踏襲《とうしゅう》するでっしょ」

「もう一方の徳川某《なにがし》が天下を取ったら、そん人がどう思っとるかで決まりますね」

「その徳川某は、一体どげな人ですか」

各庄屋がそれぞれに言い合ったあと、久米蔵に訊く。

「知りまっせん。ともかく、領主の小早川シメオン秀包《ひでかね》様も、帰国されるようです。それから肥後南部の領主、小西アグスチノ行長様も帰られるはずです」

「それならひと安心ですな」

一同はひとまず胸を撫《な》でおろした。

その後の一年間というもの、禁教令がどうなっているのか、久米蔵たちには皆目分からなかった。

年が改まって慶長四年、太閤没後の覇権《はけん》の行方は、新任の下奉行でまだ三十歳そこそこの安藤鶴次《かくじ》から聞かされた。下奉行はその内儀《ないぎ》、両親ともども、既に洗礼を受けていた。大半の家臣がイエズス教に帰依《きえ》していて、そうでない家臣のほうが少ないという。領主の秀包様、奥方のマセンシア様が熱心なイエズス教徒であれば、多くの家臣がそれになびくのは当然だった。

「太閤殿が病床に就《つ》かれて以来、諸大名のかけひきが始まり、イエズス教の信者である大名の取り合いになっとるそうだ」下奉行が言った。

「取り合いでございますか」

意外に思って久米蔵が尋ねる。

「イエズス教を信じている大名はみな、信義に篤《あつ》い。中津の黒田孝高《よしたか》改め如水《じょすい》様しかり、南肥後の小西行長様しかり、そして秀包様しかりだ。それがイエズス教に勢いを与えとる」

「そうなりますと、太閤様の禁教令は反故《ほご》になったとですか」

胸をふくらませて久米蔵が訊く。

「今のところは、もはや誰も気にしとらん。それで、秀包様は近々、城下に神父様を派遣するように依頼されとる。イエズス会の本陣に使者が行き、よい返事を貰《もら》ったので、もう住院の整備が始まっとる」

「レジデンシアが久留米の城下にできるとですか」

あまりの吉報に久米蔵はのけぞる。

「間違いなか。そうすれば、神父様がこの筑後の領内を巡回されるようになる」

下奉行が頷《うなず》く。「今、イエズス会の本陣は、天草の志岐《しき》という所にある。あそこは小西行長殿の領地で安泰そのものらしか」

「長崎から移ったとですね」

「いかにも。長崎では三年前に磔があって以来、長崎奉行の寺沢広高殿の弾圧が厳しくなっとるらしい」

下奉行は不満気に言う。「しかし、小西行長様の領地である宇土、八代《やつしろ》、矢部にも、そのレジデンシアが普請《ふしん》中らしか。そしてもうひとつ、黒田如水様の城下の中津にも、レジデンシアが建って、あとは神父様と修道士、同宿《どうじゅく》が来るのを待つだけになっとる」

「そうでございますか。安藤様、ありがとうございます。この吉報、高橋組の村々、そして近辺の村々にも伝えます」

言っている間にも、久米蔵の脳裡《のうり》には百姓たちが喜ぶ姿が浮かぶ。

「それがよか。じきにここにも神父様が訪れるはず。これで筑後国は、秀包様、マセンシア夫人の導きのおかげで、イエズス教の国になる」

胸を張るようにして下奉行は言った。

家中総出で見送ったあとも、下奉行の言った言葉が頭に去来する。筑後国がイエズス教の国になる——。これは、かつて豊後国が宗麟《そうりん》様の感化で、イエズス教の国になったのと同じだった。

その夜夕餉《ゆうげ》の席で、下奉行の話をとよと三人の子供に伝えた。長男の命助《めいすけ》は五年前に元服をすませて音蔵《おとぞう》と改名していた。跡継ぎにふさわしく、おっとりした性格で弟や妹の面倒見《めんどうみ》がよかった。次男の勇助も一昨年元服して道蔵《みちぞう》と名を変えた。こちらは才気煥発《かんぱつ》で、イエズス教への入れ込みようは人一倍だった。年が改まる毎《ごと》にグレゴリウス暦を反故の裏に書き写して、各庄屋に配るのも、道蔵が自ら引き受けていた。久米蔵が高山右近《うこん》様の話をしたときなど、涙を浮かべながら聞き入っていた。

りせももう十六になり、嫁入りの話も時折持ち込まれる。自分が幼いとき、巡察師のヴァリニャーノ神父から洗礼を受けたのを知っていて、教名のマグダレナを気に入っていた。

「ヴァリニャーノ神父様は、今どこにおられるとでしょうか。もう日本には戻られんとですか」

今年になってとよから訊かれたことがあった。

「ここを通られたとが九年前じゃった。都でまだ元気だった太閤殿に会ったあと、長崎に戻り、三年前に出された第二の禁教令に至るなかでマカオに出国されとる。今どこにおられるかは知らん」

久米蔵は、長身で威厳の備わった神父の風貌《ふうぼう》を思い浮かべながら答える。

「あのとき、異国から帰らっしゃった四人の若武者が一緒でした。あのお方たちは、どげんならっしゃったとでしょうか」

「それも知らん。イエズス教の総本山まで行き、法王に会われたくらいだから、今は日本人神父になって、どこかで布教されとるのじゃなかじゃろか」

答えながら、久米蔵は四人の使者の中のひとり中浦ジュリアンを想起する。四人のうちでは一番控え目だったが、巡察師について家に上がり、ザビエル師の遺品である絹布《けんぷ》にしみじみと見入ったのだ。そのとき貰った象牙《ぞうげ》のロザリオは、大切に桐箱《きりばこ》にしまっている。

「四人の若武者が神父になって、手分けして日本ば巡回してもらうと、いつかここにも来られるかもしれんですね」

とよはそのとき言った。どうやらとよの頭の中にある日本は、ほんのひと握りくらいの狭さしかないようだった。

そのせいか、下奉行の話を久米蔵から聞いて、真先に感激したのがとよだった。

「久留米にレジデンシアができたら、あの背が高くて顔が長か神父さんが来られるかもしれんですね」

とよが会いたいのは巡察師のヴァリニャーノ神父だった。

「そりゃ分からん。巡察師がまた日本に戻られているかどうかもはっきりせん」

「そんなら、あの四人の若武者のうち、誰かが神父になって来るとじゃなかでしょうか」

「そりゃ考えらるる」久米蔵は答える。

「あんとき、ようしゃべられる神父がおらっしゃったですね」とよが言う。

「メスキータ神父じゃろ」

久米蔵は自分が記録した日々の備忘録を思い起こして答える。

「その神父が来らるるかもしれんですね」とよが言った。

五日後に開いた庄屋を集めての寄り合いの席で、久米蔵が久留米のレジデンシアの話をしたとき、庄屋たちの顔が一斉に喜色に満ちた。

「そうしますと、禁教令はもうなくなったも同然ですな」

粘土のロザリオを首にかけた小島村の庄屋が言う。

「そういうこつでっしょ」

脇に坐《すわ》る稲数村の庄屋寿助が頷く。

「久留米にレジデンシアができると、こっちにもたびたび神父さんが来らっしゃる。どげな神父様でっしょか」

本郷村の庄屋から訊かれて久米蔵も苦笑する。いくら大庄屋でも分かるはずはなかった。

梅雨のこの時期、各庄屋から、稲の生育状況や害虫の有無、灌漑《かんがい》用水の不具合いなどについて報告を受ける必要があった。今のところ害虫も出ず、稲はまずまずの生育ぶりだった。

宝満川の川向こうにある、板井村の板井新平の訪問を受けたのはその頃だった。新平の口から父源四郎の死去を告げられた。

「病床にでもお見舞いに行きたかったとですが」

生前に会えなかったのを嘆いて、久米蔵は新平を責めるでもなく言った。

「いえ、朝、床から起きて来んので行ってみると、冷たくなっとりました」

新平は目を伏せる。

「それは急な」久米蔵も絶句する。

「一昨年、母が死んで、どことなく元気がなかったとです。口には出しまっせんが、つれあいを亡くして気落ちしとったのは確かです。二人ともパライソで手を取り合っとるとじゃなかでっしょか」

「そげんでしょうな」

久米蔵も頷く。体が潰《つい》えたとしても、魂は天に召されて生きているのだ。

番茶を運んで来たとよとりせが、新平に改めて挨拶する。

「これはりせ殿、久しく見んうちに、器量よしにならっしゃったですな」

新平に言われて、りせが顔を真赤にする。

「いえいえ、見かけはしおらしかですが、男まさりで、兄二人と対等にやりおうとります」

とよが応じて、りせはますます頰を染めた。

「女子《おなご》も、そのくらい芯《しん》が強かほうがよか」

新平が目を細めながら茶をすする。

とよとりせが退出したあと、久米蔵は田畑の開墾ぶりを問いただす。

「うまく行きよります。話ば聞きつけて、草臥《くたびれ》百姓があちこちから戻って来とります。その百姓たちば使うて、永荒《ながあ》れや川成《かわな》りになって放置されとった田畑を、何とか元に戻させとります。それば、大庄屋も喜んでくれ、こん前は郡奉行の使いが様子ば見に来ました」

「それはよか話です」

「私としては痛し痒《かゆ》しです。田畑が立ち行くようになると、すぐに春成りと夏成りの年貢《ねんぐ》ば課すようになるでしょうが」

新平は不満顔で言う。

「そりゃそうです」

「こっちとしては、新たな田は隠《かく》し田にしたかったとですが。お上の耳目《じもく》の鋭さには参ります」

さすがに出自が武家だけあって、考え方にも気骨が溢《あふ》れていた。

「ところで新平殿、久留米にレジデンシア、神父の住院ができるこつは、聞きなさったですか」

「いえ、知りまっせん。神父様が久留米の城下に住まわれるとですか」

「はい。私は下奉行から聞きました。どうやら確かな話のようです。太閤が死に、領主の小早川様も朝鮮から戻られて、ようやく余裕ができてきたようです。もちろん、奥方のマセンシア様の肝煎《きもいり》が、後押しになったとじゃなかでっしょか」

「お上は隠し田を探りに来るなら、そんこつも言って欲しかったです。こりゃ、よか話です」

新平が顔をほころばす。「そしたら、神父様が、領内の村々ば巡ってくれるとですね」

「もちろん」久米蔵は顎《あご》を引く。

「神父様が真先に足を運ばるるのは、この高橋組の村々でっしょ。そんときはどうぞ、宝満川の向こうにも、信者がようけおるこつば言ってもらえんでっしょか。うちの総領息子の得十郎も、イエズス教に興味ば持っとります」

「間違いなく伝えます。神父様も喜ばれるはずです」

「神父様が来られるとなると、信者が増えるでっしょな。亡き父から話を聞いて、どの百姓も興味をもっとるとです」新平が言った。

新平が持参した手土産の鴨《かも》の返礼として、久米蔵は荒使子が前日採って来たばかりの舞茸《まいたけ》を家苞《いえづと》に持たせた。

この年の冬は例年になく寒かった。寒風吹きすさぶなかでの麦踏みほど辛《つら》いものはない。しかしこれを怠たると、霜柱が麦を浮き上がらせて枯れる原因になる。

麦の植えられた畦《うね》のあちこちに、百姓たちの姿が見られた。ちょっと見ただけでは、その姿は石像のように動かない。しばらく経《た》って見ると、立ち姿は微妙に移動していた。両手を縕袍《どてら》の中に突っ込み、手拭いで頬かむりした首を縮《ちぢ》め、足だけは一足ごとに麦を踏みながら進む。一列の畦を終えると、また横の畦を引き返す。黙々とその繰り返しで、田植えのときのような村中総出の唄《うた》もない。ひたすら麦の生育を祈りながらの仕事だ。

中には、その祈りをロザリオの祈りに替えている村人もいた。懐手《ふところで》をせずに、両手でロザリオをまさぐりながら、コンタツを唱えるのだ。防寒のための手甲《てこ》をはめた手で、ひとつひとつ珠《たま》を握って、ロザリオの祈りを唱えるうちに、畦の一列を踏み終えるらしかった。

あちこちの麦畑から、そんな祈りが風に乗って聞こえてきたとしたら、まさしくこの高橋組の村々は、コンタツに満ちた土地になる。寒風がロザリオの祈りを運ぶ村だ。

実際にそんな光景に遭遇したことはないものの、どこかで実際に起こっているのかもしれなかった。

十一月の半ば、久留米城下からの触れ役が、馬の蹄《ひづめ》の音高く久米蔵のもとに来て、一両日中の神父の来訪を告げた。白い息を吐いている馬に水を与える暇もなく、触れ役は帰って行った。

その日のうちに荒使子三人を走らせて、各村の庄屋に神父来訪を伝達した。

「どげな神父様でしょうか」

夕餉の席でとよが訊く。

「よほど胆《きも》の据わった神父様じゃろ」

詳細は分からないままに久米蔵が答える。「最近日本に来られたはずはなく、追放令の出たあとも、どこかに潜伏されとった神父様に違いなか」

「そんなら言葉も通じるとですね。もし通じるとなら、訊いてみたかことがあります」

音蔵が言う。

「へえ、どげなこつばか」

「いえ、今は言えんです」

音蔵が笑いながら答える。

「私は、どげんやって潜伏されとったか尋ねたかです」道蔵も言う。

「本当に、どげな神父様じゃろね」

とよが胸をときめかしているのも、久方ぶりの宣教師来訪だったからだ。

夜から降りはじめた雪は、翌日も降ったりやんだりで、陽はささなかった。次の朝、積雪は三寸くらいになった。

こうなるともう誰も麦踏みはしない。ひたすら雪が消えるのを待つだけだ。田畑に百姓の姿が見られないその日、彼坪《かなつぼ》村の荒使子が白い息を吐きながら大庄屋に知らせに来た。神父と修道士の姿が見えたという。

「こげな雪の日に」

驚いて答えたものの、雪などは布教にとってものの数にはいらないのだろうと、久米蔵は思い直す。荒使子に礼を言って帰し、今度は久米蔵が三人の荒使子を村々に走らせた。

可能であれば、できうる限り、大庄屋の屋敷に村人を集めたかった。雪なので野良《のら》仕事がなく、土間での縄ないくらいしか百姓たちはしていないはずで、却って好都合に違いない。

「見えましたよ」

門の外に待機させていた道蔵が戻って来て声を張り上げる。家の中はとよとりせに任せて、久米蔵と音蔵も外に出る。雪はもう三寸の厚みは超えて歩くのにも難渋する。雪がやんでいるだけでもありがたかった。

雪道を踏みしだくようにして、十数人の村人が近づいてくる。そのあとに黒い頭巾《ずきん》をかぶった神父と修道士が従っていた。修道士は日本人だった。二人のあとにも、女たちを交《まじ》えた村人が二十人ばかりついて来ていた。

「ようこそ来て下さいました」

久米蔵は神父に向かって頭を下げる。

「やっと、またきました。うれしいです」

それが神父の第一声だった。久米蔵は頭を上げて相手を直視する。愛想のよい顔が笑みを浮かべてこちらを見ている。

「神父様は――」

確かに顔見知りの神父だ。しかし名前が出て来ない。

「パードレ・モウラです」

「あ、モウラ神父様」

久米蔵は思い出す。最後に会ったのは十年近くも前だ。そしてとよとの婚姻の祝福をしてくれたのがモウラ神父ではなかったか。

「こちらはイルマン・マチアスです」

神父が、葛籠《つづら》を背負ったまだ若い修道士を紹介してくれる。まだ若く二十代半ばの年齢で、背が高い。異人にしては背丈の低いモウラ神父をしのぐくらいの長身だ。

「修道士の三箇《さんか》マチアスです。初めてお目にかかります。久米蔵様のお噂《うわさ》は、かねがね聞いておりました」

そう言われても、にわかには信じられない。田舎の大庄屋のことが、神父や修道士の間で話題になるなど考えられない。

「さあどうぞ、どうぞ」

息子二人を紹介したあと、連れ立って玄関にはいる。ついて来た百姓たちは庭で待ってもらい、荒使子たちに熱い茶を振舞わさせた。

「あ、これが、ザビエル師の遺品ですか」

座敷に通したとき、絹布にいち早く気がついたのが三箇修道士だった。わざわざこの日のために桐箱から出していた。

「どなたから聞かれたとですか」

久米蔵が問う。そう何度も他人には見せていないはずだ。

「中浦ジュリアン修道士からです」

「中浦ジュリアン。あのイエズス教の総本山まで行かれたお方ですか」

「そうです」

「今はどこにおられるのですか。いえそれよりも、達者でおられますか」

「お元気です。今は南肥後の宇土、八代、矢部の三レジデンシアを行き来しています。私もついこの間まで、八代で一緒でした」

修道士が答えて、じっと絹布に見入る。

「わたくしは、まえにパードレ・ヴァリニャーノといっしょにみました」

モウラ神父も言う。

「はい。確かにあのとき、巡察師にお見せしました。ヴァリニャーノ様もお元気でしょうか」

問いながらも懐《なつ》かしさがこみあげてくる。

「はい、げんきです。マカオからきょねんもどって、いまは長崎にいます。ときどき、有馬や天草にいきます」

「日本に再び戻られたのですか」

驚き以外の何ものでもない。二度の伴天連《ばてれん》追放令にもかかわらず、あの巡察師が日本に戻られたのだ。三度目のはずだった。

火鉢で暖をとってもらい、熱い番茶も持って来させる。

「久米蔵殿、村人たちが庭に溢れとります。各村の庄屋も見えたので、板敷きに上がってもらっとります」とよが耳打ちした。

「外は寒かろ。百姓たちには、できるだけ家の中にはいってもらえ。はいりきらん者は仕方なか。縁側の向こうに莚《むしろ》ば敷いて、坐ってもらえ。雪はやんどるとか」

「やんどります」

とよが答え、モウラ神父の顔を見るなり、感激で目を潤《うる》ませる。「これはモウラ神父様」

久米蔵と違って、とよは婚姻、サクラメントの儀式をしてくれた神父の名を覚えていた。モウラ神父も顔を紅潮させて、とよの手を取る。

「またあえて、うれしいです」

「本当に夢のようです」

とよが手拭いを目に当てる。

神父と修道士に準備をしてもらう間、久米蔵は板敷に坐る庄屋たちの前に立ち、膝《ひざ》を折った。

「ほんに雪ん中、足元の悪かところば、よう来て下された。用意が整い次第、座敷の方に移ってもらいます。狭か所、今しばらく辛抱してつかあさい」

久米蔵が口上を述べる。

「久米蔵殿、どうか気ば遣わんで下され。神父さんの姿ばひと目拝み、声ば聞ければよかとです」

後ろのほうで本郷村の庄屋が言ってくれた。

廊下や土間、厨《くりや》にも百姓たちの姿がひしめきあっていた。大庄屋の家の中にはいるのは初めてのはずで、高い天井や磨きぬかれた太い柱を珍し気に見入っている。久米蔵はここでも、あと少し待ってくれるように言い渡した。

座敷に戻ると、音蔵と道蔵が床の間の前に文机《ふづくえ》を置いてくれていた。

外は庭の雪を掃いたあとに莚が敷かれ、既に百人ほどの村人が坐っている。もうロザリオをまさぐっている者もいた。しかし寒いからか、肩と肩、背と腹を寄せ合っている。

「よういができました」

モウラ神父がおごそかな声で久米蔵に言った。

「それでは板戸や襖《ふすま》を取り払います」

答えて久米蔵は音蔵と道蔵に目配せする。家人も手伝わせて、家中の仕切りをはずす。庭まで見通せるようになった代わりに、冷気がはいり込んでくる。とはいえ、それも家中びっしり坐り込んだ庄屋と村人たちの人いきれで、寒さは気にならなくなった。

モウラ神父が捧《ささ》げているのは、黄金色に光る十字架だった。その脇《わき》で三箇マチアス修道士が銀色の香炉のようなものをぶら下げている。穴から白い煙が立ち昇っていた。異国の言葉を唱えながら、神父がまず庭の方に向かい、十字架を高々と掲げた。横に控える修道士が香炉をゆっくりと振る。聖体拝受だった。

村人たちは十字架の像に向かい、ある者は手を合わせ、ある者は目を見開いて祈りを口にしている。涙を流している老婆《ろうば》もいた。

同じようにして神父は、廊下にひしめく村人、後ろの部屋に控えている百姓たちにも、聖体をかざす。最後に、次の間に坐る久米蔵と庄屋たちにも、祝福を与えた。

集まった全員に聖体拝受をしたあと、モウラ神父は床の間を背にしてミサの言葉を発した。庭にいる者、屋内にいる者すべてに聞きとれるような底力のある声だった。

――わたくしたちにんげんは、かみのにすがたとしてつくられました。れいこんやえいち、ふんべつをさずけたのは、かみです。

日本の地を踏んで二十年以上になるのを証明するような、訛《なま》りの少ない口上だった。誰もが神妙に聞き入っている。

――しかし、かみによってつくられたにんげんが、かみとおなじであるとおもう、おもいあがりは、つみです。かみのいしに、じゅうじゅんにしたがうことを、こばむのが、つみです。

なめらかな日本語とはいえ、不思議な抑揚をもつ説教を聞きながら、久米蔵は長崎での殉教者を思い浮かべる。人が人を裁くのは、思い上がりの最たるものではないのか。

――しかしこのつみを、かみはおんちょうとしてゆるしました。イエズスが、みがわりになられたのです。

イエズスは、かみの、だいにのペルソナであり、あらゆるにんげんのおしえびとなのです。このイエズスをとおして、わたくしたちにんげんがまなぶのは、となりびとにたいする、じあいです。

慈愛。久米蔵は胸の内で復唱する。なるほど、これこそが人と人を結びつける絆《きずな》に違いなかった。

――じあいとは、いのり、おもいやり、かんよう、しょうじき、そしてけんきょです。

祈り、思いやり、寛容、正直、謙虚。これもまた久米蔵は心中で言い換えた。慈愛の形がより一層はっきりする。

――これこそが、かみがにんげんにあたえられた、きゅうさいです。このきゅうさいは、ひとひとがくらす、むらむらにおいてこそ、じつげんします。

慈愛が実現するのは村――。なるほどそうに違いないと、久米蔵は納得する。まさしくこれが、養父一万田《いちまだ》右馬助《うまのすけ》がめざし、宗麟《そうりん》様が願ったことではなかったか。

――このしんりをおこなうものは、ひかりのほうにすすみます。このひかりは、あなたがたのあいだにあります。くらやみにおいつかれないように、ひかりのあるうちにあるきなさい。あなたがたはすべて、ひかりのこ、だからです。

自分たちは光の子。涙の出るような言葉だった。

久米蔵は、座敷にいる庄屋や家人、板敷や廊下に坐る村人、そして庭にひしめく村人たちを眺めやる。それぞれが、モウラ神父の発した言葉を心の中でかみしめていた。ある者は得心《とくしん》がいったような安らかな表情をし、ある者は厳しい顔で思いを巡らせている。

その瞬間だった。わずかな雲間から陽が射《さ》し込み、庭全体が明るくなる。何人かが空を見上げて歓声をあげた。まるで久米蔵の屋敷のみを照らすような光の束だ。

象牙のロザリオを手にしたモウラ神父が、コンタツを唱えはじめる。屋内にいる庄屋たちや百姓たちも同様に、持参したロザリオをまさぐりながら聖句を口にする。

庭には、いつの間にか三箇マチアス修道士が出ていた。莚に坐る村人たちの間をぬうようにして、高らかにコンタツを唱える。唱和する声が熱気を帯びるに従い、雲間が広がり、あたりの明るさが増す。
——てんにまします、われらのちちよ、ねがわくば、みなのとうとまれんことを、みくにのきたらんことを、みむねのてんにおこなわるるごとく、ちにもおこなわれんことを。われらのにちようのかてを、こんにちわれらにあたえたまえ。われらがひとにゆるすごとく、われらのつみをゆるしたまえ。われらをこころみに、ひきたまわざれ、われらをあくよりすくいたまえ。アーメン。

モウラ神父の朗々たる声が、雪をかぶる庭の奥まで響きわたる。気のせいか、養父右馬助が心を込めて造り上げた庭の植栽が、今この世のものとは思えないほどの神々《こうごう》しさを帯びていた。植木の間に坐る百姓たちは、まるで天上の招かれ人のように見える。

久米蔵はこみ上げてくる感情を抑えながら、このガラサ、恩寵《おんちょう》が永遠に続いて欲しいと思う。

モウラ神父がコンタツの最終句を唱え、しばらく黙想する。久米蔵は自分の体がベンサン、祝福に満たされているのを感じる。この祝福こそが、生きる力の源になってくれる。そう思うと、涙がにじんでくる。

面《おもて》を上げて庭を見やると、もう陽は射していない。雲間は嘘《うそ》のように消え、粉雪までがちらつきはじめていた。

百姓たちが三々五々立ち上がり、莚を畳み出す。座敷にいた庄屋たちからも、口々に礼を言われた。

「よかオラショ（祈禱《きとう》）ば授けてもらいました」

「生まれ変わったごたるです」

「禁教令が出とるとに、こげな日が来るとは思いもかけんでした」

久米蔵のほうも、そんな口上のひとつひとつに感謝する他なかった。

神父と修道士に湯を浴びてもらったあと、夕餉の席を共にした。とよとりせが給仕をし、音蔵と道蔵も末席に坐った。

「おどろきました。このまえきてから、十ねんちかくたつのに、ひとびとのヒイデス、しんこうがおとろえていません」

モウラ神父が言う。

「こんな村は珍しいです」

修道士も頷く。「信仰の篤い所は、たいていチェサ、教会か、カペラ、礼拝堂があります。ところが、ここには何もないのですから、驚きです」

「もう今はさびれとりますが、以前は秋月に教会がありました」

久米蔵は答える。「教会はさびれても、村人たちは自分たちひとりひとりが小さな教会だと思っとるようです」

「なるほど。ひとりひとりにカペラ、らいはいどうがあるのですね」

神父が納得し、箸《はし》を大根と人参《にんじん》のなますにつけて口にもっていく。こぼさないように左手を顎の下に添える仕草も堂に入っていた。

「この十年、モウラ神父はどこにおられたのですか」

久米蔵は訊《き》きたかった質問をする。

「長崎にいきました。そこから大村や島原、天草にいきました。三ねんまえからは、ここにしアグスチノゆきながさまのじょうか、宇土にいました」

返答からは、潜伏の苦労はうかがわれず、久米蔵は胸を撫でおろす。

「フィゲイレド神父様は、今もお元気でしょうか」

「パードレ・フィゲイレドは、びょうきになり、十三ねんまえに日本をでて、ついとのまえゴアでなくなりました。パードレ・オルガンティノは、いまもみやこです」

「オルガンティノ神父は都ですか」

久米蔵は驚く。「都は危いのじゃなかですか」

「だいじょうぶです。あのパードレは、かおいがいは、にほんじんとおなじです。もう日本に三十ねんすんでいます」

モウラ神父が笑顔で答える。話を継いだのは三箇マチアス修道士だった。

「私もオルガンティノ神父には随分お世話になりました。十五年前に高槻《たかつき》と大坂のセミナリヨにいたときです。ところが三年後に発せられた伴天連追放令で、セミナリヨは閉鎖、生徒はみんな神父とともに平戸の生月島《いきつきしま》に逃げました。翌年、生月島のセミナリヨは有馬のセミナリヨに併合されたので、そこで学び続けました。イエズス会にはいったのは九年前です。その二年後、天草のコレジョでまた修練が続きました。太閤の死で、小西行長様の領地である八代のレジデンシアに移り、今回久留米に派遣されたのです。これからも、矢部や宇土、八代と久留米を行き来することになると思います」

話を聞いて、国内の各地を転々としながらも、修行を続けている三箇修道士の信仰心に胸を打たれる。こうした修道士がいてこそ、教会もない土地で生きる村人たちも信仰を保ち続けられるのだ。

久米蔵は板井新平の言葉を思い出して、宝満川のむこうに新しくできた板井村にも信者がいる旨《むね》を告げた。

「分かりました。秋月の帰りにでも向こうに回って訪ねてみます」

三箇マチアス修道士が答える。

「ふるいむらのしんじゃも、たいせつです。あたらしいとちのしんじゃは、もっとたいせつです」

モウラ神父が言い添えた。


年が明けた正月の半ば、板井新平の訪問を受けた。さっそく久米蔵が知りたかったのは、モウラ神父が確かに村を訪れたかどうかだった。

「見えました。三箇マチアスという修道士を伴ってです。異人を見つけて、通りがかりの村々から、女子供がぞろぞろついて来て、五、六十人の行列ができとりました。板井村はどこかと訊かれて、村継ぎみたいにして、道案内ばしてくれたごたるです。初めて異人を見た百姓ばかりで、無理もなかです。その異人が達者な言葉をしゃべるので、仰天したとでっしょ」

痛快そうに言う。

「神父は何か説教でもされたとですか」

久米蔵が訊く。

「ありがたか説教ば聞いて、すぐ洗礼ば授かった者もおります。イエズス教については、聞いたこつがある者でっしょ。聞くと、大保《おおほ》村や力武《りきたけ》村の百姓でした。これからあの近辺にも信者が増えまっしょ。これはほんによかこつです」

新平が頭を下げ、居住いを正した。「実はこのたびお伺いしたのは、他でもございまっせん」

「ほう。何でしょうか」

久米蔵も身を乗り出す。新平の頼み事とあれば、できる限り手助けしてやりたかった。

「うちの倅《せがれ》、得十郎が今年で二十五になります」

「もうそげな歳《とし》ですか」

板井親子が武家から百姓になって十年は経つ。長男がその歳になるのも当然だった。

「それでです。りせ殿をぜひ嫁にと思って参りました」

新平が深々と頭を下げる。「大庄屋である久米蔵様のひとり娘を百姓の倅の嫁などに願うのは、不遜《ふそん》の極みであるのは分かっとります。そこを何とか」

新平はまだ頭を上げない。余りにも急な申し出に、久米蔵は戸惑う。大庄屋とはいえ、自分の出身は捨子だった。一方、板井家は秋月の領主に代々仕えてきた由緒《ゆいしょ》ある家柄と聞いている。本来なら、こちらが頭を下げなければならない話だった。

「分かりました。りせに訊いてみまっしょ」

「そうでございますか」

新平が顔を上げる。

久米蔵はさっそくりせを座敷に呼び、新平の申し出を伝えた。

「板井様のことは幼いときから存じ上げとります。得十郎様とも、小さい頃、会《お》うた覚えがあります」

「そげなこつか」

久米蔵は驚く。新平も意外という表情だ。

「わたしでよければ、嫁として板井家にお仕えしたかです」

「そうですか」

新平が感極まる。「ありがとうございます」

「よかとじゃな」

久米蔵がりせに念をおす。

「よかです」

りせが答える。

「そんなら話ば進める。さがってよか」

久米蔵は言った。

三　秋月レジデンシア　慶長九年（一六〇四）八月

りせの嫁入りの話は順調に進み、田植えが一段落した六月初めに嫁送りのために宝満川を渡った。梅雨のあとなので水量があり、稲吉《いなよし》の渡し舟の船頭も櫓《ろ》を漕《こ》ぐのに苦労した。

仲人《なこうど》は近くの小郡《おごおり》町に住む糸絹問屋が務めてくれた。板井の家でも蚕《かいこ》を飼うようになって、それ以来の知り合いだという。久米蔵の家で荒使子《あらしこ》たちが作る絹糸は、甘木町の絹問屋が買ってくれていた。聞くと問屋同士で名前は互いに知っているようだった。

りせは小さい頃から荒使子に習って、蚕の飼い方から糸作り、そして機織《はたおり》までひとおり覚えていた。板井家でもそれは渡りに舟で、蚕に関しての仕事はりせに任せるつもりらしく、嫁入り道具の中に機織機を加えたのもそのためだ。

嫁入った翌年にりせは長男発太郎を産み、その翌々年に長女ふせ、さらに翌年、次男市蔵に恵まれた。

この間の五年間で、筑前と筑後、豊前と豊後、肥前と肥後の領主がことごとく変わってしまっていた。それも慶長五年の関ヶ原の戦いによって、大名たちが勝ち組と負け組に二分されたからだ。

徳川家康殿の率る東軍についたのは、豊前のシメオン官兵衛孝高如水《よしたかじょすい》様と嫡男《ちゃくなん》黒田ダミアン長政様、細川忠興《ただおき》様、加藤清正殿、伊達《だて》政宗《まさむね》殿たちだった。

久米蔵たち筑後の領主である小早川シメオン秀包《ひでかね》様は、西軍の大将石田三成殿に従った。同じく肥後南部の小西アグスチノ行長様も、西軍についた。宗麟様の継嗣《けいし》、大友義統《よしむね》改め吉統《よしむね》様は、石田三成殿の要請で、配所だった山口から大坂に向かい、西軍への加勢を誓った。すぐに国東《くにさき》の安岐《あき》に戻り、旧臣たちを集めて別府の近く立石に陣を構えた。

当初、東軍にも西軍にも味方せずに中立を保っていた大村バルトロメウ純忠《すみただ》様の長子喜前《よしあき》殿は、有馬プロタジオ晴信様の勧めで、東軍への加担を決めた。

西軍が敗れるなかで、イエズス教徒の救出に心を砕いたのは、中津の居城にいた黒田シメオン如水様だった。

まず別府に兵を集めていた大友吉統様を攻め降参させ、ついで毛利吉成殿の管轄《かんかつ》する香《か》春岳《わらだけ》城と小倉城を攻め落とした。

この頃、筑後の領主小早川シメオン秀包様は、西軍として関ヶ原に布陣中であり不在だった。この間隙《かんげき》を突いて佐賀の鍋島《なべしま》勝茂殿が攻めて来る前に、如水様は久留米城を占拠し、鍋島の軍勢を追い返した。久留米城の守備についたのは、如水様の弟、黒田ミゲル直之《なおゆき》様だった。

ついで如水様が向かったのが、久留米の南にある柳川《やながわ》だった。西軍につく城主の立花統虎《むねとら》改め立花宗茂《むねしげ》殿を説得し、味方につけた。その勢いでさらに南下、肥後の加藤清正殿の軍勢と合流、薩摩の島津殿の攻撃に向かった。水俣《みなまた》まで進軍したところで、家康殿からの戦闘中止の命令が届いた。

南肥後の小西アグスチノ行長様が、関ヶ原に赴いて不在中、領内の城を次々と落したのは、日頃から犬猿の仲だった加藤清正殿だった。宇土と八代《やつしろ》、矢部にあった教会とレジデンシアは、イエズス教を嫌う加藤の軍勢の手で破壊された。神父や修道士たちは、麦島城城代小西美作《みまさか》様とともに薩摩に逃れ、その後長崎に移った。

関ヶ原の戦いで東軍の徳川家康殿が勝利を収めると、戦功に応じた国割りが行われた。

黒田シメオン如水様とダミアン長政様の父子の働きは高く評価され、筑前一国が与えられた。代わりに豊前には細川忠興様がはいり、小倉と中津の城を居城にした。

黒田如水様と長政様は、前領主小早川秀秋《ひであき》殿の居城名島《なじま》城を捨て、新たに博多のやや西に平城を築く。これは朝鮮で見た晋州城《しんしゅう》を参考にしており、大小の櫓《やぐら》四十七基から成っていた。敢《あ》えて天守閣は造成せず、付近に武家屋敷を配した。黒田家の出自である備前の福岡にちなんで、これを福岡城と命名された。

筑前の領主だった小早川秀秋殿は、太閤の正室の甥《おい》で、小早川隆景《たかかげ》殿の養子となりその跡を継いでいた。関ヶ原での戦いでは、最初日和見《ひよりみ》をしたあと、東軍についた。その機転のおかげで、筑前の代わりに、備前と美作が与えられた。

西軍についた小早川シメオン秀包様は、筑後から追放されて、甥である山口の領主毛利輝元《てるもと》殿に預けられた。マセンシア夫人と子息も、家臣団とともに、まずシメオン如水様の許《もと》に避難したあと、毛利殿の領内に赴いた。失望のあまりだったのか、秀包様はほどなく死去された。

秀包様を失った筑後国には、新しく田中吉政《よしまさ》殿が入国した。吉政殿は、織田信長様の足軽から岡崎城主に登りつめた苦労人だった。関ヶ原の戦いでは、石田三成殿を生け捕りにする大殊勲を立てられた。その功で筑後国一国を授かり、久留米を居城とし、ほどなく柳川に移られた。土木の才に優れ、湿地に縦横に濠《ほり》を巡らせてそこを居城とされた。

しかし、久留米のレジデンシアは閉鎖の命令を受けた。開設されてわずか一年半しか続かなかった。

秋月のイエズス教徒や、その周辺に住む信徒たちにとって幸いだったのは、如水様が秋月領を弟ミゲル直之様に与えたことだった。

加えてもうひとつの幸運が、久米蔵たちの高橋組が接する筑前の一角にもたらされた。それは明石ジョアン掃部《かもん》様が、黒田ダミアン長政様の配慮で、本郷《ほんごう》村の東にある小隈《おぐま》村、中寒水《なかそうず》村、小田《おた》村、頓田《とんた》村一帯に知行を与えられたからだ。

掃部様は黒田家と同じく備前の出で、祖父明石備前守正風殿の娘が、黒田如水様の実母だ。従って、掃部様は如水様とは従兄弟《いとこ》の関係になる。

掃部様が仕えたのは、関白秀吉殿の五大老のひとりで、美作、備前、備中を領していた宇喜多秀家《ひでいえ》殿だった。というのも、秀家殿の姉を妻に迎えていたからだ。

宇喜多家の家臣の多くがイエズス教徒であり、秀家殿の従兄弟宇喜多左京亮《さきょうのすけ》殿などは、関白の禁教令をものともしなかった。大坂にある屋敷の前に十字架を飾り、屋根瓦には、金箔《きんぱく》の十字架をつけたほどだという。

当時、大坂城の築城工事の普請《ふしん》奉行のひとりだった掃部様は、宇喜多左京亮様の屋敷で、オルガンティノ神父の説教を聞いて、感銘を受けた。大坂で受洗し、ジョアンの教名を授かった。

関白による禁教令で、二十四人が京都と大坂で捕縛《ほばく》されたとき、イエズス会のモレホン神父とペレス神父が自首しようとしたのを説得したのは、他ならぬジョアン掃部様だった。自らお縄につこうとするのを思いとどまらせ、脱出させた。

囚人たちは京と大坂、堺を引き回されたあと、堺を出て五日目に宇喜多領の播州赤穂《あこう》にはいった。ここで護送の大役を引き受けたのが、ジョアン掃部様だ。そこは、ジョアン掃部様の父、飛驒守行雄《ゆきかつ》様の以前からの知行地であり、掃部様はそのまま領地を継いでいた。

そこで出会ったのが、殉教者のひとり三木パウロ修道士だった。二人は大坂で何度も会った仲で、掃部様は修道士の手を取ったまま、嗚咽《おえつ》された。行く先々での宿屋での扱いは手厚く、囚人たち全員が手紙を書くことを許された。

備前、備中を過ぎ、備後に至《いた》って、囚人たちを毛利家の護衛に引き渡した際、掃部様はいつまでもいつまでも、一行の後姿を見送っていたという。

その後、掃部様は宇喜多秀家殿の信任を得て、家老の役に任ぜられた。関ヶ原の戦いで、宇喜多秀家殿は西軍につく。掃部様は手勢八千を率いて、東軍の福島正則《まさのり》殿の猛攻を何度もはねかえす。

勝敗に決着をつけたのは、最後まで様子見をしていた西軍右翼に陣を敷いていた小早川秀秋殿だった。突如として東軍に鞍替《くらが》えをして、西軍の敵にまわった。西軍はたまらず敗走、宇喜多秀家殿は戦場を離脱、伊吹山の奥深く姿を隠した。

この敗《ま》け戦《いくさ》の中で掃部様を救出したのが、東軍についていた黒田ダミアン長政様だった。身柄を保護したあと、家康殿にとりなしをして、救命を嘆願した。幸い掃部様の才能を聞き及んでいた家康殿は、これを許して長政様の配下に入れることを許した。

長政様は掃部様を、叔父のミゲル直之様に預けるとともに、直之様の領地の近く、下座《げざ》郡の小田《おた》村周辺の四ヵ村に知行地を与えた。もちろん掃部様の生き残りの部下たち二十人あまりも、そこに住みついた。

同じ頃、シメオン如水様の新領地博多に、レジデンシアが開設され、久留米のレジデンシア閉鎖後は、各地を転々としていた神父と修道士が移り住んだ。

このレジデンシアは、あたかも如水様の葬儀を華々しく行うために設置されたのも同然だった。というのも、開設してわずか半年後に、如水様が亡《な》くなられたからだ。享年《きょうねん》五十九だった。

このときの葬儀がイエズス教の儀式にのっとって行われたことは、この直後、秋月にレジデンシアが開設されて赴任した、辻トマス修道士と清水ジョアン山《やま》修道士から詳しく聞くことができた。

辻トマス修道士の年齢は三十をわずかばかり超えたくらいで、四十九歳になった久米蔵の眼にはまだ若々しく見えた。聖職者とは思えないほど日焼けしており、手も足も百姓なみに太い。その割には甲高い、よく通る声の持主だった。禁教令の下でよくぞ修道士になったと感心した久米蔵は、経歴を聞いてさらに深く感じ入った。

出自は、大村バルトロメウ純忠様の領地だった彼杵《そのぎ》で、士分だった。十二、三歳頃領内の近くにあった教会に行き、説教を聞いて感銘を受け、デウス・イエズスの信仰に身を捧げることを決心した。両親を説き伏せて、有馬にあるセミナリヨにはいったのが十五歳のときだ。十八歳で同宿《どうじゅく》になり、天草のノビシアドつまり修練院にはいって研鑽《けんさん》を積む。しかし当時は伴天連追放令が出されたあとで、政情が安定せず、修練院は一時大村に移され、二年後にはまた天草に移転した。ようやく修練を終えて、今度はやはり天草に置かれていたコレジョにはいる。それも束の間《つかのま》で、領主の小西アグスチノ行長様が関ヶ原の戦いで敗け、処刑されたため、コレジョは長崎に移された。そして一年もたたないうちに、秋月に派遣されて来たのだ。

「この地方こそは、禁教の大波もかぶらず、静かに信仰を守り続けてきた所だと、コレジョにいたとき、パードレたちから聞いております。ここへの赴任を申し出たのは私です」

　辻トマス修道士は目を輝やかせながら久米蔵に言った。その澄んだ目には、禁教下でも信仰を守りぬく覚悟のほどが感じられた。

もうひとりの清水ジョアン山修道士は、年の頃三十代半ばにもかかわらず、髪に白いものが混じっていた。その経歴も波乱に満ちており、生まれたのは摂津の国で、父親はその領主高山ジュスト右近《うこん》様の家臣だった。高槻《たかつき》にあったセミナリヨにはいり、二十歳《はたち》でイエズス会の会士になった。その後、臼杵《うすき》にあった修練院でラモン神父の許で修行し、有馬の近くにあった有家《ありえ》の教会で、神父の助手を務めた。その後島原に移って別の神父と一緒に宣教してまわり、秋月のレジデンシア開設とともに、辻トマス修道士の助手として赴任したのだ。

　ラモン神父の名が出たので、久米蔵は驚く。

「ラモン神父なら、知っとります。三年前と二年前、この村にも見えました」

「ラモン神父とは私も長崎で会いました。あの方は、学識の面でも、イエズス会の大黒柱です」

　辻トマス修道士が言う。「巡察師のヴァリニャーノ神父より先に長崎に着かれたのが、二十七年前です。伴天連追放令のために、あちこち移動するうちに体調を悪くされ、静養のため、一時マカオに帰られました。九年前です。しかし四年後に再び日本に来て、新設された八代のレジデンシアに行かれました。ところが、小西行長様の宇土城を加藤清正殿が攻めた折、城内にいたラモン神父は捕縛され、命の危険にさらされたのです。これを救ったのが、シメオン如水様です。それで長崎に引き揚げることができました。昨年、如水様の城下である博多にレジデンシアが開かれたので、今はそこに住まわれています」

「ラモン神父も言葉が達者でした」

久米蔵が言う。

「それはそうです。日本の書物も読めるくらいです」

ジョアン山が頷《うなず》いた。

辻トマス修道士が補足する。「この春、亡くなられたシメオン如水様の葬儀をとりしきったのも、ラモン神父です。亡くなられたのは、都の伏見にある黒田邸でした。遺言には、新しく建てられる博多の教会に遺体を葬《ほうむ》るように書かれていました。それで遺体は博多に運ばれたのです。もちろん葬儀はイエズス教のしきたりによって行われました。喪主は長子のダミアン長政様です。ラモン神父の補佐はマトス神父が務められました」

「この秋月のレジデンシアも、上長であるラモン神父の指揮下にあります」

「マトス神父様は、まだ日本に着いて四年もたっていません。間もなく、この秋月のレジデンシアに移って来られるはずです。私が助手を務めさせていただきます」

ジョアン山修道士が言った。

「入れかわりに、私はまた長崎に戻ります」

辻トマス修道士から言われて、久米蔵は宣教師たちの移動の多さに驚く。しかし、秋月に神父が赴任するというのは朗報に違いなかった。

「話を如水様の葬儀に戻します。もちろん葬儀には多くの家臣とともに、町人や職人も参加しました。その中には仏僧もいたのです。私たちが感激したのは、多くのイエズス教徒たちが参集してくれたことです。その数二百人は超えていて、祈りのときには大きな声で唱和してくれました。禁教令の下で、息を殺して暮らしていたはずで、ようやく大っぴらに祈りを捧げられたのでしょう。どの顔も喜びに輝いていました。死は、悲しいだけではありません。天に召されるのですから祝福でもあるのです。十字架を捧げ持っておられたのは、如水様の弟、黒田ミゲル直之様、松明《たいまつ》を手にしていたのは、その子息のパウロ左平次様でした」

「臨席していた仏僧たちも、イエズス教の儀式のおごそかさには目を見張っていました」

ジョアン山修道士が言う。

「ダミアン長政様もそれに感銘を受けたのでしょう。葬儀の翌日、わざわざレジデンシアを訪れて、米一千俵を贈られました。これは新しい教会建設の資金でもあり、貧しい人々への施しでもあるという名目でした。シメオン如水様の遺言を忠実に守り、教会新設の許可も与えられました」

「仏僧たちの反発はなかとでしょうか」

気になって久米蔵は尋ねる。

「そこはうまく考えられて、新しい教会はあくまでシメオン如水様を追悼する、記念の聖堂という説明がなされています。間もなく建設が始まるはずです。完成すれば、如水様の追悼ミサをそこで執り行えるはずです」

「それは思いがけない慶事です」

久米蔵は胸が熱くなる。禁教下にもかかわらず、イエズス教は深く静かに息づいているのだ。これこそデウス・イエズスの恩寵に違いなかった。

そのひと月後、マトス神父が秋月に赴任したとの報が、教会の同宿によってもたらされた。久米蔵はさっそく各庄屋に触れをまわして、予定されていた最初のミサの日に秋月まで出向いた。参加したのは十二人の庄屋、七十人ばかりの各村からの百姓たちだった。

ちょうど稲刈りの真最中ではあったものの、その日はドミンゴの日に当たっていて、野良《のら》仕事はよほどの用事がない限り骨休めにしていた。グレゴリウス暦を忠実に守っているため、七日に一度ドミンゴの骨休めの日が巡ってくる。その日は田畑での作業を休む代わりに、どの家でも朝からロザリオの祈りを捧げて、信仰を新たにしている。

二度の禁教令が出され、長崎で二十六人の殉教者が生じたあとでも、信仰を捨てたという話は、この高橋組に限っては聞かない。それどころか、りせが嫁入った板井村では、周辺の村々に信徒が少しずつ増えているという。というのも、博多の教会から、ラモン神父がわざわざ筑後の村々を巡回してくれたからだ。姿を見せてくれるのは年に一度とはいえ、異人である神父の口から出る流暢《りゅうちょう》な説教に接すれば、誰でもデウス・イエズスの恵みに心引かれるはずだった。

久米蔵は今でも、ラモン神父の口から発せられた言葉を思い出す。

――神からいただいた賜物《たまもの》は、自ら取っておくためではなく、分かち合うためのものです。

――もっとも小さい者にすることとは、すべてこの私イエズスにすることとです。

――私たちは、許されるためには、許さなければなりません。憎しみだけでは、何の解決にもなりません。

――あなたが好むものをではなく、あなたがたにとって痛みを伴《ともな》うものを与えなさい。

――誰からも必要とされない病気、それもデウス・イエズスの恵みなのです。

――神は、喜んで与える人を愛されます。

――神はご自身を、あの着る物のない人、宿のない人、食べもののない人、ひとりぼっちの人にされたのです。

――あなた方は光の子です。

それらの言葉は、以前フィゲイレド神父やコンファロニエリ神父、モウラ神父からも聞いた覚えがあった。しかしそれは今のような禁教下ではなかった。ラモン神父はそれと違って、禁教下のしかも日々刻々と変化する政情下で、永遠に揺がない教えを説いたのだ。

久々の秋月詣《もう》でに、一行の誰もが心を弾ませていた。久米蔵より年長の年寄りも足取りが軽い。妻のとよを振り返ると、にっこりと笑みを返し、大丈夫だという顔をした。その両脇には音蔵と道蔵が従っていた。

弟の道蔵には、田中村の庄屋文作から婿《むこ》入りの話が出ていた。文作は娘三人に恵まれてはいたものの、跡継ぎの男児はとうとうできず仕舞いだったのだ。その長女たみの婿に道蔵をという話が来たとき、久米蔵は迷った。高橋組の村のうちでも、田中村は最も小さかった。村の大きさはそのまま庄屋の重みにも直結する。庄屋に婿入りするとすればもっと大きな庄屋か、あるいは近辺の大庄屋がふさわしかった。

もうひとつ、田中村は郡奉行《こおり》によって村名の変更を求められていた。というのも、小早川シメオン秀包様に代わって筑後国に入封したのが田中吉政殿だったからだ。田中という村名は畏《おそ》れ多いという判断で、郡奉行は村名を今《いま》とするように伝達してきた。大庄屋である久米蔵とて、抗《あらが》えない命令で、まして田中村の庄屋は受け入れるしかない。村民も同様だ。

庄屋の文作は、道蔵の入婿とともに藤田という家名を平田に変えるように言ってくれた。そうすれば、入婿というよりも、高橋組の大庄屋を出て、今村の庄屋を継ぐことになる。村名が変更されたのを機に、新しい血筋の庄屋がはいるのも理にかなっているのかもしれなかった。

しかしまず道蔵本人の意志を確かめる必要があった。呼んで問うと、長女のたみを知っているという。庄屋の家に宗麟夫人のジュリア様が滞在されていた八年ほど前に、初めて顔を合わせたらしい。母のとよがジュリア様の話を聞きに行ったとき、道蔵もついて行き、会って話もした。以来、時折道で行き合うたび立話をしたことがあるという返事だった。

何より道蔵が気に入っていたのが、庄屋である文作の人柄だった。大庄屋を訪れる庄屋のうちでも一番貧しい身なりであったものの、必ず道蔵たちに手土産をこっそり渡していた。その手土産も、家に実った枇杷《びわ》や柿《かき》、茹《ゆ》で栗《ぐり》、山桃、ぐみだったらしい。

考えてみれば、久米蔵の屋敷には実のなる樹《き》は植えていない。畑の先に桑が植えてあって、その実がなるくらいだった。これに対して、文作の家では実益を重視して、庭木と言えば、すべて果樹にしていた。

道蔵がたみを気に入っているのであれば、婚儀は申し分なかった。文作にその旨を知らせ、この秋にでも結納をすませ、年内には祝言《しゅうげん》を挙《あ》げさせるつもりだった。その際、マトス神父に仲立ちを引き受けてもらえれば、これ以上の祝福はない。

秋月に向かうゆるやかな坂道は、いつ通っても久米蔵には懐《なつ》かしい。世の中がいかに変わっても、前方に見える古処山《こしょさん》、左手の形のよい小富士、右手の高倉山の姿は変わらない。すぐ左側を流れる小石原川《こいしわら》も、この時期はいつもより水量は少ないとはいえ、心地よい水音を響かせている。

後ろをついて来るとよにしてみれば、秋月は古里であり、懐かしさもひとしおのはずだった。年に一度は里帰りしてもいいはずなのに、その必要はありませんと返事をし、実家を訪れるのは、秋月の教会で行われるミサのときくらいだったから、四、五年に一回くらいだろう。亡くなった原田《はるた》善左衛門殿から、いったん大庄屋の家に嫁入ったからには、無闇《むやみ》に実家に足を踏み入れるなと釘《くぎ》をさされていたのに違いない。

考えてみれば、この秋月こそが、高橋組の村々の信仰の源流だった。確かに養父一《いち》万田右馬助《まだうまのすけ》も、府内《ふない》にいるときから、イエズス教に親しみを覚えていた。しかし養父と久米蔵が受洗したのは、秋月を訪れた宣教師によってだった。その後も秋月を巡回した宣教師が高橋村に立ち寄ってくれるたび、信仰を深めることができた。年に一回、いや数年に一回であっても、聖職者の訪問によって、信仰の灯は再び勢いを増す。

太閤殿が出した二度の禁教令にもかかわらず、この秋月にイエズス教徒である黒田ミゲル直之様が知行を得たのは、まさしく神の恩寵だった。加えて、近くの小田村周辺に、明石ジョアン掃部様が家来とともに住みつかれたのも、それに次ぐ恩寵だ。

さらに言えば、筑後国に移封されたのが、イエズス教に理解のある田中吉政殿だったのも、恩寵のしるしだ。久留米のレジデンシアが閉鎖されたままとはいえ、禁教令に従うような風潮は今のところ感じられない。

教会の前の広場には、もう二百人を超える信者が集まっていた。信者ばかりではなく、物見遊山《ものみゆさん》の百姓や町人も混じっているのに違いない。それでもこうやって教会に足を運んでくれれば、いずれ興味をもってくれるはずだ。

教会の中は、もう満員に近い。遠慮があるのか、幸い前の方に余地があった。そこにヤコベ興膳《こうぜん》と原田浩助《ひろすけ》の顔が見えた。久米蔵はとよを連れて前に進み、挨拶《あいさつ》をした。

「レジデンシアの新設、誠におめでとうございます」

「おいで下さいましたか。お久しぶりです」

ヤコベ興膳と浩助が交互に言ってくれる。

「今日の良き日、領主の黒田直之様、そして小田村の明石掃部様も来て下さっています」

ヤコベ興膳が、少し高くなった前方の特別席を目で示した。

紋付袴《もんつきはかま》で正装した二人の武家が椅子《いす》に坐《すわ》り、静かに談笑している。いかにも親しげな様子がうかがわれた。もちろん久米蔵にとって、話には聞いていた二人を間近に見るのは初めてだった。

新たな領主黒田ミゲル直之様は、年の頃四十歳くらいだろうか、色白で細面の顔は、武家というより文人風だった。明石ジョアン様はそれより少し若く三十代後半だろう。赤ら顔の眼はよく動き、表情も豊かだ。直之様の話を髭《ひげ》に手を当てて聞き、口を開けて笑っている。

「ミサが終わったら、ご紹介します」

ヤコベ興膳から言われ、久米蔵はまさかと思う。領主と口がきけるなど、天国ならいざ知らず、この世ではありえるはずがなかった。

椅子に腰かけて、祭壇に飾られているイエズスの十字架像を、しかと見やる。両手を釘で打ちつけられ、両足も重ねられて釘打ちにされているのが分かる。もう息絶えているのか、イエズスは苦しげな顔を前に垂れていた。

あれこそが、自分たちの身代わりとしての死だったのだと久米蔵は思う。人々の罪を一身に負うて十字架にかけられた御姿だった。いつの間にか久米蔵は瞑目《めいもく》して合掌していた。目を開けると隣のとよも、何か静かに祈っている。

やがて祭壇の前にマトス神父とジョアン山修道士が姿を見せた。神父は黄金色の正装に大柄な身を包んでいる。修道士のほうは、白い正装だった。

静まり返った信者たちに向かって、神父が両手を広げ、異国の言葉を発する。よく通る心地良い声の抑揚であっても、意味は解《げ》せない。すぐにジョアン山が通詞をした。

——主よ、天と地にあるすべてのものは、あなたのものです。

続いて少し長い言葉が神父の口から流れ出、ジョアン山の声が響き渡る。

——私は自らを捧《ささ》げ物としてあなたに献じ、とこしえにあなたのものでありたいと願っています。主よ、私自身をあなたに従うものとして、また終わりのない賛美の生贄《いけにえ》として、とこしえに仕えるために、今日、真心を込めてあなたに捧げます。

ひとつひとつの言葉が、久米蔵の耳にすんなりとはいってくる。まごうことのない真実の言葉だった。眼をそっと領主と掃部様の方に向けると、領主はじっとイエズス像に眼を注ぎ、掃部様は神父を直視していた。

——あなたの貴い御体の聖なる奉献に合わせて、私自身をどうかお受け下さい。今日、目に見えない天使たちの前で、この奉献を行うのは、私とあなたのすべての民との救いに役立つためなのです。

ジョアン山が通詞し終えると、マトス神父は静かに両手を広げ、おごそかに言い放った。

——イエズスのれいのまぎれのないこえがこれです。きて、わたしといっしょにあなたじしんをおんちちにささげなさい。アーメン。

アーメンの祈りが、一同で復唱された。

神父と修道士が祭壇の方に向き直り、祈りを捧げる。久米蔵たちも目を閉じて合掌し、祈った。久米蔵は、教会の中で祈れる幸せを改めて感じる。

神父や修道士に村々に来てもらっての祈りも、それなりのありがたさがあった。しかし教会の中での祈りの厳粛さは格別だった。

再びこちらに向き直った神父が言葉を発した。少し癖のある日本の言葉でありながら、いやそれだからこそ、久米蔵たちの胸に響く。

――かんしゃをあらわすいちばんのほうほうは、すべてをよろこんでうけいれることです。

ここでの感謝とは、デウス・イエズスへの感謝だろう。昨年は虫害があり、一昨年は日照りがあって百姓たちは苦労した。夏に曇天が続いて蒸暑くなると、田の水が腐り、粉糠《こぬか》虫が出てくる。そんなときに限って、蝗《いなご》がどこからか群を成してやってくる。実りかけた稲が食いつぶされるのは、ほんの束の間だ。村中、蝗が食い荒らす音さえ聞こえるほどになる。

日照りが何日も続くと、田の水が涸《か》れ、土にひび割れができる。百姓たちは恨めし気に天を仰ぎ、乾ききって青息吐息の田を眺めやるのだ。

そんなときでも感謝し、受け入れなければならないのだろうか。すべてというのだから甘受すべきなのだろう。しかも喜んでの甘受なのだ。

それでは、殉教についてはどうなのだろうか。信仰のために火焙《ひあぶ》りや十字架に吊《つ》るされる災難も、やはり喜んで受け入れる必要があるのだろうか。いやいや、レジデンシアができたおめでたい日に、そういうことを考えるのはよくない。久米蔵がひとり思いをめぐらせているうちにミサは終わった。

信者たちが立ち上がって祭壇に近づき、十字架のイエズスを見上げては立ち去る。マトス神父とジョアン山修道士に、何か言葉をかける者もいる。

「お二人が帰られる前に、挨拶に参りましょう」

小声でヤコベ興膳が誘った。畏れ多いと思いつつ、とよをその場に残して、ヤコベ興膳のあとに続く。原田浩助も一緒だった。

「黒田様、こちらが筑後領高橋組大庄屋平田久米蔵殿です」

「平田久米蔵でございます。本日は百姓たちともどもミサに参集させていただき、ありがとうございました」

久米蔵は深々と頭《こうべ》を垂れる。本来なら大庄屋が領主にこうやって近づき、言葉を交わすなど不可能事だった。まして目の前にいるのは他国の領主なのだ。

「そなたのことは、何人もの神父や修道士から聞いている。よくぞ来てくれた。これからも、秋月の教会に参ってくれ」

「ありがとうございます」

ちらっと目を合わせただけで、久米蔵はまた腰を折る。

「そなたについては、わしも聞いておった。知行地は、すぐ隣だからわしのほうが新参者になる。いろいろ教えてくれ」

脇《わき》から気さくに声をかけてくれたのは、ジョアン掃部様だった。顔を上げてもいいというように、肩に手をかけられ、久米蔵は思わず身を縮める。

「どうぞ、何なりと申しつけ下さるようお願い致します」

そう言うのがやっとだ。あとは二人が家臣たちに守られて辞すのを、頭を下げつつ見送るのみだった。

（下巻へつづく）

葉室麟著

橘花抄

己の信じる道に殉ずる男、光を失いながらも一途に生きる女。お家騒動に翻弄されながら守り抜いたものは。清新清冽な本格時代小説。

葉室麟著

春風伝

激動の幕末を疾風のように駆け抜けた高杉晋作。日本の未来を見据え、内外の敵を圧倒した男の短くも激しい生涯を描く歴史長編。

葉室麟著

鬼神の如く

—黒田叛臣伝—

司馬遼太郎賞受賞

「わが主君に謀反の疑いあり」。黒田藩家老・栗山大膳は、藩主の忠之を訴え出た——。まことの忠義と武士の一徹を描く本格歴史長編。

原田康子著

聖母の鏡

乾いたスペインの地に、ただ死に場所を求めていた。彼と出逢うまでは……。微妙に揺れ輝く人生の夕景。そのただ中に立つ、男と女。

三浦綾子著

細川ガラシャ夫人（上・下）

戦乱の世にあって、信仰と貞節に殉じた悲劇の女細川ガラシャ夫人。清らかにして熾烈なその生涯を描き出す、著者初の歴史小説。

三浦綾子著

塩狩峠

大勢の乗客の命を救うため、雪の塩狩峠で自らの命を犠牲にした若き鉄道員の愛と信仰に貫かれた生涯を描き、人間存在の意味を問う。

守《しゅ》　教《きょう》（上）

新潮文庫　は - 7 - 28

令和二年四月一日発行

著者　帚《はは》木《ぎ》蓬《ほう》生《せい》

発行者　佐藤隆信

発行所　株式会社　新潮社

郵便番号　一六二―八七一一
東京都新宿区矢来町七一
電話　編集部(〇三)三二六六―五四四〇
　　　読者係(〇三)三二六六―五一一一
https://www.shinchosha.co.jp

価格はカバーに表示してあります。

乱丁・落丁本は、ご面倒ですが小社読者係宛ご送付ください。送料小社負担にてお取替えいたします。

印刷・大日本印刷株式会社　製本・加藤製本株式会社

ISBN978-4-10-118828-7 C0193